Five Nights at Freddy's

OLHOS PRATEADOS

SCOTT CAWTHON
KIRA BREED-WRISLEY

Tradução de Glenda D'Oliveira

Copyright © 2016 by Scott Cawthon
Publicado mediante acordo com Scholastic Inc., 557 Broadway,
New York, NY 10012, EUA

TÍTULO ORIGINAL
Five Nights at Freddy's: The Silver Eyes

PREPARAÇÃO
Rayssa Galvão

REVISÃO
Cristiane Pacanowski
Juliana Werneck

DIAGRAMAÇÃO E ADAPTAÇÃO DE CAPA
Julio Moreira | Equatorium Design

IMAGEM DE CAPA
© 2016 Scott Cawthon

ARTE DE CAPA
Rick DeMonico

VINHETA ESTÁTICA DE TV
© Klikk/Dreamstime

CIP-BRASIL. CATALOGAÇÃO NA PUBLICAÇÃO
SINDICATO NACIONAL DOS EDITORES DE LIVROS, RJ

C376o
    Cawthon, Scott, 1971-
      Olhos prateados / Scott Cawthon, Kira Breed-Wrisley ;
tradução Glenda D'Oliveira. - 1. ed. - Rio de Janeiro : Intrínseca, 2017.
      368 p. ; 21 cm. (Five nights at freddy's ; 1)

      Tradução de: Five nights at freddy's - the silver eyes
      ISBN: 978-85-510-0146-2
      1. Romance americano. I. Breed-Wrisley, Kira. II. D'Oliveira, Glenda.
III. Título. IV. Série.

16-38808   CDD: 813
                           CDU: 821.111(73)-3

[2017]

Todos os direitos desta edição reservados à
Editora Intrínseca Ltda.
Av. das Américas, 500, bloco 12, sala 303
22640-904 – Barra da Tijuca
Rio de Janeiro – RJ
Tel./Fax: (21) 3206-7400
www.intrinseca.com.br

1ª edição   MARÇO DE 2017
reimpressão   DEZEMBRO DE 2024
impressão   LIS GRÁFICA
papel de miolo   PÓLEN NATURAL 80 G/M²
papel de capa   CARTÃO SUPREMO ALTA ALVURA 250 G/
tipografia   BEMBO

CAPÍTULO UM

Ele está me vendo.

Charlie se ajoelhou no chão. Estava espremida entre uma fileira de fliperamas e a parede, em cima de um emaranhado de fios e tomadas inúteis espalhadas. Havia sido encurralada; a única saída era passar pela coisa, mas a menina nunca seria rápida o bastante. Por entre as máquinas tinha vislumbres daquilo andando de um lado para outro. Não havia muito para onde ir, mas Charlie tentou engatinhar para trás. Quando seu pé ficou preso em um fio, ela parou e se contorceu com cuidado para soltá-lo.

Ouviu um estrondo de metal, e a máquina mais distante tombou na direção da parede. A coisa atacou outra vez, estilhaçando a tela, depois se dirigiu à máquina ao lado, e foi golpeando uma por uma em um movimento quase ritmado, destruindo tudo e se aproximando cada vez mais do esconderijo de Charlie.

Tenho que sair daqui. De qualquer jeito! O pensamento desesperado era inútil; não havia saída. O braço de Charlie doía, sua vontade era gritar. O curativo estava ensopado de sangue, e a menina tinha a sensação de que estava se esvaindo, ficando seca.

O fliperama a alguns centímetros de seu esconderijo bateu na parede, e ela se encolheu. A coisa estava chegando mais perto; Charlie ouvia o ranger das engrenagens e os cliques do mecanismo, cada vez mais alto. Mesmo de olhos fechados, via a maneira como aquilo olhava para ela, podia visualizar a pelagem suja, embaraçada, e o metal exposto por baixo da carne sintética.

De repente, a máquina à sua frente foi atirada para longe como se fosse um mero brinquedo. Os fios e cabos embaixo de Charlie foram puxados com força, e ela escorregou, quase sendo derrubada. Recuperou o equilíbrio e olhou para cima a tempo de ver o golpe do gancho...

BEM-VINDO A HURRICANE, UTAH.

Charlie abriu um sorriso amargo ao avistar o letreiro e continuou dirigindo. O mundo não parecia nem um pouco diferente ali do outro lado da placa, mas ela sentiu um misto de ansiedade e nervosismo ao atravessar aquela fronteira. Não reconheceu nada no lugar. Mas também não estava esperando reconhecer mesmo, não ali, onde só havia estrada e áreas abertas, tão distante do centro.

Ela se perguntou como estariam os outros, quem haviam se tornado. Dez anos antes, eram todos melhores amigos. E então *aquilo* aconteceu, e tudo acabou, pelo menos para Charlie. Não os via desde que tinha sete anos. Na infância, trocavam cartas o tempo todo, principalmente com Marla, que escrevia como falava: rápido e sem muita coerência. Mas com os anos foram se distanciando, as cartas, diminuindo, e as conversas que levaram àquela viagem tinham sido todas superficiais e repletas de pausas constrangedoras. Charlie repetia os nomes como se quisesse reafirmar a si mesma que ainda se lembrava: *Marla. Jessica. Lamar. Carlton. John. E Michael...* Michael era a razão da viagem, afinal. Tinham se passado dez anos desde sua morte, dez anos desde o *acontecimento*, e os pais do menino queriam que todos se reunissem para uma cerimônia em sua homenagem. Queriam todos os velhos amigos presentes ao anunciarem a bolsa de estudos que estavam instituindo em nome do filho. Charlie sabia que a intenção era boa, mas a reunião ainda lhe parecia um pouco macabra. Estremeceu e desligou o ar-condicionado, embora soubesse que a sensação não tinha nada a ver com o frio.

Ao chegar ao centro da cidade, começou a reconhecer determinados pontos: algumas lojinhas e o cinema, que estava anunciando o sucesso de bilheteria do verão. Ficou surpresa e abriu um sorrisinho. *O que estava esperando? Que a cidade inteira tivesse permanecido a mesma? Um monumento à sua partida, congelado por toda a eternidade no mês de julho de 1985?* Bem, sim, era exatamente aquilo que estava esperando. Olhou o relógio. Ainda tinha algumas horas antes do encontro. Pensou em ir ao cinema, mas sabia o que realmente queria. Fez uma curva para sair do centro.

Dez minutos depois, desligou o motor e saiu do carro.

A casa a engolia de tão grande, a silhueta escura da construção era como uma ferida no céu azul-claro. Charlie se apoiou no automóvel, um pouco tonta. Respirando fundo, levou um instante para se recompor. Sabia que a encontraria lá. Uma bisbilhotada nos extratos bancários da tia alguns anos antes tinha revelado que a hipoteca fora paga e que tia Jen continuava arcando com os custos dos impostos. Só fazia uma década; não havia por que ter mudado nada na casa. Charlie subiu a escadinha devagar, observando a tinta descascada. O terceiro degrau ainda tinha uma tábua solta, e as roseiras haviam tomado conta da lateral da varanda, os espinhos cravados, famintos, na madeira. A porta estava trancada, mas Charlie ainda carregava sua chave no cordão. Jamais chegara a usá-la. Quando a colocou na fechadura, se lembrou da vez em que o pai pendurara aquela correntinha em seu pescoço. *Caso você precise um dia.* Bom, o dia havia chegado.

A porta se abriu com facilidade, e Charlie olhou ao redor. Não lembrava muita coisa dos seus primeiros anos ali. Era um bebê na época, e aquelas memórias haviam se dissipado na névoa de luto e perda de uma criança. Junto com a incapacidade de compreender por que a mãe tivera que ir embora, e a necessidade de se agarrar ao pai por causa disso, desconfiando de tudo o que não o incluísse e só conseguindo se sentir confortável em sua presença, ou afundada em suas camisas de flanela e em seu cheiro de graxa e metal quente.

A escada se estendia à sua frente, mas em vez de subir ela foi para a sala de estar, onde toda a mobília continuava no mesmo lugar. Nunca percebera quando criança, mas a casa era um pouco grande demais para os poucos móveis que tinha. As coisas eram posicionadas distantes umas das outras para preencher o espaço: a mesinha de centro ficava longe do sofá, de modo que quem estivesse sentado não conseguia alcançá-la; a poltrona ficava quase do outro lado do cômodo, isolada. Havia uma mancha escura no piso perto do centro da sala. Charlie a contornou depressa e foi até a cozinha, onde os armários só guardavam algumas panelas, frigideiras e pratos. Nunca sentira falta de nada na infância, mas naquele momento lhe parecia que a enormidade desnecessária da casa era uma espécie de pedido de desculpas; um homem que tinha sofrido tantas perdas tentando dar à filha tudo o que podia. Não importa o que fizesse, ele sempre tendia a exagerar.

Na última vez em que ela estivera naquela casa, o lugar estava escuro e tudo lhe parecia errado. Foi carregada até o quarto no andar de cima, embora já tivesse sete anos na época e pudesse chegar mais rápido se fosse andando. Tia Jen havia parado na varanda para pegá-la no colo e protegeu seu rosto como se Charlie fosse um bebê sob o sol escaldante.

No quarto, a tia a colocou no chão, fechou a porta e mandou que arrumasse a mala. Charlie então chorou porque sua malinha tão pequena jamais daria conta de todos os seus pertences.

"Voltamos depois para pegar o resto", dissera a tia, sem disfarçar a impaciência enquanto a menina enrolava, indecisa, em frente ao armário, tentando escolher que camisetas levar. Nunca voltaram para pegar o que ficou para trás.

Charlie subiu a escada e seguiu para seu antigo quarto. A porta estava entreaberta, e, ao entrar, foi tomada por uma sensação vertiginosa de deslocamento, como se estivesse prestes a encontrar, sentada no chão, cercada de brinquedos, uma versão mais nova de si mesma, que olharia para ela e perguntaria: *quem é você?*

Como o restante da casa, o quarto estava intocado. As paredes eram de um tom pálido de rosa, e o teto, que tinha uma inclinação acentuada acompanhando o telhado, era da mesma cor. A cama continuava encostada na parede, embaixo de uma grande janela; o colchão permanecia intacto, embora sem roupa de cama. Havia uma frestinha de janela aberta, e cortinas de renda já apodrecendo ondulavam na brisa gentil que entrava. Uma mancha escura na pintura ali embaixo, onde a chuva tinha se infiltrado por anos a fio, entregava o abandono da casa. Charlie subiu na cama e fechou a janela, que resistiu um pouco, com um rangido. Depois ela se afastou e voltou sua atenção para o restante do cômodo, para as criações do pai.

Em sua primeira noite na casa, Charlie teve medo de dormir sozinha. Não se lembrava da ocasião, mas o pai lhe contara tantas vezes que a história acabou quase virando uma lembrança. Charlie se sentou na cama e chorou, desesperada, até que ele foi ao quarto, a pegou no colo e, com um abraço, prometeu que ela jamais ficaria sozinha de novo. Na manhã seguinte, a levou pela mão até a garagem, onde começou a trabalhar, determinado a cumprir a promessa.

Sua primeira invenção foi um coelho roxo, que ficara cinza com o tempo, por causa da exposição ao sol. O pai o chamara de Theodore. Era do tamanho de uma criança de uns três anos — o tamanho da própria Charlie, na época — e tinha pelo macio, olhos brilhantes e uma elegante gravata-borboleta. Não fazia nada de muito complexo, apenas acenava a mão, inclinava a cabeça para o lado e dizia na voz do pai: "Eu te amo, Charlie." Mas seria um ótimo vigilante noturno, alguém para fazer companhia quando a menina não conseguisse dormir. Tantos anos depois, ela encontrava Theodore ali, sentado na cadeira de vime em um canto afastado do quarto. Charlie acenou para ele, que, desligado, não respondeu ao gesto.

Depois do coelho, os brinquedos foram ganhando mais complexidade. Alguns deram certo, outros não; alguns pareciam ter falhas permanentes, enquanto outros simplesmente não atraíam a imaginação infantil de Charlie. Esses, ela sabia que o pai levava de volta à oficina para aproveitar algumas partes, embora ela não gostasse de vê-los sendo desmantelados. Mas os que ficavam, os que ela amava, estavam ainda ali, olhando para sua dona com grande expectativa. Sorrindo, Charlie apertou um botão ao lado da cama. Com certa resistência, ele cedeu, mas nada aconteceu. Ela voltou a apertá-lo, dessa vez segurando por mais tempo, e, do outro lado do cômodo, com o ruído desgastado de metal arranhando metal, o unicórnio começou a se mover.

O unicórnio (Charlie lhe dera o nome de Stanley por alguma razão que já não lembrava mais) era feito de metal e tinha sido pintado de branco com acabamento brilhoso. Deu a volta pelo quarto sobre um trilho circular, balançando a cabeça para cima e para baixo, o pescoço rijo. O trilho guinchou quando Stanley fez uma curva e parou ao lado da cama. Charlie se ajoelhou no chão e acariciou o unicórnio. A tinta reluzente estava arranhada e descascando, e o focinho dele tinha perdido a batalha contra a ferrugem. Os olhos continuavam vivazes, imunes à decadência.

—Você está precisando de uma pintura nova, Stanley — comentou Charlie.

O unicórnio continuou olhando para a frente, inerte.

Ao pé da cama ficava uma roda. Feita de pedacinhos de metal unidos com solda, aquilo sempre a fizera pensar em alguma peça de um submarino. Charlie a virou. Ficou emperrada por uns segundos, depois cedeu, girando como de costume, e do outro lado do quarto, a menor porta do armário se abriu. De dentro dele, presa a seu trilho, Ella saiu desfilando, uma boneca do tamanho de uma criança, levando uma xícara e um pires nas mãozinhas como se oferecendo a um convidado. O vestidinho xadrez de Ella continuava impecável, e os sapatos de couro ainda brilhavam; talvez o armário a tivesse protegido dos estragos da umidade. Charlie tivera roupas idênticas um dia, quando ela e a boneca eram da mesma altura.

— Oi, Ella — cumprimentou Charlie, baixinho.

À medida que a roda ia fazendo o movimento reverso, Ella retornava para o armário, e a porta se fechou depois que a boneca entrou. Charlie a seguiu. Eram três armários, que foram construídos alinhados à inclinação do teto. Ella morava no menor, que tinha cerca de um metro de altura. Ao lado ficava o segundo, uns trinta centímetros mais alto, e depois o terceiro, o mais próximo da porta do quarto, que ia até o teto do cômodo. Charlie sorriu, recordando.

"Por que é que você tem três armários?", perguntara John na primeira vez que foi à casa. Ela olhou para ele, confusa.

"Porque sim, ué", respondeu, enfim. Apontou, na defensiva, para o menor deles. "Mas aquele ali é da Ella", acrescentou. John assentiu, satisfeito com a explicação.

Charlie abriu a porta do móvel do meio — ou tentou. Estava trancada. Ela a sacudiu algumas vezes, mas desistiu sem muita convicção. Continuou agachada e olhou para o armário mais alto, seu *armário de mocinha*, que um dia teria tamanho para usar. "Não vai precisar dele até estar mais crescidinha", seu pai costumava dizer, mas esse dia nunca chegou. Embora a porta estivesse entreaberta, Charlie não quis mais saber. Não estava se abrindo para ela; era só a ação do tempo.

Quando fez menção de se levantar, Charlie notou algo reluzente, meio escondido sob a porta trancada do armário do meio. Inclinou-se para pegar. Parecia um pedaço quebrado de uma placa de circuito. Ela deu um sorrisinho. Houve uma época, muitos anos antes, em que poderia encontrar porcas, parafusos, sucatas e partes avulsas por todos os cantos da casa. O pai sempre tinha alguma pecinha solitária escondida nos bolsos. Carregava para cima e para baixo os projetos em que estava trabalhando, os deixava em algum lugar e depois esquecia onde, ou ainda pior: guardava algo "para não perder" e acabava nunca encontrando. Havia também alguns fios de cabelo da menina presos no pedaço quebrado de placa; ela os desembolou da pecinha de metal com cuidado.

Finalmente, como se viesse adiando o momento, Charlie cruzou o cômodo e pegou Theodore. O sol não tinha desbotado as costas do brinquedo como fizera com a parte da frente; ali, ele permanecia do mesmo tom escuro de roxo que ela lembrava. Apertou o botão na base do pescoço, mas ele continuou flácido, sem vida. O pelo estava puído, uma das orelhas, quase solta, presa apenas por um fio apodrecido, e pelo buraco que se formava Charlie via a placa verde lá dentro. Ela prendeu a respiração, tentando escutar algo, temerosa.

— Eu t... mo... lie — disse o coelho com ruídos hesitantes e quase inaudíveis, e a garota o colocou no chão, o rosto quente e o coração apertado.

Não esperava ouvir a voz do pai outra vez. *Também te amo.*

Charlie olhou ao redor do quarto. Quando criança, aquele era seu mundo mágico particular, e ela era possessiva com ele. Apenas alguns amigos escolhidos a dedo tinham permissão para entrar. Ela foi até a cama e colocou Stanley no trilho de novo. Saiu do quarto, fechando a porta antes que o unicórnio pequenino chegasse ao seu destino.

Saiu da casa pela porta dos fundos e parou diante da garagem que funcionava como oficina do pai. Meio enterrado no cascalho a poucos passos adiante, Charlie pegou um pedacinho de metal. Tinha uma articulação no meio, e ela abriu um sorriso ao empurrá-la para a frente e para trás. *É uma articulação de cotovelo*, pensou. *Para quem devia ser?*

Charlie estivera ali naquele ponto do quintal muitas vezes. Fechou os olhos, e as lembranças a invadiram. Voltara a ser uma menininha, sentada no chão da oficina do pai, brincando com pedacinhos de sucata de madeira e de metal como se fossem blocos de montar, tentando construir uma torre com peças irregulares que não se encaixavam. A garagem era quente, e ela estava de short e tênis, a fuligem grudando em suas pernas suadas. Quase sentia o odor pungente e metálico do ferro de solda. O pai estava por perto, nunca saindo de vista, trabalhando em Stanley, o unicórnio.

O focinho ainda estava inacabado: um lado era branco, brilhante e simpático, com um reluzente olho castanho que quase parecia enxergar. A outra metade era apenas placas de circuito e partes de metal. O pai de Charlie olhou para a filha e sorriu, e a menina também sorriu, se sentindo amada. Em um corredor escuro atrás dele, quase visível, estava pendurado um aglomerado de membros metálicos, um esqueleto retorcido com olhos prateados ardentes. De tempos em tempos, tinha um espasmo esquisito. Charlie tentava não olhar para ele, mas enquanto o pai trabalhava e ela se distraía com os brinquedos improvisados, seu olhar acabava sendo atraído para aquele canto.

Os braços e as pernas, contorcidos, pareciam quase debochar dela, feito um bobo da corte sombrio, e ainda assim havia algo naquela confusão que sugeria uma dor imensa.

"Papai?", chamou Charlie, e o pai não tirou os olhos do trabalho. "Papai?", repetiu ela, com mais urgência, e ele se virou para a filha devagar como se não estivesse presente de corpo e alma naquele mundo.

"Está precisando de alguma coisa, amor?"

Ela apontou para o esqueleto de metal. *Dói?*, era o que queria perguntar, mas quando encarou o pai, descobriu que não conseguia. Balançou a cabeça.

"Nada, não."

Ele assentiu com um sorriso distraído e voltou ao trabalho. Atrás, a criatura teve outro daqueles espasmos horríveis, e seus olhos ainda ardiam.

Charlie teve um calafrio e voltou ao presente. Olhou para trás, se sentindo observada. Quando abaixou a cabeça, algo chamou sua atenção: três sulcos no solo, com uma pequena distância entre eles. Ajoelhou-se, intrigada, e passou o dedo por cima de um. O cascalho tinha sido espalhado, deixando marcas profundas na terra. *Um tripé de câmera ou algo do tipo?* Foi o primeiro detalhe que encontrou ali que não lhe era familiar. A porta da oficina estava entreaberta, convidativa, mas ela não sentiu nenhuma vontade de entrar. Sem perder tempo, voltou para o carro, mas foi obrigada a parar assim que se instalou no banco do motorista. Não encontrou as chaves — elas deviam ter caído do bolso em algum lugar da casa.

Refez os passos, mal checando na sala de estar ou na cozinha e seguindo logo para o quarto. O chaveiro estava na cadeira de vime, ao lado de Theodore, o coelho. Pegou-o e sacudiu as chaves por um segundo; ainda não estava pronta para deixar o quarto. Sentou-se na cama. Stanley, o unicórnio, tinha parado bem ao lado dela, como sempre, e ao se sentar, Charlie acariciou a cabeça dele. No meio-tempo em que ficou lá fora o dia escureceu, e àquela altura sombras se projetavam no quarto. E de alguma forma, sem a luz forte do sol, os defeitos e a deterioração dos brinquedos ficavam ainda mais evidentes. Os olhos de Theodore já não brilhavam, e a pelagem rala e a orelhinha solta lhe davam a aparência de um bêbado caído na sarjeta. Quando Charlie olhou para Stanley, a ferrugem ao redor dos olhos do unicórnio fazia com que parecessem órbitas vazias, e os dentes à mostra, que ela sempre interpretara como um sorriso acolhedor, viraram o terrível sorriso de uma caveira. Charlie se levantou, tomando o cuidado de não tocar em mais nada, e correu em direção à porta, mas prendeu o pé na roda ao lado da cama. Quando se soltou, tropeçou nos trilhos e se estabacou no chão. Ouviu o zumbido de metal girando, e, ao levantar um pouco a cabeça, um par de pés pequeninos apareceu embaixo de seu nariz, calçados em sapatinhos de verniz. A menina olhou para cima.

Lá estava Ella, muda e indesejada, olhando para sua dona, os olhos vítreos quase pareciam enxergar. Xícara e pires estavam estendidos em suas mãos com rigidez militar. Charlie ficou de pé, tentando não encostar na boneca. Saiu do quarto, dando passos calculados para evitar acionar qualquer outro brinquedo por acidente. Enquanto a garota saía, Ella retornava ao armário, ambas se movendo praticamente na mesma velocidade.

Charlie desceu a escada correndo, desesperada para sair dali. No carro, depois de três tentativas, conseguiu enfiar a chave na ignição. Saiu da vaga bem depressa, sem medo de passar sobre a grama do quintal, e acelerou. Um quilômetro e meio depois, Charlie parou no acostamento e desligou o carro, fitando pelo para-brisa o vazio à sua frente, sem focar o olhar em nada especificamente. Esforçou-se para acalmar a respiração. Levantou a mão e ajustou o espelho retrovisor para que pudesse se ver no reflexo.

Sempre esperava encontrar dor, raiva e pesar estampados em seu rosto, mas isso nunca acontecia. Suas bochechas estavam rosadas, e a face redonda parecia quase animada, como de costume. Nas primeiras semanas morando com tia Jen, sempre ouvia a mesma frase quando era apresentada a alguém: *Mas que menina linda. Tem uma carinha tão alegre.* Estava sempre disposta a ser simpática, os olhos castanhos grandes e brilhantes, a boca fina, pronta para abrir um sorriso, mesmo quando tudo que queria era soluçar de tanto chorar. A incongruência era uma leve traição. Passou os dedos pelos cabelos castanho-claros, como se, em um passe de mágica, aquilo fosse domar os fios arrepiados, e depois recolocou o espelho na posição normal.

Ligou o motor e procurou uma estação de rádio decente, torcendo para que a música a trouxesse de volta à realidade. Foi passando uma por uma, sem parar para ouvir nada, e enfim optou pela frequência AM, na qual um locutor parecia estar gritando de maneira condescendente para a plateia. Charlie não fazia ideia do que o homem berrava, mas a fala rude e irritante bastou para ancorá-la ao presente mais uma vez. O relógio do carro estava sempre errado, então ela consultou o de pulso. Estava quase na hora do encontro que marcou com os amigos em uma lanchonete perto do centro da cidade.

Charlie pegou a estrada novamente, deixando que o discurso raivoso do locutor de rádio acalmasse sua mente.

Quando chegou ao restaurante, entrou no estacionamento e parou, mas não chegou a estacionar. Na frente da lanchonete havia uma janela comprida, e ela podia ver tudo lá dentro. Embora fizesse anos que não os encontrava, não levou nem um minuto para identificar os amigos através da vidraça.

Jessica era a que mais se destacava na multidão. Sempre enviava fotografias junto com as cartas, e naquele momento estava idêntica à última foto que Charlie recebera. Mesmo sentada, era claramente mais alta do que os dois garotos, e muito magra. Embora Charlie não pudesse ver o modelito completo, a amiga estava com uma bata branca soltinha e um colete bordado, e usava um chapéu sobre os cabelos castanhos sedosos que batiam nos ombros, sem falar na flor enorme que ameaçava cair dele. Gesticulava, empolgada, enquanto falava.

Os dois garotos estavam sentados juntos de frente para Jessica. Carlton parecia a mesma criancinha ruiva de antes. Tinha resquícios da carinha de bebê, mas as feições estavam mais refinadas, e os cabelos haviam sido cuidadosamente bagunçados, mantidos no lugar pelo que só podia ser algum produto capilar alquímico. Tinha uma beleza quase feminina e vestia uma daquelas camisetas de ginástica preta, embora Charlie duvidasse que ele tivesse colocado os pés em uma academia alguma vez na vida. Debruçava-se na mesa, com o queixo apoiado nas mãos. A seu lado, John estava sentado mais perto da janela. Tinha sido o tipo de criança que se sujava antes mesmo de sair de casa: quando a professora ia distribuir os kits de aquarela, sua camiseta já estava manchada de tinta; antes de sequer ter chegado ao parquinho, os joelhos já estavam imundos de grama; segundos depois de ter lavado as mãos, tinha sujeira debaixo das unhas. Charlie o reconheceu, pois não poderia ser outra pessoa, mas o amigo estava totalmente mudado. A imundície da infância fora substituída por uma aparência arrumada e limpa. Vestia camisa social verde-clara, bem engomada, as mangas dobradas e os botões da gola abertos, o que o deixava com cara de almofadinha. Estava recostado, confiante, no banco da mesa, assentindo com entusiasmo, absorto no que quer que Jessica estivesse dizendo. A única coisa que continuava igual eram os cabelos, bagunçados e apontando para todos os lados, e a barba por fazer — uma versão presunçosa e adulta de toda a sujeira que estava sempre grudada nele quando criança.

Charlie abriu um sorriso. John fora o mais próximo que ela teve de uma paixonite de infância, antes mesmo de eles sequer entenderem o que aquilo significava. Ele sempre lhe dava os biscoitos que levava em sua lancheira dos Transformers e, uma vez no jardim de infância, chegou até a assumir a culpa quando ela quebrou a jarra que guardava as miçangas coloridas da aula de artes. Charlie se recordava do exato instante em que o vidro escorregara de suas mãos; ficou parada observando. Não teria sido ágil o suficiente para evitar que ele se quebrasse, mas também nem tentou. Queria ver o vidro se espatifando. Ele atingiu o piso de madeira e se estilhaçou em mil pedacinhos, e as continhas se espalharam, em uma explosão de cores por entre os cacos. Achou a cena linda e em seguida começou a chorar. John acabou levando uma advertência para casa. Quando ela agradeceu, ele piscou com uma ironia que desafiava sua idade e se limitou a perguntar "pelo quê?".

Depois disso, John recebeu permissão para entrar no quarto dela e brincar com Stanley e Theodore. Charlie ficou observando com nervosismo quando ele aprendeu a apertar os botões certos para movê-los. Teria ficado arrasada se John não tivesse gostado dos brinquedos, pois sabia que isso diminuiria sua admiração por ele. Aquela era a família dela. Mas ele ficou fascinado assim que bateu o olho nas criações; amou os brinquedos, e ela o amou por isso. Dois anos depois, atrás de uma árvore próxima à oficina do pai, ela quase deixou que ele a beijasse. E então *aquilo* aconteceu, e tudo acabou, pelo menos para Charlie.

Ela balançou a cabeça, forçando os pensamentos a voltar ao presente. Olhou mais uma vez para a aparência sofisticada de Jessica e depois analisou suas próprias roupas. Camiseta roxa, jaqueta jeans, calça jeans preta e coturnos. Tinha lhe parecido uma boa opção pela manhã, mas naquele momento desejava ter escolhido algo diferente. *É o que você usa sempre*, lembrou a si mesma. Estacionou em uma vaga e trancou as portas, embora os moradores de Hurricane não tivessem esse hábito. Depois entrou na lanchonete para se encontrar com os amigos pela primeira vez em dez anos.

Calor, barulho e iluminação a atingiram feito uma onda quando ela entrou no restaurante. Por um momento, se sentiu desnorteada, mas Jessica notou que ela estava parada à porta e gritou seu nome. Charlie sorriu e se aproximou.

— Oi — disse ela, sem jeito, passando os olhos por todos os presentes, mas sem fazer contato visual com ninguém.

Jessica deslizou para o lado no banco de vinil vermelho, dando tapinhas para indicar o lugar vago.

— Senta aqui. Eu estava falando da minha vida cheia de glamour para o John e o Carlton.

Ela revirou os olhos, conseguindo transmitir ao mesmo tempo autodepreciação e a ideia de uma vida, de fato, empolgante.

—Você sabia que a Jessica mora em Nova York? — comentou Carlton.

Havia certo cuidado em seu tom, como se pesasse as palavras antes de dizê-las. John permaneceu calado, mas sorriu para Charlie, ansioso.

Jessica voltou a revirar os olhos, e Charlie teve um déjà-vu, lembrando que a amiga tinha aquele hábito desde pequena.

— Oito milhões de pessoas moram em Nova York, Carlton. Não chega a ser nenhuma conquista — ironizou Jessica.

Carlton deu de ombros.

— Nunca saí daqui — retrucou ele.

— Não sabia que você continuava morando em Hurricane — disse Charlie.

— Onde mais eu ia morar? A minha família está aqui desde 1896 — acrescentou, imitando a voz grave do pai.

— Isso é verdade mesmo? — perguntou Charlie.

— Sei lá — respondeu o garoto, em seu tom normal. — Pode ser. Meu pai concorreu ao cargo de prefeito há dois anos. Tipo, ele perdeu, mas mesmo assim, quem ia querer ser perfeito? — Fez uma careta. — Juro, no dia que fizer dezoito anos, me mando daqui.

— E pra onde você vai? — perguntou John, olhando para Carlton, sério.

Carlton o encarou, tão sério quanto John. De repente, se virou para o lado e apontou para a janela, fechando um dos olhos como se estivesse preparando a mira. John ergueu uma das sobrancelhas, tentando ver para onde Carlton apontava. Charlie também olhou. Ele não estava mirando nada. John abriu a boca para dizer algo, mas Carlton o interrompeu.

— Ou — disse, virando o dedo lentamente para o outro lado.

— Ok. — John coçou a cabeça, parecendo um pouco envergonhado. — Pra qualquer lugar, é isso? — Deu uma risada.

— Onde é que está o resto do pessoal? — indagou Charlie, olhando pela janela, à procura de recém-chegados.

— Só amanhã — respondeu John.

— Eles chegam amanhã de manhã — esclareceu Jessica, às pressas. — A Marla vai trazer o irmão mais novo. Dá pra acreditar?

— O Jason? — perguntou Charlie, sorrindo.

Lembrava-se do menino como um pacotinho embrulhado em cobertores com apenas o rosto para fora.

— Mas, tipo, quem quer ficar andando por aí com um bebezinho no colo? — Jessica endireitou o chapéu quase com afetação.

— Aposto que ele não é mais um bebê — retrucou Charlie, sufocando o riso.

— Praticamente um bebê — corrigiu Jessica. — Mas, enfim, fiz uma reserva pra gente num hotelzinho de beira da estrada. Foi o que consegui. Os meninos vão ficar na casa do Carlton.

— Ok — concordou Charlie.

Ficou ligeiramente impressionada com a organização de Jessica, mas o plano não lhe agradava. Estava relutante em dividir um quarto de hotel com a antiga amiga, que se tornara uma estranha para ela, o tipo de garota que a intimidava: sofisticada e impecável, daquelas que, só de abrir a boca, pareciam já ter a vida toda planejada. Por um momento, Charlie considerou passar a noite em sua antiga casa, mas na mesma hora tirou essa ideia da cabeça. Aquele lugar, à noite, não era mais domínio dos vivos. *Não seja dramática*, repreendeu-se, mas John já estava falando. Ele tinha o dom de exigir atenção quando falava, provavelmente porque se pronunciava menos que os outros. Passava a maior parte do tempo escutando, mas não por ser discreto. Estava, na verdade, coletando informações, se limitando a falar quando tinha alguma sabedoria ou sarcasmo para destilar. Não raro, os dois ao mesmo tempo.

— Alguém sabe como vai ser amanhã?

Ficaram todos em silêncio, e a garçonete aproveitou a deixa para ir até a mesa anotar os pedidos. Charlie folheou o cardápio depressa, sem focar em nada. Sua vez de pedir chegou muito mais rápido do que esperava, e ela ficou sem ação.

— Hum... ovos — disse, enfim. A expressão séria da mulher continuou voltada para ela, que se deu conta de que não tinha terminado. — Mexidos. Torrada integral — acrescentou, e a atendente se afastou.

Charlie voltou a olhar o cardápio. Odiava aquele traço de sua personalidade. Sempre que era surpreendida, parecia perder toda a habilidade de agir ou processar o que estava acontecendo ao redor. As pessoas se tornavam incompreensíveis, e suas exigências pareciam de outro mundo. *Escolher meu pedido não deveria ser tão difícil*, pensou. Os outros tinham retomado a conversa, e ela voltou a prestar atenção, se sentindo deixada para trás.

— O que é que a gente vai dizer para os pais dele? — perguntou Jessica.

— Carlton, você costuma encontrá-los por aí? — indagou Charlie.

— Na verdade, não. Só de vez em quando.

— Acho bem estranho que eles tenham decidido continuar morando em Hurricane — comentou Jessica, em um tom de reprovação, como se fosse a voz da experiência.

Charlie não abriu a boca, mas pensou: *Como poderia ter sido diferente?*

O corpo do filho jamais fora encontrado. Como não teriam, lá no fundo, a esperança de que ele voltasse para casa um dia, ainda que soubessem que era quase impossível? Como abandonariam o único lar que Michael conhecera? Significaria que tinham enfim desistido dele. Talvez aquela bolsa de estudos fosse isto mesmo: estavam admitindo que o filho não voltaria mais.

Charlie tinha plena consciência de que aquele era um lugar público, onde falar sobre Michael seria inapropriado. Eram, de certa forma, tanto nativos quanto intrusos ali. Tinham sido próximos do menino, provavelmente mais do que qualquer um dos presentes, mas, a não ser por Carlton, não eram mais de Hurricane. Não pertenciam àquele lugar.

Charlie viu lágrimas caírem em seu jogo americano de papel antes de sentir que estava chorando, e as secou depressa, olhando para baixo e torcendo para que ninguém tivesse notado. Quando levantou a cabeça, John parecia estar observando os talheres, mas ela sabia que ele havia reparado. Ficou grata por não ter tentando reconfortá-la.

— John, você ainda escreve? — perguntou Charlie.

Aos quatro anos, John aprendera a ler e a escrever — um ano antes que o restante da turma —, e, aos seis, se declarou "escritor". Aos sete, tinha concluído seu primeiro "romance" e mostrado a criação cheia de erros de ortografia e ilustrações indecifráveis aos amigos e parentes, exigindo opiniões e críticas. Charlie se lembrava de ter lhe dado apenas duas estrelas.

John riu da pergunta.

— Hoje em dia até faço o "e" certinho. Nem acredito que você se lembra disso. Mas ainda escrevo, sim. — Parou por ali, embora estivesse claro que queria falar mais.

— E o que é que você escreve? — Charlie satisfez a vontade dele, e John baixou os olhos para o prato, quase falando com a mesa.

— Ah, contos, basicamente. Cheguei até a publicar um no ano passado. Quer dizer, foi numa revistinha, nada de mais.

Todos fizeram questão de demonstrar a devida admiração, e ele ergueu o rosto outra vez, tímido mas satisfeito.

— Sobre o que era a história? — indagou Charlie.

John hesitou, mas antes que pudesse decidir se respondia ou não, a garçonete chegou com os pedidos. Todos tinham escolhido alguma opção de café da manhã: café, ovos e bacon; panquecas de mirtilo para Carlton. A comida toda colorida parecia convidativa, como um novo começo para o dia. Charlie deu uma mordida na torrada, e todos comeram em silêncio por um momento.

— Ei, Carlton — começou John —, que fim a Freddy's levou, afinal?

Houve um breve silêncio. Carlton olhou para Charlie, nervoso, e Jessica olhou para o teto. John corou, e Jessica falou, depressa:

— Tudo bem, Carlton. Também queria saber.

Ele deu de ombros, fincando o garfo em um pedaço de panqueca, ainda nervoso.

— Começaram a construir outra coisa lá.

— O quê? — insistiu Jessica.

— Aquele lugar virou outra coisa? Eles aproveitaram o espaço ou destruíram tudo? — perguntou John.

Carlton deu de ombros novamente, um movimento rápido, como se fosse um tique nervoso.

— Já disse, não sei direito. Fica lá no fim da rodovia, e eu não quis investigar. Talvez tenham alugado para alguém, mas não sei o que fizeram. Interditaram a área toda faz uns anos, virou um canteiro de obras. Não dá nem para saber se o prédio continua de pé.

— Mas então pode ser que ainda esteja lá? — insistiu Jessica, uma centelha de empolgação surgindo por trás da pergunta.

—Vou repetir, eu não sei — disse Carlton.

Charlie sentiu as lâmpadas fluorescentes da lanchonete queimando seu rosto, de repente fortes demais. Sentia-se exposta. Mal tinha comido, mas quando deu por si estava se levantando da mesa, tirando algumas notas amassadas do bolso e as deixando ao lado do prato.

—Vou lá fora um minutinho — disse ela. — Pausa para o cigarro — acrescentou, às pressas.

Você não fuma. Repreendeu-se pela mentira esfarrapada ao passar pela porta, abrindo caminho por uma família de quatro pessoas sem ao menos pedir licença, e saiu para a tardinha fresca. Foi até o carro e se sentou no capô, afundando o metal de leve. Respirou o ar frio como se estivesse bebendo água e fechou os olhos. *Você sabia que o assunto viria à tona. Sabia que teria que falar disso em algum momento*, lembrou a si mesma. Tinha até praticado no caminho, se obrigado a recuperar lembranças felizes, a sorrir e dizer: "Lembra quando...?" Achou que estava preparada. Mas é claro que se enganara. Por que outro motivo teria fugido do restaurante feito uma criança?

— Charlie?

Abriu os olhos e viu John ao lado do carro, estendendo a jaqueta dela como se fosse uma oferenda.

— Você esqueceu o casaco lá dentro — explicou, e ela se forçou a abrir um sorriso.

— Valeu. — Pegou a jaqueta e a colocou sobre os ombros, depois deslizou para o lado, abrindo espaço para o garoto se sentar no capô também. — Foi mal.

Mesmo à luz fraca do estacionamento, viu que até as orelhas de John ficaram coradas. Ele se juntou à amiga, deixando de propósito um espaço entre os dois.

— Ainda não aprendi a pensar antes de falar. Desculpa.

Ele observou o céu enquanto um avião passava.

Charlie sorriu, e dessa vez não foi um sorriso forçado.

— Tudo bem. Sabia que alguém ia querer tocar no assunto, não tinha jeito mesmo. É só que... Pode parecer idiota, mas eu nunca penso na pizzaria. Não me permito pensar. Ninguém sabe o que aconteceu, a não ser pela minha tia, e a gente nunca fala sobre isso. Aí chego aqui e, de repente, está por toda a parte. Fui pega de surpresa, só isso.

— Ops. — John apontou, e Charlie viu Jessica e Carlton hesitantes na porta da lanchonete.

Gesticulou para que se aproximassem, e eles obedeceram.

— Lembra aquela vez que o carrossel da pizzaria deu problema, e a Marla e aquele garotinho malvado, o Billy, tiveram que ficar dando voltas e mais voltas até os pais deles chegarem para tirar os dois de lá? — perguntou Charlie.

John riu, e ela abriu um sorriso também.

— Os dois ficaram muito vermelhos, chorando que nem bebezinhos.

Ela escondeu o próprio rosto, culpada por achar a história tão engraçada.

Houve um silêncio rápido de surpresa, e depois Carlton começou a rir também.

— Aí a Marla vomitou no garoto!

— Bem feito! — exclamou Charlie.

Jessica franziu o nariz.

— Que nojo. Nunca mais subi naquilo, não depois desse incidente aí.

— Ah, para, Jessica, eles limparam o carrossel — interveio Carlton. — Tenho certeza de que aquele lugar inteiro foi batizado pelas crianças. Aquelas placas dizendo "cuidado, chão molhado" não estavam lá à toa. Não é, não, Charlie?

— Não olha pra mim. Nunca vomitei na pizzaria.

— A gente passava tanto tempo lá! Privilégio de quem conhecia a filha do dono — comentou Jessica, lançando a Charlie um olhar acusatório de brincadeira.

— Não se escolhe o próprio pai! — retrucou Charlie, rindo.

Jessica pareceu refletir por um instante antes de continuar.

— Mas, tipo, quer jeito melhor de passar a infância do que na Pizzaria Freddy Fazbear's, o dia inteiro, todos os dias?

— Não sei — disse Carlton. — Acho que a musiquinha começou a me irritar depois de todos aqueles anos.

Cantarolou parte daquela melodia familiar.

Charlie baixou a cabeça, relembrando a canção.

— Eu amava tanto aqueles animais — comentou Jessica. — Qual é o nome certo? Animais, robôs, mascotes?

— Acho que todos estão certos. — Charlie se recostou no carro.

— Bom, enfim, eu ia sempre conversar com o coelho, qual era o nome dele mesmo?

— Bonnie — respondeu Charlie.

— Isso. Eu ficava reclamando dos meus pais para ele. Sempre achei que tinha uma expressão compreensiva — disse Jessica.

Carlton riu.

—Terapia robótica! Recomendada por seis entre sete psicopatas.

— Cala a boca — retrucou a menina. — Eu sabia que não era de verdade. Só gostava de falar com ele.

— Eu lembro — disse Charlie, e deu um sorrisinho.

Jessica em seus vestidinhos impecáveis, os cabelos castanhos presos em duas tranças perfeitas, como se fosse uma criança tirada de um livro antigo, subia no palco depois de encerrado o espetáculo e sussurrava toda comprometida para o coelho animatrônico do tamanho de um adulto. Se alguém se aproximasse dela, a menina ficava calada e imóvel, aguardando que o intruso fosse embora para que pudesse retomar sua conversa particular. Charlie nunca conversara com os animais do restaurante do pai, tampouco sentira tanta afinidade com eles quanto as outras crianças; embora gostasse deles, pertenciam ao público. Ela tinha seus próprios brinquedos, amigos mecânicos só dela à sua espera em casa.

— Eu curtia o Freddy — comentou John. — Tinha a impressão de que ele era o mais humano de todos.

— Sabe, tem um monte de coisa da minha infância que não lembro — admitiu Carlton —, mas juro que, se fechar os olhos, consigo ver cada detalhezinho daquele lugar. Até o chiclete que eu sempre grudava debaixo das mesas.

— Chiclete? Aham, sei. Aquilo lá era meleca.

Jessica deu um passinho mínimo para mais perto de Carlton. Ele abriu um sorriso maquiavélico.

— Eu tinha sete anos. O que você esperava? E todo mundo aqui vivia implicando comigo naquela época. Lembra quando a Marla escreveu "Carlton tem cheiro de chulé" na parede de fora?

— Mas você tinha mesmo cheiro de chulé — afirmou Jessica, e explodiu em risadas.

Carlton deu de ombros, sem se deixar perturbar.

— Eu sempre tentava me esconder quando chegava a hora de ir para casa. Queria ficar preso lá dentro para ter a pizzaria inteira só para mim.

— É, você sempre deixava todo mundo esperando — concordou John — e sempre se escondia debaixo da mesma mesa.

Charlie falou devagar, e todos se voltaram para ela, como se estivessem aguardando aquele momento:

— Às vezes acho que consigo me lembrar de cada centímetro da pizzaria, que nem o Carlton. Mas tem vezes que parece que não me lembro de nada. É tudo fragmentado. Tipo, me lembro do carrossel e da vez que ele parou. Me lembro de desenhar no jogo americano de papel. Me lembro de detalhes: comer a pizza gordurosa, abraçar o Freddy no verão e sair com pelo amarelo grudado na roupa inteira. Mas várias dessas lembranças são que nem foto, como se tivessem acontecido com outra pessoa.

Todos olhavam para Charlie com expressões esquisitas.

— O Freddy não era marrom?

Jessica olhou para os outros, buscando confirmação.

—Acho que você não se lembra de nada mesmo — provocou Carlton, e Charlie deu uma risadinha.

—Verdade. Quis dizer pelo marrom — concordou.

Marrom, Freddy tinha pelagem marrom. Claro que tinha; ela pôde vê-lo em sua mente naquele exato segundo. Mas, em algum lugar, nos recantos profundos de suas lembranças, houve um lampejo de algo diferente.

Carlton seguiu para outra história, e Charlie tentou voltar sua atenção para ele, mas havia algo de inquietante, preocupante, a respeito daquele lapso de memória. *Já faz dez anos; não é como se você estivesse sofrendo de demência aos dezessete*, disse a si mesma, mas tinha sido um detalhe tão básico para confundir. De canto de olho, surpreendeu John olhando para ela, com uma expressão contemplativa, como se ela tivesse dito algo importante.

—Você não sabe mesmo o que aconteceu com a pizzaria? — perguntou ela a Carlton, com mais urgência do que pretendia. Ele parou de falar, surpreso. — Desculpa — emendou Charlie. — Desculpa, não quis interromper você.

— Tudo bem — respondeu ele. — Mas é... Ou melhor, não, quer dizer, não sei mesmo o que aconteceu.

— Como não? Você mora aqui.

— Charlie, para com isso... — disse John.

— Não é como se eu ficasse passeando por aquela parte da cidade. As coisas estão diferentes agora. Hurricane cresceu — argumentou Carlton, com paciência, indiferente à explosão da garota. — E, para ser sincero, não fico procurando motivo para ir para aqueles lados, sabe? Por que eu faria isso? Não tem motivo, não mais.

— A gente podia ir lá — sugeriu John, e Charlie sentiu seu coração acelerar.

Carlton olhou para ela, nervoso.

— O quê? Sério, aquilo lá é um verdadeiro caos. Não sei nem se dá para chegar no prédio.

Charlie se pegou assentindo. Era como se tivesse passado aquele dia inteiro oprimida pelas lembranças, enxergando tudo através do filtro do tempo, e de repente se sentia alerta, a mente aguçada. Ela queria ir.

—Vamos. Mesmo que não tenha mais nada lá. Quero ver.

Todos ficaram em silêncio. Depois, John sorriu com uma confiança relaxada.

— É. Vamos, sim.

CAPÍTULO DOIS

Sentindo os pneus deslizarem por uma camada de terra macia, Charlie estacionou e desligou o motor. Saiu do carro e examinou os arredores. O céu tinha um tom azul-escuro intenso, com vestígios do pôr do sol. O estacionamento não era pavimentado, e um edifício monstruoso se estendia diante dela, uma imensidão de vidro e concreto ainda em construção. Havia postes de luz que nunca tinham sido usados, e nenhuma lâmpada iluminava o estacionamento. A construção em si lembrava um santuário abandonado, sepultado entre árvores escuras, que abafavam o burburinho da civilização. Ela olhou para Jessica no banco do carona com a cabeça para fora da janela.

— É aqui mesmo? — indagou a amiga.

Charlie balançou a cabeça, sem entender bem o que via.

— Não sei — sussurrou.

Então Charlie saiu do carro e ficou de pé ali, em silêncio, enquanto John e Carlton estacionavam logo ao lado.

— O que é isso? — John saiu do carro, hesitante, e fitou a construção, inexpressivo. Em seguida olhou para cada um dos amigos enquanto perguntava: — Alguém tem lanterna?

Carlton ergueu o chaveiro e os iluminou com o fraco facho de luz de uma pequena lanterna.

— Maravilha — resmungou John, se afastando, resignado.

— Espera aí — pediu Charlie, indo até o porta-malas do próprio carro. — Minha tia me obriga a carregar um monte de tralha aqui dentro, em caso de emergência.

Tia Jen, uma mulher amorosa mas muito rígida, ensinara à sobrinha que o mais importante era saber se virar sozinha. Antes que desse a Charlie seu velho Honda azul, insistira que a garota aprendesse a trocar pneus e conferir o óleo e que conhecesse as partes básicas de um motor. No porta-malas, em uma caixa preta guardada ao lado do macaco, do pneu reserva e do pé de cabra, havia cobertor, uma lanterna decente, uma garrafa d'água, barrinhas de cereal, fósforos e sinalizadores. Charlie pegou a lanterna, e Carlton surrupiou uma barrinha de granola.

Sem ninguém falar nada, começaram a dar a volta no prédio, como se tivessem combinado antes. Charlie usava a lanterna para iluminar o caminho. A obra em si parecia quase concluída, mas o chão era de terra e pedra, irregular e fofo. Charlie apontou o facho de luz para baixo, onde trechos de grama alta cresciam sem supervisão em meio à sujeira.

— Faz um tempo que ninguém remexe o chão para tocar essa obra — comentou.

O lugar era bem grande, e eles levaram bastante tempo para circular o prédio. Não demorou muito para que o azul suntuoso do céu de fim de tarde fosse coberto por uma cortina de nuvens prateadas esparsas em meio ao pontilhado de estrelas. As paredes do lugar eram todas do mesmo concreto bege, e as janelas ficavam muito acima do chão, impedindo que os quatro jovens vissem o que havia lá dentro.

— Sério que tiveram o trabalho de construir isso tudo para simplesmente abandonar o projeto? — comentou Jessica.

— Carlton, você não sabe mesmo o que aconteceu? — perguntou John.

O garoto deu de ombros enfaticamente.

— Eu já disse, sabia que estavam construindo alguma coisa aqui, mas não sei de mais nada.

— Por que fariam isso? — John parecia quase paranoico, examinando as árvores como se algo pudesse estar escondido entre elas. — Não acaba nunca, é enorme. — Ele estreitou os olhos e examinou a parede externa do prédio, que parecia se estender infinitamente. Olhou de volta para as árvores, como se quisesse se certificar de que não havia nenhum outro prédio que não tivessem visto. — Não, era aqui mesmo. — Ele apoiou a mão na fachada austera de concreto. — O lugar não existe mais.

Depois de um tempo, gesticulou para os outros e começou a voltar pelo caminho por onde tinham vindo. Relutante, Charlie deu meia-volta, seguindo o grupo. Continuaram até avistarem os carros na escuridão adiante.

— Foi mal, gente. Achei que restasse pelo menos algum pedacinho reconhecível — desculpou-se Carlton.

— É — concordou Charlie.

Ela já sabia que aquilo poderia acontecer, mas ainda assim tinha sido um choque confirmar que a pizzaria fora demolida. Às vezes parecia que a Freddy's era uma presença tão insistente em sua memória que só queria se livrar dela, varrer as lembranças, tanto as boas quanto as ruins, como se nada daquilo tivesse acontecido. Mas alguém varrera a pizzaria da face da Terra, o que parecia uma violação. Ela é quem deveria ter decidido o futuro daquele lugar. *Certo*, pensou, *como se você tivesse dinheiro para comprar a propriedade e preservá-la, como tia Jen fez com a casa.*

— Charlie — chamou John, e parecia que já estava chamando por ela havia algum tempo.

— Desculpa. O que é que vocês estavam dizendo?

— Quer entrar lá? — perguntou Jessica.

Charlie ficou surpresa por terem demorado tanto a pensar naquilo, mas lembrou que nenhum deles tinha tendências criminosas. A sugestão a deixou aliviada. Ela deu um suspiro profundo e então falou, quase rindo:

— Por que não? — Ergueu a lanterna. Os braços estavam ficando cansados. — Alguém quer trocar comigo? — Balançou o objeto como um pêndulo.

Carlton a pegou, parando um instante para avaliar o peso.

— Por que é tão pesada? — perguntou, repassando-a para John. — Aqui, pode ficar.

— É uma lanterna igual àquelas que a polícia usa — explicou Charlie, distraída. — Dá até para dar uma pancada em alguém com ela.

— Sua tia não brinca em serviço, hein? E você já acertou alguém com ela? — perguntou Jessica.

— Nunca tive o privilégio.

Charlie deu uma piscadela e, de brincadeira, lançou um olhar ameaçador para John, que respondeu com um meio sorriso hesitante, sem saber bem como reagir.

A ampla entrada estava vedada com portas de metal, sem dúvida uma escolha temporária até a construção ser concluída. Mas não foi difícil encontrar uma entrada alternativa, com os diversos montes de cascalho e areia contra a parede, de onde poderiam escalar até as grandes janelas abertas.

— Não se esforçaram muito para impedir a entrada — comentou John.

— E o que teria para roubar aí dentro? — retrucou Charlie, fitando as enormes paredes sem atrativos.

Escalaram as colinas artificias sem pressa, os pés deslizando no cascalho. Carlton foi o primeiro a chegar à janela e dar uma olhada lá dentro. Jessica espiou por cima do ombro dele.

— Dá para pular? — indagou John.

— Dá — respondeu Carlton.

— Não — disse Jessica, ao mesmo tempo.

— Eu vou primeiro — falou Charlie.

Sentia-se um pouco rebelde. Sem olhar para baixo para avaliar a altura da queda, passou os pés para o outro lado da janela e pulou. Aterrissou flexionando os joelhos. O impacto tinha sido forte, mas não chegara a machucar. Olhou para cima, para os amigos que a fitavam.

— Ah. Esperem! — gritou, então puxou uma escadinha baixa encostada a uma parede próxima e a botou sob a janela. — Ok! Podem vir!

Eles desceram um de cada vez e olharam ao redor. Havia um pátio interno que talvez fosse virar uma praça de alimentação, onde haveria mesas e cadeiras. O pé-direito era alto, e do teto de vidro dava para ver as estrelas de olho neles lá de cima.

— Que cenário pós-apocalíptico — brincou Charlie, a voz ecoando no espaço vazio.

Sem aviso, Jessica entoou as notas de uma escala musical, assustando o restante do grupo, fazendo com que todos ficassem quietos. A voz reverberou, pura e cristalina — algo de belo naquele vazio.

— Que maravilha, mas vamos tentar não chamar muita atenção — sugeriu John.

— Beleza — concordou Jessica, ainda muito satisfeita consigo mesma.

Pouco mais adiante, Carlton se aproximou e a segurou pelo braço.

— Que voz maravilhosa.

— É a acústica daqui que é boa — retrucou Jessica, em uma humildade forçada, sem a menor sinceridade.

Caminharam pelos corredores desertos, espiando dentro de todas as salas gigantescas que alguma loja de departamentos poderia ter ocupado. Havia partes do shopping quase concluídas, ao passo que outras continuavam em ruínas. Alguns corredores estavam tomados de pilhas de tijolos de concreto empoeirados e de tábuas de madeira, em outros havia uma procissão de vitrines inacabadas, com fileiras muito simétricas de lâmpadas pendendo do teto.

— Parece uma cidade abandonada — comentou John.

— Que nem Pompeia — acrescentou Jessica —, só que sem o vulcão.

— Não — discordou Charlie —, não tem nada aqui.

Tudo ali tinha um aspecto estéril. Não era um lugar abandonado: aquilo nunca nem vira sombra de vida.

Charlie olhou para a vitrine diante dela, uma das poucas em que o vidro já havia sido instalado, e se perguntou o que teria sido exposto lá. Imaginou manequins, todos com roupas modernas, mas só conseguia visualizá-los com rostos inexpressivos, como se escondessem alguma coisa. De repente se sentiu meio errada por estar ali, uma presença indesejada pela própria construção. Começou a ficar inquieta, e a aventura foi perdendo um pouco a graça. Já tinham chegado até ali. A pizzaria não existia mais, e Charlie perdera o santuário que resguardara na memória, com a imagem de Michael brincando pela última vez.

John parou de repente e desligou a lanterna com o máximo de cuidado. Levou um dos dedos aos lábios, pedindo silêncio. Apontou para o caminho que tinham feito até ali. Ao longe, viram um facho fraco de luz se movendo no escuro, para cima e para baixo, como um navio em meio à neblina.

— Tem alguém aqui — disse ele.

— Algum segurança, talvez? — sussurrou Carlton.

— Para que iam contratar alguém para vigiar um prédio abandonado? — questionou Charlie.

— Deve ter um monte de gente querendo fazer festas aqui — sugeriu Carlton, e abriu um enorme sorriso. — Eu também faria, se soubesse que este lugar existe. E se gostasse de festas.

— Ok. Bem, vamos voltar devagar — disse John. — Jessica... — chamou, então moveu os dedos diante da boca, como se a fechasse com um zíper.

Eles continuaram avançando pelo corredor, agora apenas com a luz fraca da lanterna do chaveiro de Carlton.

— Espera. — Jessica parou com um sussurro, examinando melhor as paredes ao redor. — Tem alguma coisa errada.

— É mesmo, cadê os pretzels gigantes? Eu também fiquei intrigado. — A resposta de Carlton soava sincera.

Jessica balançou a mão, impaciente.

— Não, estou falando que tem alguma coisa estranha na arquitetura. — Ela recuou vários passos, buscando uma visão mais ampla da área. — Com certeza tem alguma coisa errada — insistiu. — É muito maior por fora.

— Maior por fora? — repetiu Charlie, confusa.

— Tem uma distância enorme entre a parede de fora e a parede aqui de dentro. É como se estivessem em lugares diferentes. Olha só. — Ela atravessou correndo o espaço onde deveriam ficar duas lojas.

— Era para ter uma loja aqui e outra ali. — John comentou o óbvio, sem entender qual era o problema.

— Mas tem alguma coisa no meio! — exclamou a garota, batendo em uma seção da parede onde não havia nada. — Do estacionamento, a gente vê uma divisão dessa parte entre as duas outras lojas, mas aqui não tem entrada nenhuma.

— Verdade, você está certa. — Charlie foi andando até ela, examinando as paredes. — Devia ter outra entrada aqui.

— E... — Jessica diminuiu o tom de voz, de modo que apenas Charlie ouviu — é mais ou menos do tamanho da Freddy's, não é?

Charlie arregalou os olhos e deu um passo para trás, assustada, se afastando de Jessica.

— O que vocês estão cochichando aí? — Carlton se aproximou.

— A gente estava falando mal de você — respondeu Jessica, ríspida, então todos entraram em uma das lojas desertas ao redor do suposto espaço. — Anda, vamos dar uma olhada.

Eles avançaram em grupo, examinando a área, aglomerados ao redor do facho de luz.

Charlie não sabia bem o que esperar. Tia Jen avisara que seria melhor não voltar à cidade. Não que ela tenha aconselhado Charlie a faltar à homenagem, não exatamente, mas tampouco parecera feliz em ver a sobrinha voltando a Hurricane.

"Tome cuidado", alertara a tia. "Tem certas coisas, certas memórias, que é melhor não desenterrar."

Foi por isso que você conservou a casa do meu pai exatamente como era?, pensou Charlie, se lembrando das palavras da tia. *Por isso continuou pagando as contas, deixou a casa intocada, como uma espécie de templo, mas sem nunca visitá-la?*

— Ei! — John gesticulava loucamente, correndo para alcançar o grupo. — Se escondam!

Aquele facho de luz bamboleante reaparecera no corredor e já estava se aproximando. Charlie olhou em volta. Tinham avançado tanto pela monstruosa loja vazia que já não dava mais para sair a tempo, e não parecia haver onde se esconder.

— Aqui, gente! — sussurrou Jessica.

Havia uma reentrância na parede, ao lado de um andaime, e eles entraram depressa, se espremendo para passar pelas pilhas de caixas abertas e longas tiras de plástico penduradas no teto.

Avançaram por uma espécie de corredor, do outro lado da parede da loja de departamentos. Na verdade, parecia mais um beco, além de ser um contraste em relação ao restante do shopping: não era novo e reluzente, mas escuro e úmido. Uma das paredes era feita do mesmo concreto que a fachada externa do prédio, embora mais áspera e sem acabamento, enquanto a outra era de tijolos, com algumas partes já desgastadas pela ação do tempo, outras com o reboco esfarelando, com rachaduras e buracos. Encostadas a essa parede havia grandes estantes de madeira, já um pouco envergadas para o lado, as prateleiras afundando sob o peso de latas de tinta velhas, produtos de limpeza e baldes misteriosos. Um líquido pingava de canos expostos no teto e empoçava o chão, e o grupo evitava pisar. Um camundongo passou correndo, quase subindo no pé de Carlton. O menino deixou escapar um gritinho abafado, cobrindo a boca com a mão.

Agacharam-se atrás de uma das estantes de madeira, se espremendo contra a parede. Charlie apagou a lanterna e esperou.

Sua respiração saía curta e acelerada, e ela se manteve perfeitamente imóvel, atenta, desejando não ter parado em uma posição tão ruim. Depois de algum tempo, começou a sentir dormência nas pernas. Carlton estava tão perto que dava para sentir o cheiro leve e agradável de seu xampu.

— Que cheiro bom — sussurrou.

— Valeu — respondeu ele. E, já sabendo ao que a amiga se referia, completou: — Tem dois tipos, o Brisa Oceânica e o Paraíso Tropical. Prefiro o cheiro do Brisa, mas resseca muito o couro cabeludo...

— Shhh! — ralhou John.

Charlie não sabia por que estava tão preocupada. Era só um segurança; na pior das hipóteses eles seriam convidados a se retirar, talvez depois que o sujeito gritasse com eles. O problema é que ela realmente odiava se meter em encrencas.

A luz bamboleante foi se aproximando. Charlie estava muito consciente do próprio corpo, todos os músculos tensos e imóveis. Não mais que um instante depois, avistou uma silhueta magra vindo daquela loja enorme e espiando dentro do corredor. A pessoa direcionou o facho de luz para lá, iluminando as paredes de cima a baixo. *Fomos encontrados*, pensou Charlie, mas, inexplicavelmente, o homem deu meia-volta e saiu, parecendo satisfeito.

Aguardaram mais alguns minutos, e nada aconteceu. O estranho tinha desaparecido. Àquela altura todos estavam com braços e pernas dormentes e saíram do esconderijo, se alongando. Carlton sacudiu a perna até conseguir firmar outra vez o pé. Charlie olhou para Jessica, ainda paralisada de cócoras no chão, parecendo congelada no tempo.

— Jessica, tudo bem? — sussurrou.

A garota olhou para cima, sorrindo.

— Você não vai acreditar.

Ela apontou para a parede, e Charlie se inclinou para ver o que era. Lá, gravado no tijolo desgastado, em uma caligrafia infantil e desleixada, quase ininteligível, estava escrito:

Carlton tem cheiro de chulé.

— Tá de brincadeira, né? — murmurou John, embasbacado, se virando para tocar a parede. — Eu reconheço estes tijolos. — Então deu uma risada. — São os mesmos! — O sorriso se desfez. — Nossa, não demoliram a pizzaria! Simplesmente construíram o shopping em volta.

— A Freddy's continua aqui! — exclamou Jessica, tentando, sem sucesso, manter a voz baixa. — Deve ter um jeito de entrar — acrescentou, arregalando os olhos, que brilhavam com uma empolgação quase infantil.

Charlie iluminou o corredor, deixando o facho de luz dançar pelas duas paredes, mas não viu nenhuma porta ou abertura.

— A Freddy's tinha uma porta nos fundos — lembrou John.

— A Marla não tinha escrito isso bem do lado dela?

— Por que será que não demoliram? — indagou Charlie.

— Sério que este corredor realmente não leva a lugar nenhum? — perguntou Jessica, intrigada.

— Igualzinho à minha vida — comentou Carlton, com bom humor.

— Esperem... — Charlie passou os dedos pela borda da prateleira, tentando ver por entre as muitas quinquilharias espremidas ali. A parede atrás parecia diferente: era de metal, não de tijolo. — É aqui. — Ela se afastou e encarou os amigos. — Me ajudem a tirar isso da frente.

John e Jessica empurraram de um lado da estante, unindo esforços, enquanto Charlie e Carlton puxavam do outro. O móvel era incrivelmente pesado, ainda mais cheio de produtos e equipamentos de limpeza, baldes enormes repletos de pregos e ferramentas, mas ainda assim não foi muito difícil fazê-lo deslizar pela passagem sem maiores incidentes.

Charlie deu um passo para trás, ofegante.

— John, passa a lanterna. — Ele obedeceu, e a garota acendeu a luz, mirando o local onde a estante estivera. — É aqui.

A porta era de metal, que já estava enferrujado e coberto de respingos de tinta, um forte contraste com as paredes ao redor. Onde antes ficava a maçaneta, restava apenas um buraco; devia ter sido removida para que a estante ficasse encostada sem impedimentos.

Sem fazer barulho, Charlie devolveu a lanterna para John, que a segurou no alto, para que ela pudesse ver o que estava fazendo. Enfiando os dedos no buraquinho da maçaneta, Charlie tentou abrir a porta, mas não conseguiu.

— Não vai abrir — declarou.

John espiava atrás dela.

— Espera aí. — Ele se espremeu ao lado da amiga e se ajoelhou, prestando atenção em onde apoiava o corpo. — Acho que não está trancada, nem nada. Só enferrujada mesmo. Olha.

Não havia vão entre o chão e a porta, e a parte de baixo parecia muito irregular. As dobradiças ficavam por dentro, mas dava para ver que as beiradas estavam incrustadas de ferrugem. Parecia que não era aberta havia anos. John e Charlie a empurraram juntos, e a porta se moveu cerca de um mísero centímetro.

— Aeee! — comemorou Jessica, quase gritando, então tampou a boca. — Foi mal — sussurrou. — Vou conter minha empolgação.

Os quatro se alternaram tentando empurrar a porta, se debruçando um por cima do outro, o metal arranhando as mãos. A porta se manteve firme por um tempo, mas acabou cedendo sob o peso deles, se abrindo bem lentamente e com um rangido sinistro. Charlie olhou para trás, nervosa, mas não havia nem sinal do segurança. Só tinham conseguido abrir pouco mais de um palmo, então tiveram que se espremer para passar um de cada vez.

O ar parecia diferente lá dentro, e eles pararam para entender a situação. À frente havia um pequeno corredor escuro que todos conheciam bem.

— Aqui é a...? — cochichou Jessica, sem tirar os olhos da área escura.

Sim, é aqui, pensou Charlie. Estendeu a mão, pedindo a lanterna, e John a entregou sem dizer nada. Ela direcionou o facho de luz para a frente, iluminando as paredes. Estavam cobertas por desenhos das crianças feitos com giz de cera em papéis amarelados e as beiradas curvadas pelo tempo. Ela avançou, e os outros a seguiram, arrastando os pés pelo ladrilho velho.

Pareceram levar uma eternidade para atravessar o pequeno corredor, mas talvez só estivessem se movendo mais devagar, com passos metódicos e calculados. Enfim chegaram a um espaço aberto, onde ficava a área de alimentação. O lugar estava totalmente preservado, bem como eles lembravam. O facho de luz reluzia em mil superfícies reflexivas ou purpurinadas e nos laços de fitas metálicas.

As mesas continuavam no mesmo lugar, cobertas com toalhas quadriculadas em prata e branco, mas as cadeiras estavam desordenadas; algumas mesas tinham cadeiras de mais, outras, de menos. Era como se o lugar tivesse sido abandonado bem no meio de uma refeição: as pessoas saíram no horário de almoço, esperando voltar logo, só que nunca voltaram. Os quatro avançaram, hesitantes, respirando o ar frio e parado, preso ali havia uma década. O restaurante todo tinha uma aura de abandono — ninguém voltaria a frequentar o lugar. Um pequeno carrossel, quase invisível, ficava no canto mais afastado, onde quatro pequeninos pôneis perfeitos ainda descansavam de sua última música. De repente, Charlie congelou — e os outros também.

Ali estavam eles. Olhos grandes e sem vida a encaravam no escuro. Uma onda de pânico irracional se espalhou por seu corpo, e ela sentiu o tempo parar. Ninguém falava, ninguém respirava — era como se um predador estivesse à espreita. Mas, à medida que os segundos se passavam, o medo foi minguando. Até que ela se viu de volta àquele lugar, ainda criança, junto com os amigos que não encontrava havia tempo demais. Charlie foi na direção dos olhos. Mas foi sozinha; atrás dela, o restante do grupo permanecia imóvel. Enquanto avançava, empurrou o encosto acolchoado de uma cadeira sem nem olhar para ela, tirando-a do caminho. Deu um último passo, e os olhos que a encaravam no escuro ficaram visíveis. Eram mesmo eles. Charlie sorriu.

— Oi — murmurou, baixo demais para que os outros a escutassem.

Diante dela estavam três animatrônicos: um urso, um coelho e uma galinha. Eram tão altos quanto um adulto, talvez até mais, e tinham corpos segmentados como os daqueles bonequinhos articulados usados pelos desenhistas, cada membro feito de um bloco separado, todos conectados por articulações. Pertenciam à Freddy's — ou talvez fosse a pizzaria que pertencesse a eles. Houve um tempo em que todos sabiam seus nomes.

Lá estava Bonnie, o coelho, com o pelo azul intenso, o focinho quadrado ostentando um sorriso permanente, as pálpebras meio caídas nos grandes olhos cor-de-rosa, já lascados, lhe conferindo uma expressão de eterno cansaço. As orelhas estavam erguidas, dobradas apenas nas pontinhas, e os grandes pés, abertos em V para manter seu corpo equilibrado. Ele segurava um baixo vermelho, as patas azuis prontas para tocar, e usava uma gravata-borboleta que combinava com a cor escura do instrumento.

Chica, a galinha, era mais corpulenta. Exibia um olhar apreensivo, as grossas sobrancelhas escuras arqueadas acima dos olhos roxos, o bico entreaberto, revelando dentes, estendendo uma bandeja com um cupcake. O bolinho em si era um detalhe um tanto inquietante, com olhos na cobertura de glacê cor-de-rosa e pequenos dentinhos na massa, além de uma única vela no topo.

— Eu sempre achava que esse cupcake ia saltar da bandeja. — Carlton riu baixinho, se aproximou de Charlie e acrescentou, em um sussurro: — Eles parecem mais altos do que eu me lembrava.

— É porque você nunca tinha chegado tão perto. — Charlie abriu um sorriso tranquilo e deu um passo à frente.

— Você ficava ocupado demais se escondendo embaixo das mesas — provocou Jessica, de trás dos dois, ainda mantendo distância.

Chica usava um babador com estampas de confetes e as palavras HORA DO LANCHE! em roxo e amarelo, e tinha um tufo de penas no meio da cabeça.

Entre Bonnie e Chica estava o famoso Freddy Fazbear, que levava o nome do restaurante. Dos três, era o mais simpático e adorável e parecia bem tranquilo. O urso marrom e robusto — mas com a fantasia flácida — sorria para a plateia segurando seu microfone e ostentando uma gravata-borboleta preta e uma cartola. O único detalhe incomum em suas feições era a cor dos olhos, um azul-claro jamais visto em outro urso. A boca estava aberta, os olhos, parcialmente fechados — parecia que Freddy tinha sido congelado no meio de uma canção.

Carlton se aproximou do palco, encostando os joelhos na beirada.

— E aí, Freddy? — sussurrou ele. — Quanto tempo.

Estendeu a mão e pegou o microfone, virando-o de um lado para outro, tentando soltá-lo.

— Não! — exclamou Charlie, fitando os olhos vidrados de Freddy como se quisesse se certificar de que o animatrônico não tinha percebido.

Carlton afastou a mão como se tivesse tocado em algo muito quente.

— Foi mal.

— Vamos lá — chamou John, abrindo um sorriso. — Não querem ver o resto?

Cada um foi para um canto do salão, examinando os mínimos detalhes e tentando abrir as portas com todo o cuidado, agindo como se tudo pudesse se quebrar com um simples toque. John foi até o pequeno carrossel, e Carlton se enfiou na sala dos fliperamas, logo depois do salão principal.

— Eu lembro que essa sala era muito mais clara e barulhenta. — Carlton sorriu como se finalmente se sentisse em casa outra vez, passando as mãos pelas alavancas velhas e pelos botões de plásticos achatados. — Será que meus recordes continuam gravados? — murmurou para si mesmo.

À esquerda do palco havia um pequeno corredor. Torcendo para que ninguém notasse aonde estava indo, Charlie avançou em silêncio enquanto os outros estavam ocupados tentando matar a própria curiosidade. No fim do corredor curto e sem atrativos ficava o escritório do pai. Era seu lugar favorito do restaurante. Ela gostava de brincar com os amigos na área aberta ao público, mas adorava ter o privilégio único de poder entrar na salinha enquanto o pai cuidava da papelada. Parou diante da porta fechada, perdida em lembranças, com a mão na maçaneta. A escrivaninha ocupava quase o cômodo inteiro, e havia gaveteiros e caixinhas cheios de objetos desinteressantes. Em um dos cantos havia um gaveteiro menor, pintado de salmão, mas que Charlie sempre insistira que era rosa. Aquele era dela. A gaveta de baixo continha brinquedos e giz de cera, e na de cima ficava o que ela gostava de chamar de "minha papelada". A maioria era livros de colorir e desenhos, mas ela de vez em quando ia até a mesa do pai e, com seus rabiscos infantis de giz de cera, copiava o que ele estivesse escrevendo. Tentou abrir a porta, mas estava trancada. *Melhor assim*, pensou. O escritório era uma parte muito privada, não queria que fosse aberto naquela noite.

Voltou para o salão principal e encontrou John vidrado no carrossel, perdido em pensamentos. Ele a encarou com curiosidade, mas não perguntou onde estivera.

— Eu amava esse negócio — disse Charlie, abrindo um sorriso caloroso ao se aproximar.

Olhando depois de tantos anos, as pinturas lhe pareciam estranhas e sem vida.

John fez uma careta, como se soubesse o que ela estava pensando.

— Não é mais a mesma coisa — disse ele, passando a mão na cabeça de um dos pôneis brilhantes, como se fosse coçá-lo atrás da orelha. — Não mesmo — repetiu, afastando a mão e desviando os olhos.

Charlie fez o mesmo, querendo saber onde estavam os outros. Viu Jessica e Carlton vagando por entre as máquinas da sala dos fliperamas.

Os jogos continuavam no mesmo lugar. Vazios e desligados, com os monitores apagados, mais pareciam lápides imensas.

— Nunca gostei de jogar — confessou Jessica, sorrindo. — Tudo se mexia rápido demais, e quando eu finalmente começava a entender o que era para fazer, acabava morrendo e tinha que dar a vez a outra pessoa.

Ela sacudiu um joystick, que rangeu devido aos anos de negligência.

— Ah, as máquinas eram adulteradas mesmo — comentou Carlton, dando uma piscadela.

— Quando foi a última vez que você jogou nesses trecos? — perguntou Jessica, examinando uma das telas mais de perto, querendo identificar a imagem que os anos de uso tinham queimado na tela de tubo.

Carlton estava ocupado sacudindo uma máquina de pinball, tentando soltar a bolinha.

— Ah, às vezes vou numa pizzaria que tem uns desses. — Ele apoiou a máquina de volta nos quatro pés, com todo o cuidado, e deu uma olhada para a menina. — Mas não é como a Freddy's.

John passeava pelo salão, andando por entre as mesas e cadeiras, dando petelecos nas estrelinhas e espirais penduradas no teto. Pegou um chapéu de festa vermelho em uma mesa, puxou o elástico frouxo da base e o colocou na cabeça, deixando as borlas vermelhas e brancas caídas por cima do rosto.

— Ah, vamos dar uma olhada na cozinha — sugeriu, e se dirigiu para lá.

Charlie foi atrás.

Seus amigos nunca tiveram permissão para entrar na cozinha, mas Charlie passara um tempo considerável lá dentro, tanto que os cozinheiros sempre gritavam seu nome para expulsá-la — ou pelo menos o nome pelo qual ouviam o pai chamá-la: Charlotte. Certo dia, quando os quatro ainda estavam no jardim de infância, John ouvira alguém chamando-a assim e passou a fazer o mesmo só de implicância — sempre conseguia arrancar dela uma reação explosiva. Não que ela não gostasse do nome, mas Charlie era como todo mundo a conhecia. Só o pai a chamava de Charlotte, e era como um segredo dos dois, algo que ninguém mais podia compartilhar. No dia em que a menina foi embora da cidade de vez, o dia em que se despediram, John hesitara e dissera apenas: "Tchau, Charlie." Nos cartões-postais, nas cartas e nos telefonemas, ele usara apenas seu apelido. Ela nunca perguntou por quê, e ele nunca lhe contou.

A cozinha ainda tinha todas as panelas e os potes, mas inspirava pouco interesse em Charlie, com tantas lembranças. Ela voltou para o salão, e John a seguiu. Ao mesmo tempo, Jessica e Carlton saíam da sala dos fliperamas, se esbarrando ao passar de um cômodo escuro para outro.

— Acharam alguma coisa interessante? — indagou John.

— Hum, só uma embalagem de chiclete, trinta centavos e a Jessica, então... não, nada de interessante — brincou Carlton, e levou um soquinho de brincadeira no ombro.

— Ué, será que esquecemos? — Jessica abriu um sorriso malicioso e apontou para outro corredor, no lado oposto do salão.

Ela foi até lá bem depressa, antes que alguém pudesse responder, e o restante do grupo a seguiu. Era um corredor longo e estreito, e quanto mais andavam, menos a lanterna parecia capaz de iluminar. Finalmente a passagem se abriu para uma área reservada para as festas particulares, um pequeno salão com mesas e cadeiras. Ao entrarem, ficaram em silêncio. Diante deles estava um palco menor, com a cortina fechada. Uma placa estava pendurada em uma corda que cruzava o tablado de um lado a outro, com letras manuscritas bem desenhadas que diziam: FORA DE SERVIÇO. Eles permaneceram imóveis por um tempo, mas Jessica acabou avançando até o palco, onde cutucou a placa.

— A Baía do Pirata — comentou. — Já se passaram dez anos, mas continua quebrada.

Não toque, pensou Charlie.

— Fiz um aniversário aqui — comentou John. — E já não estava funcionando naquela época. — Ele segurou a borda da cortina e passou os dedos pelo tecido brilhoso, esfregando-o.

Não, Charlie queria dizer, mas se conteve. *Você está agindo feito uma boba.*

— Acham que ele ainda está aí dentro? — brincou Jessica, ameaçando puxar a cortina e revelar a resposta.

— Com certeza. — John deu um sorriso falso, pela primeira vez parecendo pouco à vontade.

Sim, ele ainda está aí, pensou Charlie. Recuou um passo, repentinamente consciente dos desenhos e pôsteres pendurados na parede, cercando-os feito teias de aranha. A lanterna dela iluminou as ilustrações, uma a uma, todas mostrando variações da mesma personagem: uma raposa pirata grande e energética, com tapa-olho e um gancho no lugar de uma das mãos. Ela fazia aparições para entregar pizzas a crianças famintas.

— Aqui era você quem sempre se escondia debaixo da mesa — comentou Jessica, provocando Charlie, tentando rir. — Mas já está bem crescidinha, não é?

A garota subiu no palco, um pouco cambaleante, e quase caiu. John estendeu a mão para ajudá-la a se equilibrar. Jessica deu uma risadinha nervosa, olhando para os outros como se buscasse orientação, então pegou a borda franjada da cortina, abanando a outra mão para dispersar a poeira que se soltou do pano.

— Talvez não tenha sido uma boa ideia.

Ela riu, mas havia um toque de verdade em sua voz, e Jessica olhou para baixo, parecendo pronta para descer de vez. No entanto, não se moveu, só segurou a cortina outra vez.

— Espera — pediu John. — Ouviram isso?

Eles fizeram silêncio. Charlie pôde ouvir a respiração de todos. A de John era calma e controlada, e a de Jessica, rápida e ansiosa. Quanto mais reparava, mais a própria respiração foi começando a lhe parecer estranha, como se ela tivesse esquecido como era o processo.

— Não estou ouvindo nada — respondeu.

— Nem eu — declarou Jessica. — O que era?

— Música. Vinha do... — John indicou o caminho por onde tinham vindo.

— Do palco? — Charlie inclinou a cabeça para o lado. — Não ouvi nada.

— Parecia uma caixinha de música — explicou o garoto. Charlie e Jessica tentaram ouvir, atentas, mas seus rostos permaneceram inexpressivos, sem nenhum sinal de reconhecimento.

— Deve ter parado.

John voltou a olhar para a frente.

— Vai ver foi um caminhão de sorvete — sussurrou Jessica.

— Ei, até que um sorvetinho cairia bem — respondeu ele, agradecido pela leveza da resposta.

Jessica voltou a atenção para a cortina, mas John começara a cantarolar baixinho.

— Me lembra alguma coisa — resmungou.

— Ok, lá vai! — anunciou Jessica.

Mas ela não se moveu. Charlie sentiu os olhos atraídos para baixo, para a mão da garota na cortina: as unhas pintadas de cor-

-de-rosa e os dedos pálidos, que contrastavam com o tecido escuro e brilhoso. Estavam todos imóveis, na expectativa, mas não assistiam a um espetáculo, não era mais uma brincadeira. Toda a alegria tinha sumido do semblante de Jessica, e as maçãs do rosto dela se destacavam nas sombras, os olhos sombrios como se o que estava prestes a fazer — ainda que um ato tão simples — pudesse trazer consequências terríveis. Quando Jessica hesitou, Charlie reparou em como sua mão doía: cerrara o punho com tanta força que as unhas afundavam na carne. Mesmo assim, não conseguiu se obrigar a relaxar.

Ouviram um estrondo vindo do salão principal, um barulho alto e reverberante que ressoou pelo lugar, se espalhando por todo o cômodo em que estavam. John e Charlie congelaram, se entreolhando, tomados de um pânico repentino. Jessica largou a cortina e saltou do palco, esbarrando em Charlie e derrubando a lanterna de suas mãos.

— Onde fica a saída?! — perguntou, desesperada, e John se adiantou para ajudar.

Eles tatearam as paredes às pressas enquanto Charlie corria atrás do facho de luz que girava no chão. Assim que ficaram todos de pé outra vez, Carlton entrou correndo no pequeno salão.

— Derrubei um monte de panelas lá na cozinha! — explicou, como um pedido de desculpas em tom de pânico.

— Achei que você estivesse aqui com a gente — comentou Charlie.

— Queria ver se ainda tinha comida — explicou ele, sem deixar claro se encontrara ou não.

— Sério?

John deu uma risada.

— Aquele segurança pode ter ouvido — disse Jessica, nervosa. — Temos que dar o fora daqui.

Foram todos para a porta, Jessica correndo. O restante do grupo fez o mesmo, aumentando a velocidade aos poucos quando chegaram ao corredor, até que dispararam, como se estivessem sendo seguidos.

— Corre, corre! — gritava John, e todos riam.

O pânico era simulado, mas a urgência era real.

Espremeram-se pela porta, e Carlton e John usaram toda a força para puxá-la, fechando-a com o mesmo rangido alto. Todos empurraram a estante de volta para o lugar, mexendo nas coisas das prateleiras para que parecessem intactas.

— Está bom assim? — indagou Jessica, e John a puxou pelo braço.

Voltaram depressa, mas com muito cuidado, pelo mesmo caminho, usando apenas a luz da lanterna de Carlton para se guiarem, passando outra vez pelos corredores vazios, entrando no grande pátio e, enfim, saindo para o estacionamento. Não viram a luz da lanterna do segurança outra vez.

— Que sem graça — comentou Carlton, decepcionado, olhando para trás uma última vez, na esperança de estarem sendo seguidos.

— Você está de brincadeira, né? — perguntou Charlie, indo para o carro e já tirando as chaves do bolso.

Parecia que algo trancafiado no fundo de sua memória fora revirado, embora não soubesse se aquilo era bom ou ruim.

— Foi divertido! — exclamou John, e Jessica riu.

— Foi apavorante! — gemeu ela.

— Podem ser as duas coisas — comentou Carlton, com um sorriso enorme.

Charlie começou a rir, e John se juntou a ela.

— O quê? — perguntou Jessica.

Charlie balançou a cabeça, ainda rindo.

— É só que... Nós continuamos os mesmos. Tipo, todos estão muito diferentes e tudo o mais, mas também continuam iguais. Você e o Carlton ainda se comportam da mesma forma que se comportavam quando tinham seis anos.

— Sei — retrucou Jessica, revirando os olhos, mas John assentiu.

— Eu entendi. E a Jessica também, ela só não quer admitir. — John olhou de volta para o shopping. — Vocês têm certeza de que o segurança não viu a gente?

— Agora vai ser fácil fugir — retrucou Carlton, apoiando a mão no carro.

— É — concordou John, embora não soasse convencido.

— Sabe, você também não mudou nadinha — disse Jessica, com certa satisfação. — Fica procurando problema onde não tem.

— Mas a gente devia dar logo o fora daqui — retrucou John, olhando para trás mais uma vez. — Não quero abusar da sorte.

— Então a gente se vê amanhã? — perguntou Jessica, quando se dividiram entre os dois carros.

Carlton acenou sem se virar.

Charlie sentiu um leve aperto no coração quando Jessica se instalou no banco do carona, colocando o cinto de segurança. Não estava ansiosa por aquele momento. Não que não gostasse da garota, mas ficar sozinha com ela era meio esquisito. Jessica havia se tornado quase uma estranha. Mas a euforia da aventura ainda não havia se dissipado, e os resquícios de adrenalina a deixavam mais confiante. Charlie sorriu para Jessica. Depois daquela noite, tinham algo importante em comum.

—Você sabe para que lado fica o hotel? — indagou, e Jessica assentiu, se abaixando para pegar a pequena bolsa a seus pés, com uma longa alça transversal.

Na viagem de ida até o shopping, Charlie já a vira tirar da bolsa um gloss labial, um espelhinho, balas de menta, um kit de costura e uma escova de cabelo. Dessa vez, ela pegou um caderno pequeno e uma caneta.

— Desculpa perguntar, mas quantas coisas cabem aí dentro?

Jessica se virou para ela com um sorriso largo e respondeu, brincando:

— Não posso revelar os segredos d'A Bolsa.

As duas riram.

Jessica foi lendo as instruções para chegar ao hotel, e Charlie obedecia, fazendo o caminho sem prestar muita atenção nos arredores.

Jessica já tinha feito o check-in, então as duas seguiram direto para o quarto, um cubículo bege com duas camas de viúva cobertas por colchas marrons acetinadas. Charlie deixou suas coisas na cama mais próxima da porta, e Jessica foi até a janela.

— Como você pode ver, decidi esbanjar e escolhi o quarto com a melhor vista — declarou, abrindo as cortinas em um gesto dramático, revelando duas caçambas de entulho e uma sebe ressecada. — Estou pensando em fazer meu casamento bem aqui.

— Sei — disse Charlie, rindo.

Era fácil esquecer como Jessica era inteligente, com a atitude sofisticada e o corpo de modelo. Lembrava de se sentir um pouco intimidada sempre que iam brincar juntas quando crianças, mas a sensação não resistia aos primeiros minutos, até se lembrar de como gostava da menina. Charlie se perguntou se Jessica tinha dificuldade para fazer amigos, por ser tão bonita, mas não era o tipo de coisa que se podia perguntar.

Jessica se jogou na cama, se deitando na diagonal para encarar Charlie.

— Então, me conta da sua vida — pediu, em tom de confidência, em uma imitação de apresentador de talk-show ou da mãe intrometida de alguém.

Charlie deu de ombros, constrangida por ficar sob os holofotes.

— Como assim?

Jessica riu.

— Sei lá! Que coisa horrível de se perguntar, né? Quer dizer, que tipo de resposta alguém daria a uma pergunta dessas? Hum, como é na sua escola? Algum gatinho?

Charlie também se deitou, imitando a posição de Jessica.

— Gatinho? Quantos anos a gente tem, doze?

— Mas tem algum? — insistiu Jessica, impaciente.

— Não sei. Acho que não. — Sua turma era muito pequena. Conhecia a maior parte dos colegas desde que fora morar com tia Jen, e a ideia de namorar qualquer um deles, de gostar deles "naquele sentido", lhe parecia forçada e desagradável. E explicou aquilo, completando: — A maioria das meninas acaba saindo com garotos mais velhos.

— E você não tem nenhum garoto mais velho no radar? — provocou a amiga.

— Sei lá... — respondeu Charlie. — Acho que vou esperar o pessoal da nossa idade crescer.

— Sei! — Jessica explodiu em risadas antes de pensar em algo que pudesse compartilhar. — Ano passado conheci um cara chamado Donnie. Eu era doida por ele, doida mesmo, pra valer. Ele era um amor. Só usava roupa preta, tinha cabelos pretos enrolados e tão cheios que eu só conseguia pensar em enfiar a cara naqueles cabelos quando me sentava atrás dele, na aula. Eu ficava tão distraída que acabei tirando nove em trigonometria. Ele era todo artístico, um poeta mesmo, andava com um daqueles cadernos de couro preto pra cima e pra baixo, sempre rabiscando alguma coisa, mas nunca deixava ninguém ler. — Ela soltou um suspiro, uma expressão sonhadora. — Acabei pensando que, se conseguisse fazer o Donnie me mostrar os poemas que escrevia, eu teria um vislumbre da alma dele, sabe?

— E ele mostrou? — indagou Charlie.

— Ô, se mostrou — respondeu Jessica, balançando a cabeça enfaticamente. — Finalmente criei coragem de chamá-lo para sair, sabe como é, ele era muito tímido e tal, nunca ia tomar a iniciativa. A gente foi ao cinema, deu uns beijos e depois ficamos no telhado do prédio dele. Eu contei que queria estudar as civilizações antigas e participar de escavações arqueológicas e tudo o mais. Aí ele me mostrou os tais poemas.

— E você teve um vislumbre da alma dele? — perguntou Charlie, feliz por estar participando daquela conversa de garotas, algo inédito para ela.

Balançava a cabeça, ansiosa para saber o resto. *Mas não pareça tão ansiosa*, ralhou consigo mesma, se obrigando a se acalmar enquanto Jessica vinha mais para a beirada da cama, para cochichar.

— Os poemas eram *um horror*. Eu não sabia que dava para ser tão melodramático e tão chato ao mesmo tempo. Tipo, senti vergonha alheia só de ler aquilo.

Ela escondeu o rosto com as mãos.

Charlie riu.

— E o que você fez?

— O que eu podia fazer? Disse que a gente não ia dar certo e fui para casa.

— Espera, isso foi logo depois de ler os poemas?

— Eu ainda estava com o caderno na mão.

— Ah, Jessica, que coisa horrível! Você deve ter deixado o garoto arrasado!

— Eu sei! Me senti muito mal, mas as palavras simplesmente saíram da minha boca. Não consegui me controlar.

— E ele voltou a falar com você?

— Ah, sim, ele é bem bacana. Mas agora faz economia e usa aqueles coletes de tricô.

— Você acabou com ele!

Charlie atirou um travesseiro na amiga, que se sentou e o agarrou antes de ser atingida.

— Eu sei! Ele vai acabar virando um desses milionários corretores da bolsa em vez de um artista sem-teto. E é tudo culpa minha. — Ela abriu um sorriso enorme. — Ah, vai. Um dia ele vai me agradecer.

Charlie balançou a cabeça.

— Você quer mesmo ser arqueóloga?

— Quero.

— Hum. Nossa, eu achava... — Ela balançou a cabeça outra vez. — Nada, não. Que maneiro.

—Você achou que eu quisesse fazer alguma coisa que tivesse a ver com moda — concluiu Jessica.

— Bem, sim.

— Não tem problema. Eu também achava isso. Quer dizer, até penso em fazer, adoro moda, mas há tantas outras coisas, né? Acho incrível pensar em como as pessoas viviam há mil anos, ou quem sabe dois, até dez mil anos. Eram gente como a gente, mas ao mesmo tempo eram tão diferentes. Gosto de me imaginar vivendo em outras épocas, outros lugares, e fico me perguntando que tipo de pessoa eu teria sido. Bem... enfim, e você?

Charlie rolou na cama e ficou olhando para o teto. Era feito de placas soltas de isopor manchado, e a placa logo acima de sua cabeça estava um pouco torta. *Espero que não tenha nenhum ninho de insetos lá em cima*, pensou.

— Não sei — admitiu, hesitante. — Acho muito maneiro você já saber o que quer ser, mas nunca planejei nada do tipo.

— Bom, também não é como se você já precisasse ter tudo definido na cabeça — retrucou Jessica.

— É, pode ser. Mas, sei lá, você já sabe o que quer fazer da vida, o John já sabia que queria ser escritor desde a primeira vez que pegou num lápis, ele já até publicou uma história. Até o Carlton... Bem, não sei quais são os planos dele, mas dá para ver que ele tem alguma ideia atrás de toda aquela zoação. Mas eu não tenho a menor ideia do que quero fazer da vida.

— Não importa nem um pouco, sério. Acho que a maioria do pessoal da nossa idade também não sabe o que quer. Além disso, pode ser que eu mude de ideia, que não consiga passar para a faculdade, um monte de coisas. A gente nunca sabe o que vai acontecer. Escuta, vou trocar de roupa. Quero tentar dormir um pouco.

Ela entrou no banheiro, mas Charlie continuou onde estava, fitando aquele teto deprimente. Talvez a resistência ferrenha a pensar no passado e no futuro estivesse se tornando um defeito. *Viva o presente*, dizia tia Jen, e Charlie levara o conselho ao pé da letra. *Não fique presa ao passado, não se preocupe com coisas que talvez nunca aconteçam.* No oitavo ano, Charlie fizera um curso técnico, na vaga esperança de que o trabalho mecânico pudesse acender dentro dela uma fagulha do talento do pai, liberar alguma paixão latente que ela herdara, mas não. Ela construíra uma casa de passarinho meio torta para pendurar no quintal. Nunca mais tentara nenhum curso, e a casinha só atraíra um esquilo, que a derrubou assim que entrou nela.

Jessica saiu do banheiro usando um pijama rosa listrado, e Charlie também entrou para se arrumar para dormir, trocando de roupa e escovando os dentes às pressas. Quando voltou para o quarto, encontrou a amiga já debaixo das cobertas, com o abajur no seu criado-mudo apagado. Charlie também apagou o seu, mas a luz do estacionamento entrava pela janela, passando por entre as caçambas de lixo.

Charlie voltou a encarar o teto, apoiando a cabeça nas mãos.

—Você sabe como vai ser amanhã? — perguntou ela.

— Não — respondeu Jessica. — Só sei que vai ter uma cerimônia na escola.

— É, também fiquei sabendo disso. A gente vai ter que fazer alguma coisa? Tipo, vão querer que a gente fale?

— Acho que não. Por quê? Você queria dizer alguma coisa?

— Não, só pensei na possibilidade.

— Você pensa nele? — indagou Jessica.

— Às vezes. Mas tento não pensar.

Embora aquela fosse uma meia verdade. Tinha reprimido o assunto "Michael", trancafiado a memória atrás de uma parede mental em que nunca tocava. Nem precisava fazer esforço. Na verdade, tinha que se esforçar para pensar nele.

— E você?

— Não muito. Estranho, né? Uma tragédia acontece, e na hora a coisa fica marcada em você, como se nunca fosse se apagar. Aí os anos passam, e, de repente, é só mais um acontecimento na sua vida. Não é que não seja importante ou que tenha deixado de ser horrível, mas ficou no passado, igual a todo o resto. Entende?

— Acho que sim — respondeu Charlie. Mas certamente entendia. — Tento não pensar em nada do que aconteceu.

— Eu também. Sabia que fui a um enterro semana passada?

— Meus pêsames — disse Charlie, se sentando. — Você está bem?

— Sim. Eu mal conhecia a pessoa, era só um parente que estava velho e morava longe. Acho que até nos encontramos uma vez, mas nem lembro direito. Fomos principalmente por causa da minha mãe. Mas foi numa daquelas funerárias antigas, que nem de filme, e o caixão estava aberto. E todo mundo foi até o defunto, e, quando chegou a minha vez de olhar para ele... Ele podia estar dormindo, sabe? Parecia calmo e relaxado, como sempre dizem que os mortos parecem. Não tinha nada nele que me fizesse pensar que estava *morto*, sabe? Tudo no rosto estava no lugar, igualzinho a como estaria se ele estivesse vivo. Mas não estava, e eu sabia. Daria para saber mesmo se ele não estivesse dentro de um caixão.

— Sei. As pessoas têm alguma coisa diferente quando estão... — murmurou Charlie.

— Parece meio idiota, falando desse jeito. Mas, quando olhei, ele parecia tão vivo. Só que, ainda assim, eu sabia, *sabia* que não estava. Fiquei toda arrepiada.

— É a pior parte, não é? — comentou Charlie. — As coisas que agem como se estivessem vivas, mas não estão.

— O quê? — indagou Jessica.

— Quer dizer, coisas que parecem vivas, mas não estão — acrescentou Charlie, mais do que depressa. — A gente devia dormir. Já programou o despertador?

— Já. Boa noite.

— Boa noite.

Charlie sabia que o sono demoraria a vir. Sabia bem o que Jessica quisera dizer, talvez até melhor do que a própria Jessica. Aquele brilho artificial em olhos que seguiam a pessoa, conforme ela se movia, como fariam os olhos de uma pessoa de carne e osso. Os movimentos meio rígidos de animais muito realísticos, mas que não se moviam como um ser vivo deveria se mover. Os pequenos erros de programação que volta e meia faziam parecer que um robô tivesse feito algo novo, criativo. Sua infância tinha sido cheia daquilo, Charlie crescera naquele estranho intervalo entre vida e não vida. Aquilo tinha sido seu mundo. O mundo de seu pai. Ela fechou os olhos. *O que aquele mundo fizera a ele?*

CAPÍTULO TRÊS

Pou. Pou. Pou.

Charlie acordou assustada, desorientada. Alguém batia na porta, tentando arrombá-la.

— Ah, pelo amor de Deus — resmungou Jessica, mal-humorada, e Charlie piscou e se sentou na cama.

Certo. O hotel. Hurricane. Alguém estava batendo à porta. Enquanto Jessica ia atender, Charlie se levantou e conferiu o relógio. Eram dez da manhã. Olhou pela janela para o novo dia. Seu sono tinha sido pior do que de costume, não por causa de pesadelos, mas sonhos sombrios que ela não foi capaz de lembrar com clareza, imagens que ficaram gravadas lá no fundo de sua mente, que ela não conseguia capturar.

— Charlieeeeeeee! — deram um grito estridente.

Quando abriu a porta, foi capturada em um abraço, os braços roliços de Marla a espremendo como um torno. Charlie retribuiu o abraço, que acabou saindo mais forte do que planejara. Marla se afastou, abrindo um sorriso. Os ânimos dela sempre foram tão intensos que contagiavam quem quer que cruzasse seu caminho. Quando estava melancólica, era como se uma mortalha caísse sobre os amigos e o sol se escondesse atrás de uma nuvem. Quando estava feliz, como naquele momento, era impossível evitar a explosão de alegria. Ficava constantemente sem fôlego, um pouco dispersa, sempre parecia estar atrasada, embora na verdade nunca estivesse. Marla usava uma blusa larga vermelho-escura que lhe caía bem, realçando a pele clara e os cabelos castanho-escuros.

Foi com ela que Charlie mais manteve contato. Era o tipo de pessoa que facilitava a comunicação, ainda que a distância. Mesmo quando criança, sempre enviava cartas e cartões-postais, e não desistia ainda que Charlie não respondesse algumas vezes. Marla era uma garota otimista e presumia que todos gostavam dela, a menos que deixassem claro que não, com algum comentário impróprio. Charlie admirava isso na amiga — embora não fosse tímida, ela se perguntava o tempo todo: *Será que fulano gosta de mim? Ou está apenas sendo educado? Como as pessoas sabem a diferença?* Marla fora visitá-la uma vez, quando tinham doze anos. Encantou tia Jen e fez amizade com seus colegas da escola em tempo recorde, mas sempre deixando bem claro que era amiga de *Charlie* e que estava ali por causa dela.

Enquanto Marla observava Charlie, como se tentasse identificar as diferenças entre a garota do presente e a versão da última vez em que se viram, seu sorriso ficou sério.

—Você está branquela como sempre. — Pegou as mãos de Charlie. — E está toda fria. Nunca fica quentinha, não?

Ela as soltou e seguiu avaliando o quarto de hotel com desconfiança, como se não estivesse muito certa do que se tratava.

— É a suíte de luxo — disse Jessica, o rosto impassível, enquanto procurava algo na bolsa.

A amiga estava descabelada, e Charlie escondeu um sorriso. Era bom ver algo em Jessica fora do lugar pelo menos uma vez na vida. A garota encontrou a escova e a ergueu, triunfante.

— Ha! Toma essa, frizz matinal!

— Entra — convidou Charlie, se dando conta de que Marla e ela continuavam plantadas no corredor.

Marla assentiu.

— Um segundinho só. JASON! — gritou para trás. Ninguém apareceu. — *Jason!*

Um menininho entrou, marchando. Era baixo e magro, mais moreno do que a meia-irmã. A camiseta do Batman e o short preto eram muito largos para o seu tamanho. Os cabelos eram cortados rente à cabeça, e ele estava todo sujo de terra.

— Você estava brincando na rua? — perguntou Marla.

— Não?

— Estava, sim. Não faz isso. Vai acabar morrendo, e a mamãe vai colocar a culpa em mim. Entra.

Marla empurrou o irmão mais novo para dentro do quarto e balançou a cabeça.

— Com quantos anos você está agora? — indagou Charlie.

— Onze — respondeu Jason.

O menino foi até a televisão e começou a mexer nos botões.

— Jason, para com isso — ordenou Marla. — Vai brincar com seus bonequinhos.

— Não sou mais criança — retrucou ele. — Além do mais, ficaram todos no carro. — Mas o menino se afastou do aparelho e foi olhar pela janela.

Marla esfregou os olhos.

— Nós acabamos de chegar. Tivemos que sair às seis da manhã, e *alguém* — disse ela, em um tom acusatório, lançando um olhar para o irmão por cima do ombro — não parava de mexer no rádio. Estou *tão* exausta.

Não aparentava, mas é que Marla nunca parecia cansada mesmo. Sempre que dormiam na casa de alguém, Charlie lembrava de vê-la pulando feito doida enquanto todos os outros se preparavam para ir para a cama. E então do nada a menina caía no sono, que nem um personagem de desenho animado que tinha sido golpeado na cabeça com um rolo de macarrão.

— A gente devia começar a se arrumar — disse Jessica. — Combinamos de nos encontrar com os meninos na lanchonete daqui a uma hora.

— Vamos logo! — exclamou Marla. — A gente também tem que trocar de roupa. Não queria ficar toda suja dirigindo.

— Jason, você pode ficar assistindo à TV — sugeriu Charlie, e o menino olhou para a irmã.

Marla assentiu, e ele sorriu e ligou o aparelho, começando a zapear pelos canais.

— Por favor, escolhe logo um canal — pediu Marla.

Charlie foi se arrumar no banheiro enquanto Jessica brigava com os cabelos.

Pouco menos de uma hora mais tarde, entraram no estacionamento da lanchonete e encontraram uma vaga. Os outros já haviam chegado e ocupado a mesma mesa do dia anterior.

Ao entrar, Marla fez outro escândalo, com direito a gritinhos e abraços, só que dessa vez, em público, foi um pouco mais discreta. Ofuscado pelo entusiasmo da menina, Lamar se levantou e acenou para Jessica e Charlie, esperando que Marla se sentasse.

— E aí, gente — cumprimentou ele, enfim.

Usava uma gravata escura e um terno cinza-escuro. Era alto e magro, negro, os cabelos bem curtos; as feições eram angulosas e atraentes, e parecia um pouco mais velho do que o restante do grupo. Talvez fosse por causa do terno, mas Charlie achou que tinha mais a ver com a postura: Lamar agia como se ficasse à vontade onde quer que estivesse.

Todos tinham se arrumado mais para a cerimônia. Marla se trocara no hotel, e tanto ela quanto Jessica estavam de vestido. O de Jessica batia nos joelhos e tinha estampa florida em tom pastel, era feito de um tecido leve que se movia com fluidez quando ela andava. O de Marla era simples, branco, com grandes girassóis espalhados. Charlie nem sequer pensara em levar um vestido para a viagem e torceu para não estar parecendo deslocada em sua calça de alfaiataria preta e camisa social branca. A camisa que John escolhera para a ocasião era de um tom claro de roxo, e o rapaz acrescentou uma gravata roxa um pouco mais escura para compor o visual. Carlton parecia estar usando peças idênticas às do dia anterior, ainda todo de preto. Sentaram-se.

— Estamos tão chiques — comentou Marla, alegre.

— Cadê o Jason? — perguntou Jessica, virando a cabeça de um lado para outro.

Marla resmungou.

— Já volto.

Ela deslizou para fora do banco e saiu depressa pela frente da lanchonete.

— Lamar, como anda a vida? — perguntou Charlie.

Ele abriu um sorriso largo.

— Lamar vai para uma das faculdades mais prestigiadas do país — respondeu Carlton pelo amigo, em tom de provocação.

Lamar olhou para a mesa, mas estava sorrindo.

— Eles me aceitaram antecipadamente. — Foi tudo o que disse.

— Qual faculdade? — indagou Jessica.

— Cornell.

— Espera, como assim, você já foi aceito? — questionou Charlie. — Faculdade é um assunto só para o ano que vem. Ainda nem sei para quais vou tentar.

— Ele pulou o sexto ano — explicou John. Um brevíssimo lampejo de emoção cruzou o rosto dele, e Charlie sabia o que tinha sido. John gostava de ser o inteligente, o precoce. Quando criança, Lamar fora o palhaço do grupo, e então tinha dado um salto à frente de todos eles. John forçou um sorriso, e o momento passou. — Parabéns — acrescentou, sem nenhum indício de que não estava sendo inteiramente sincero.

Marla irrompeu lanchonete adentro, dessa vez puxando Jason pelo antebraço. Ela o obrigara a vestir um blazer e uma calça cáqui, embora o menino ainda estivesse com seu tênis Nike.

— Já estou indo. Para com isso — gemeu ele.

— Esse aí é o Jason? — perguntou Carlton.

— Sou eu — respondeu o menino.

— Você se lembra de mim?

— Não lembro de nenhum de vocês — retrucou Jason, sem um pingo de remorso.

— Fica sentado ali — ordenou Marla, apontando para a mesa ao lado.

— Está bem — resmungou ele.

— Marla, ele pode sentar com a gente — disse Jessica. — Ei, Jason, vem pra cá.

— Obrigado. Quero ficar aqui mesmo. — E se sentou atrás do grupo.

Tirou um videogame portátil do bolso e esqueceu o mundo à sua volta.

A garçonete foi até a mesa, e todos fizeram seus pedidos; Marla pediu que colocasse o café da manhã de Jason na conta deles.

— A gente não tem muito tempo — disse Charlie quando a comida chegou.

— Vai dar pra chegar na hora — garantiu Carlton. — Não fica longe daqui.

Um pedacinho de comida caiu do canto da sua boca enquanto ele gesticulava para a rua.

— Você já foi visitar a escola? — perguntou Lamar, e Carlton deu de ombros.

— Passo ali em frente de vez em quando. Sei que esta é uma viagem nostálgica para vocês, mas eu moro aqui. Não é como se ficasse passeando pelos lugares e relembrando a época do jardim de infância o tempo todo.

Fizeram silêncio por um momento, os bipes do jogo de Jason preenchendo o vazio.

— Ei, você sabia que o Lamar vai para Cornell ano que vem? — comentou Jessica.

— Sério? Você não está um pouco adiantadinho, não? — Marla brincou, e Lamar encarou o prato.

Quando voltou a erguer a cabeça, estava um pouco corado.

— Faz tudo parte do plano quinquenal — disse ele. Todos riram, e o rubor no rosto dele ficou ainda mais forte. — É meio esquisito estar de volta — comentou, mudando de assunto depressa.

— Acho mais esquisito ser o único que continua morando aqui — retrucou Carlton. — Ninguém sai de Hurricane. Nunca.

— Mas será que é estranho mesmo? — indagou Jessica, pensativa. — Os meus pais... Vocês estão lembrados, né? A minha mãe é de Nova York, ela sempre brincava que queria voltar. "Quando eu voltar para Nova York", mas podia muito bem ser a mesma coisa que dizer "quando eu ganhar na loteria". Não era sério. E aí depois que o Michael mo... Logo depois do que aconteceu, ela parou de brincar com isso, e três meses depois estava todo mundo dentro de um avião indo visitar a irmã dela no Queens, e a gente acabou nunca mais voltando. O meu avô morreu quando eu tinha nove anos, e todo mundo veio a Hurricane para o enterro, menos eu. Não queriam que eu voltasse, e, sinceramente, eu também não queria. Fiquei meio ansiosa todo o tempo em que eles estiveram fora. Olhava pela janela, torcendo para que voltassem antes, como se alguma coisa ruim fosse acontecer se ficassem muito tempo aqui.

Entreolharam-se, pensativos. Charlie sabia que todos, menos Carlton, haviam se mudado, mas nunca refletira muito sobre aquilo — as pessoas estavam sempre se mudando. Carlton tinha razão, no entanto. Ninguém saía de Hurricane.

— A gente se mudou porque meu pai conseguiu outro emprego, no verão depois do terceiro ano do ensino fundamental — contou John. — Não tem nada de misterioso na história. Lamar, você foi embora no meio do semestre aquele ano.

— É. Mas isso foi porque, quando os meus pais se separaram, fui morar com a minha mãe em Indianápolis. — Franziu a testa. — Mas o meu pai também saiu daqui. Hoje em dia mora em Chicago.

— Os meus pais se mandaram por causa do Michael — revelou Marla. Todos se viraram para ela. — Depois do que aconteceu, minha mãe não conseguia mais dormir. Ficava dizendo que os espíritos estavam vagando pela cidade, inquietos. Papai disse que ela estava sendo ridícula, mas mesmo assim demos o fora daqui o mais rápido possível. — Ela olhou para os amigos em volta. — O quê? — perguntou, na defensiva. — Não sou *eu* quem acredita em fantasmas.

— Eu acredito — interveio Charlie. Parecia estar falando de algum ponto muito distante, ficou quase surpresa que pudessem escutá-la. — Tipo, não em fantasma, mas... nas lembranças. Acho que elas ficam por aí, sempre no mesmo lugar, mesmo que não tenha mais ninguém lá.

A casa, sua antiga casa, estava inundada de memórias, perda, anseio. Pairavam no ar feito umidade; as paredes estavam impregnadas, como se a própria madeira tivesse sido embebida naquilo. Já estavam lá antes de ela chegar e continuavam lá depois; para sempre. Tinham que estar. Era demais, vasto e pesado demais, para que Charlie levasse consigo.

— Isso não faz nenhum sentido — argumentou Jessica. — As lembranças ficam no nosso cérebro. Tipo, literalmente armazenadas no cérebro. Dá até para ver numa ressonância magnética. Elas não existem fora da cabeça das pessoas.

— Não sei — retrucou John. — Pensa em todos os lugares que têm uma... atmosfera. Casas antigas, às vezes, lugares onde você entra e sente tristeza ou nostalgia, mesmo sem nunca ter ido lá antes.

— Mas isso não tem nada a ver com as memórias das pessoas — contra-argumentou Lamar. — São, tipo, sugestões inconscientes, coisas que nem nos damos conta de que estamos reparando, mas que acabam determinando como nos sentimos. Tinta descascando, mobília velha, cortina de renda, detalhes que sugerem um sentimento de nostalgia. A maior parte disso a gente tirou de filmes, provavelmente. Me perdi num parque de diversões aos quatro anos. Nunca senti tanto medo na vida, mas duvido que no geral as pessoas fiquem desesperadas e aflitas quando passam por uma roda-gigante. Não é uma reação comum.

— Pode ser que fique — retrucou Marla. — Mas não sei, às vezes tenho esses momentos em que fico achando que estou esquecendo alguma coisa, algo que me causa remorso, ou que me deixa feliz, ou até alguma coisa que me faz querer chorar, mas a sensação só dura uma fração de segundo. Depois some. Vai ver estamos todos deixando nossos medos e arrependimentos e esperanças nos lugares por onde passamos, e ao mesmo tempo vamos captando pedacinhos dos sentimentos das pessoas que nunca vimos na vida. Vai ver isso acontece o tempo inteiro.

— E qual é a diferença entre acreditar nisso e em fantasmas? — perguntou Lamar.

— É totalmente diferente — respondeu a garota. — Não tem nada de sobrenatural, e não estou falando, sei lá, de almas penadas. É só... a marca que as pessoas deixam no mundo.

— Então são os fantasmas dos vivos? — insistiu Lamar.

— Não.

— O que você está dizendo é que as pessoas têm algum tipo de essência que pode ficar para trás num lugar específico mesmo depois de terem ido embora — concluiu o garoto. — É a mesma coisa que um fantasma.

— Não é nada! Não estou conseguindo me expressar direito — exclamou Marla. Fechou os olhos por um minuto, pensativa. — Ok — disse, enfim. — Vocês se lembram da minha avó?

— Eu lembro — disse Jason. — Era minha avó também.

— Estou falando da mãe do meu pai, não era sua avó coisa nenhuma — corrigiu Marla. — E, de qualquer jeito, você só tinha um ano quando ela morreu.

— Mas lembro — retrucou o menino, baixinho.

— Está bem — continuou Marla. — Então, ela colecionava bonecas desde criança. Ela e o vovô passaram a viajar muito depois que ele se aposentou, e ela trazia esses suvenires de todos os cantos do mundo: tinha boneca da França, do Egito, da Itália, do Brasil, da China, de tudo quanto é país. Ela guardava todas num quartinho lotado, prateleiras e mais prateleiras de bonecas. Algumas eram superpequenininhas, outras deviam ter o meu tamanho. Eu adorava aquilo. Uma das primeiras lembranças que tenho é de estar brincando naquele quarto com elas. Lembro que meu pai sempre me dizia para tomar cuidado, e a minha vó ria dele, respondendo: "Brinquedos foram feitos para se brincar."

"Eu tinha minha favorita, uma bonequinha de uns cinquenta centímetros, cabelos vermelhos e vestidinho branco curto brilhoso, estilo Shirley Temple. Dei o nome de Maggie para ela. Era da década de 1940, e eu amava aquela boneca. Contava tudo para ela e, quando me sentia sozinha, imaginava que eu estava naquele quarto, brincando com a Maggie. Minha avó morreu quando eu tinha seis anos, e quando fui com o papai visitar o vovô depois do funeral, ele me disse para escolher uma boneca da coleção. Quis pegar a Maggie, mas assim que entrei no quarto, senti que havia algo errado.

"Era como se a iluminação tivesse mudado, ficado mais escura, menos acolhedora. Olhei em volta, e as poses alegres e brincalhonas das bonecas começaram a me parecer artificiais, desconjuntadas. Como se estivessem todas me encarando. Eu não sabia mais o que elas queriam. A Maggie estava num canto, e dei um passo naquela direção, mas parei. Olhei nos olhos da boneca e, em vez de vidro pintado, vi uma estranha. Virei e fui embora correndo. Passei às pressas pelo corredor como se alguma coisa estivesse me perseguindo, sem olhar para trás, até voltar para o meu pai. Ele perguntou se eu já tinha escolhido, e balancei a cabeça. Nunca mais entrei naquele quarto.

Todos fizeram silêncio. Charlie estava em transe, ainda visualizando a pequena Marla correndo, desesperada.

— O que aconteceu com as bonecas? — perguntou Carlton, quebrando apenas parte do encanto.

— Nem sei. Acho que a mamãe vendeu tudo para outro colecionador depois que o vovô morreu.

— Desculpa, Marla — disse Lamar —, mas isso foi só uma peça que a sua mente pregou em você. Estava sentindo saudade da sua avó, estava com medo da morte, e bonecas já são bizarras por natureza.

Charlie interrompeu, querendo colocar um ponto final na discussão.

— Todo mundo já acabou de comer? A gente tem que sair daqui a pouco.

— Ainda tem bastante tempo — retrucou Carlton, olhando para o relógio. — A escola fica a cinco minutos daqui.

Algo mais caiu da boca dele, indo parar ao lado do primeiro pedacinho de comida cuspido.

John olhou ao redor da mesa, de um amigo para outro, como se estivesse esperando algo.

— A gente tem que contar para eles — disse, olhando para Charlie.

— Ah, é, pode crer! — concordou Jessica.

— Contar o quê? — intrometeu-se Jason, espiando por trás do assento de Marla.

— Shhh — fez a irmã, sem muita energia por trás da reprimenda. Estava encarando John. — Contar o quê?

O garoto baixou o tom de voz, forçando todos a se debruçarem na mesa. Charlie se aproximou também, ansiosa por ouvir, embora já soubesse o que iria dizer.

— A gente foi na Freddy's ontem à noite.

— A Freddy's continua lá? — exclamou Marla, alto demais.

— Shhhh! — fez Jessica, balançando a mão freneticamente.

— Foi mal — sussurrou Marla. — É só que não dá para acreditar que a pizzaria continua lá, no mesmo lugar.

— Não continua — retrucou Carlton, erguendo as sobrancelhas e abrindo um sorriso enigmático para Lamar.

— Está escondida agora — explicou John. — Era para terem demolido tudo e construído um shopping, mas não fizeram isso. Acabaram construindo... Meio que em volta dela. Basicamente, sepultaram a pizzaria.

— E vocês entraram mesmo assim? — perguntou Lamar. Quando Charlie assentiu, ele exclamou: — Vocês estão de brincadeira!

— Como é que estava lá dentro? — perguntou Marla.

— Tudo igualzinho — respondeu John. — Mas era como...

— Era como se todo mundo tivesse evaporado — completou Charlie, baixinho.

— Quero ir também! Vocês têm que levar a gente lá! — gritou Marla.

Jessica pigarreou, hesitante, e todos olharam para ela.

— Não sei, não — disse, devagar. — Tipo, hoje? Será?

— A gente tem que ir — reforçou Lamar. — Vocês não podem contar uma coisa dessas e depois não deixar a gente ir lá ver também.

— Quero ir — intrometeu-se Jason outra vez. — O que é a Freddy's?

Todos ignoraram o menino. Os olhos dele estavam arregalados, prestando atenção a cada palavra.

— A Jessica pode ter razão — disse John com relutância. — Ir hoje pode ser um pouco desrespeitoso da nossa parte.

Houve um momento de silêncio, e Charlie sabia que estavam todos esperando que ela se pronunciasse. Era ela quem tinham medo de ofender: precisavam de sua permissão.

— Acho que a gente devia ir, sim. Não acho que seja desrespeito. É quase um jeito de prestar uma homenagem... ao que aconteceu.

Charlie olhou ao redor da mesa. Jessica assentia. Seu argumento não lhe parecia muito persuasivo, mas os outros não precisavam ser convencidos. O que queriam era uma desculpa.

Marla se virou para verificar o estado do prato do irmão.

— Já acabou de comer?

— Já — respondeu ele.

Marla apontou para o videogame.

— Você sabe que não vai poder ficar jogando durante a cerimônia, né?

— Sei.

— É sério, Jason. Vai ter que deixar isso no carro.

— Por que você não me deixa no carro também? — resmungou o menino.

— Eu adoraria — retrucou Marla entredentes ao se virar de novo para o grupo. — Ok, a gente já pode ir.

O grupo seguiu para o antigo colégio em uma caravana de automóveis: os garotos no de Carlton, Marla logo depois, e Charlie por último.

— A gente devia ter combinado de ir só em dois carros — comentou Jessica, distraída, olhando pela janela.

A ideia não tinha ocorrido à Charlie.

— Devia mesmo.

— Por outro lado, não sei se ia querer ficar com a Marla e o Jason — afirmou Jessica.

— É, eles são bem intensos — concordou Charlie.

Quando chegaram, o estacionamento já estava lotado. Charlie deixou o carro em uma rua próxima, onde torceu para que fosse permitido parar, e seguiram para a escola por uma calçada que lhes era familiar.

Jessica sentiu um calafrio.

— Estou toda arrepiada.

— É estranho voltar aqui — concordou Charlie.

O colégio parecia igual por fora, mas a cerca era nova e lustrosa, de ferro com revestimento de plástico preto. A cidade inteira era daquele jeito, uma mistura de velho e novo, uma coisa familiar e desconhecida ao mesmo tempo. O que havia mudado parecia deslocado, e o que tinha permanecido igual fazia com que Charlie, por sua vez, se sentisse deslocada. *Deve ser tão estranho para Carlton continuar aqui*, pensou. "Sei que esta é uma viagem nostálgica para vocês, mas eu moro aqui", dissera ele. Por algum motivo, Charlie não tinha certeza de que acreditava naquilo.

Quando chegaram ao campo para atividades esportivas atrás da escola, as arquibancadas já estavam cheias. Fileiras de cadeiras dobráveis tinham sido colocadas na grama para abrir novos lugares, e Charlie avistou Marla e os garotos nas duas primeiras.

— Ah, maravilha! Não quero ficar sentada na frente.

— Não me importo — respondeu Jessica, e Charlie olhou para ela.

Claro que não, foi o que teve vontade de dizer. *Você é... você.* Mas acabou falando:

— É, não tem problema. Metade da cidade deve ter vindo — observou enquanto seguiam para se juntar ao grupo, que tinha reservado dois lugares. Um deles ficava na primeira fila, ao lado de Carlton, e o outro ficava logo atrás, ao lado de Marla. Jessica piscou para Charlie e escolheu se sentar ao lado do garoto. Inclinou-se na direção dele, e os dois começaram a cochichar. Charlie repetiu o que dissera a Jessica, só que dessa vez para Marla: — Tem um monte de gente aqui hoje.

— É — concordou a amiga. — Sabe como é, cidade pequena... E o que aconteceu com o Michael... Foi chocante. Além disso, os pais dele continuam morando aqui. As pessoas lembram.

— As pessoas lembram — repetiu Charlie, baixinho.

Havia um pequeno palco montado diante deles, com um púlpito e quatro cadeiras. Atrás delas havia um telão suspenso, onde estava projetada uma fotografia imensa de Michael. A imagem mostrava bem o rosto dele. Não era das mais bonitas: a cabeça estava inclinada para trás em um ângulo estranho, a boca aberta no meio de uma gargalhada, mas era perfeita. Um momento de alegria, capturado na hora exata e conservado, autêntico. Ele parecia feliz.

— Droga — disse Marla, baixinho.

Charlie olhou para a amiga. Estava secando os olhos com um lenço de papel. Charlie passou o braço pelos ombros dela.

— Eu sei.

A caixa de som deu sinais de vida com um guincho repentino que foi se esvaindo aos poucos. Quatro pessoas subiram ao palco: um homem robusto de terno, que foi diretamente para o microfone, uma senhora e um casal. O homem de terno parou diante do púlpito, e a senhora foi se sentar em uma das quatro cadeiras. O casal se afastou um pouco do tablado mas continuou de pé. Charlie sabia que deviam ser os pais de Michael, mas não os reconheceu. Quando criança, eles eram só "pais", uma espécie desinteressante de modo geral. Ela se deu conta de que nem sequer sabia o nome deles; os pais de Michael jamais fizeram esforço para interagir com os amigos do filho, e Charlie literalmente se dirigia a eles como "mãe do Michael" e "pai do Michael", como se fossem formas de tratamento adequadas.

O homem ao microfone se apresentou como o diretor da escola. Disse algumas palavras sobre perda e comunidade e a preciosidade fugaz da juventude. Falou brevemente da bondade de Michael, de seu talento artístico e da marca que deixou, mesmo ainda criança, em todos que conheceu. Era verdade, refletiu Charlie. Michael fora uma criança excepcionalmente carismática. Não era bem o líder da turma, mas todos se viam sempre querendo agradá-lo, fazê-lo sorrir, e com frequência davam o que o menino queria apenas para deixá-lo feliz.

O diretor concluiu seu discurso e apresentou os pais de Michael, Joan e Donald Brooks. Foram até o púlpito um tanto sem jeito, ambos olhando para o rosto de cada um na plateia, como se não soubessem ao certo como tinham chegado ali. Joan, enfim, deu um passo à frente.

— É estranho estar aqui em cima. — Foi a primeira coisa que ela disse, e a plateia se manifestou concordando, mas sem fazer estardalhaço. — Somos muito gratos a vocês por terem vindo aqui hoje, mais ainda aos que vieram de outras cidades. — Olhou para a primeira fileira, se dirigindo a Charlie e aos outros. — Alguns dos amigos do Michael vieram de vários lugares diferentes, e acho que isso é uma prova de como ele era querido. Mesmo dez anos depois, todos vocês já tomaram novos rumos, passaram para um novo estágio... — Tão próxima do palco, Charlie via que a mulher estava prestes a chorar, as lágrimas marejando seus olhos, mas sua voz permaneceu firme: — Agradecemos a presença de vocês hoje. Queríamos dar ao Michael um legado com esta bolsa, mas está claro que ele mesmo já deixou um por conta própria.

Marla segurou firme a mão de Charlie.

— Eu queria dizer — continuou Joan — algumas coisas sobre as famílias que não estão aqui. Como sabemos, Michael não foi a única criança que perdemos naqueles meses terríveis. — Leu mais quatro nomes, o de duas meninas e dois meninos.

Charlie olhou de relance para Marla. Sabiam que houvera outros, mas a morte de Michael teve um efeito tão devastador na vida deles que nunca sequer tinham falado sobre as outras vítimas. Charlie sentiu uma pontada de culpa. Para alguém, aquelas crianças tinham sido tão vitais quanto Michael. Para alguém, aquelas perdas significaram o fim do mundo. Fechou os olhos por um instante. *Não posso lamentar a morte de todos*, pensou. *Ninguém pode.*

Joan ainda falava:

— Embora as famílias tenham se mudado, essas crianças ocuparão para sempre um lugar em nossos corações. Agora, eu gostaria de dar a palavra a um jovem rapaz que era muito próximo do meu filho. Carlton, poderia vir aqui?

Todos observaram, surpresos, Carlton se levantar e subir ao palco, parando diante do púlpito. Joan lhe deu um abraço apertado e permaneceu perto do garoto, que tirou do bolso um pedacinho de papel amassado. Pigarreou, olhando para os rostos na plateia, depois voltou a fazer uma bolinha com o papel e o guardou.

— Não me lembro tanto do Michael quanto gostaria — começou, enfim. — Muita coisa daqueles anos são um borrão para mim. Sei que a gente se conheceu quando ainda usava fralda, mas por sorte não me lembro dessa parte. — Risinhos contidos percorreram a multidão. — O que sei é que, das lembranças que tenho, Michael está em todas. Lembro que brincávamos de super-herói, desenhávamos, o que ele fazia muito melhor do que eu, e quando fomos ficando mais velhos, lembro... Bom, que a gente continuou brincando de super-herói e desenhando. Mas se tem uma coisa que não esqueço é que os meus dias eram sempre mais empolgantes quando ele estava comigo. Michael era mais esperto do que eu. Era sempre ele quem vinha com as ideias novas, sempre inventava uma maneira diferente de nos colocar em encrenca. Aliás, desculpa por aquelas lâmpadas, Sra. Brooks. Se eu tivesse pulado do jeito que Michael me disse para pular, provavelmente só teria quebrado uma.

Donald riu, um som engasgado e desesperado. Charlie se mexeu, desconfortável, em sua cadeira e largou a mão de Marla tentando se desculpar com um meio sorriso. Assistir àqueles pais expondo seu sofrimento daquela forma era difícil demais. Estavam em carne viva, uma ferida aberta, e ela não suportava olhar.

Carlton desceu do palco e se sentou com os amigos. A avó de Michael falou, depois o pai, que tinha se recomposto o suficiente para compartilhar a lembrança de levar o filho à sua primeira aula de artes. Falou sobre a bolsa de estudos, que seria destinada a um formando que tivesse demonstrado tanto excelência acadêmica quanto paixão pelas artes, e anunciou a primeira subsidiada, Anne Park, uma jovem coreana magrinha e delicada que subiu depressa ao palco para aceitar a placa e os abraços dos pais de Michael. *Devia ter sido estranho para Anne,* pensou Charlie, *receber aquela honra tão ofuscada pelo motivo daquilo tudo.* Mas, então, se deu conta: a garota também devia ter conhecido Michael, mesmo que só de vista.

Após a cerimônia, foram todos cumprimentar os pais de Michael, abraçando e dizendo palavras de condolência. *O que se diz a alguém que perdeu um filho? O tempo pode mesmo facilitar as coisas? Uma década faz diferença, ou eles acordam todas as manhãs sentindo a mesma dor que no dia em que ele desapareceu?* Em uma longa mesa de refeitório ao lado do palco, aos poucos se formava uma pilha de fotografias e cartões — as pessoas tinham trazido flores, mensagens para os pais de Michael ou até mesmo para o próprio menino. Lembranças, palavras que desejavam ter dito a ele. Charlie se aproximou e passou os olhos pela mesa. Havia fotografias dela e dos outros, e, claro, de Michael. Não deveria ter sido uma surpresa — estavam sempre juntos: um grande grupo, ou em duplas e trios. Em uma delas, estava fazendo pose com Michael e John, todos cobertos de lama, com Jessica um pouco afastada deles e, como sempre, a imagem da perfeição, limpinha, mantendo distância dos amigos. Charlie sorriu. *Essa foto diz tudo.* Em outro retrato, a pequena Marla com cinco anos se esforçava para aguentar o peso do irmão recém-nascido, Lamar espiando, desconfiado, por cima do ombro dela, a coisinha estranha nos braços da amiga. Alguns dos desenhos de Michael estavam expostos também, rabiscos de lápis de cera destoando da moldura profissional.

Charlie pegou um deles. Interpretou como o desenho de um tiranossauro esmagando uma cidade. Notou, admirada, que o talento do menino era mesmo incrível. Enquanto ela e os demais desenhavam bonequinhos de palito, a arte de Michael era realista, ou quase isso.

— Bem bonito esse — disse John por cima do ombro dela.

Charlie deu um pulinho.

—Você me assustou.

— Foi mal.

Charlie voltou a contemplar o desenho. O que quer que fosse, era melhor do que ela seria capaz de fazer ali, aos dezessete anos.

Sentiu um aperto no peito, uma mistura de perda e ira. Não era apenas a morte prematura de Michael — era o significado real daquilo: tinha sido impedido de viver, anos, décadas de vida foram arrancados dele. Charlie se sentiu tomada por uma indignação juvenil, como se tivesse voltado a ser criança, querendo fazer birra: *não é justo!*

Respirando fundo, ela recolocou a ilustração de volta no lugar e se virou. A reunião continuava, mas Charlie precisava ir embora. Encarou Marla, e a jovem, como sempre assustadoramente intuitiva e sensível, assentiu e puxou a manga de Lamar. De suas várias posições estratégicas, os adolescentes rumaram em direção ao estacionamento. Ninguém pareceu notar que eles estavam indo embora, o que era compreensível. Com exceção de Carlton, eram todos estranhos ali.

No estacionamento, pararam ao lado do carro de Marla. Por um milagre, tinha encontrado uma vaga logo ao lado do prédio da escola.

— Posso jogar agora? — perguntou Jason no mesmo segundo, e Marla encontrou o chaveiro na bolsa e o entregou a ele.

— Não vai sair dirigindo por aí — avisou.

De repente, Marla segurou o irmão e o puxou para perto, abraçando-o por um longo minuto.

— Caramba, só vou ali entrar no carro — resmungou ele quando a irmã o soltou.

— É, pensando bem, talvez eu devesse deixar você sair dirigindo e desaparecer — brincou ela, lhe dando um empurrãozinho. Pigarreou. — Então, a gente vai passar na Freddy's?

— Vamos — respondeu Charlie, quando todos se entreolharam. — Acho que ia ser uma boa. — Por algum motivo, depois dos últimos eventos, voltar à antiga pizzaria parecia mais do que uma brincadeira. Parecia a coisa certa a fazer. — A gente se encontra lá no pôr do sol. Ei, Jessica, você pode pegar carona com alguém? Vou dar uma caminhada por aí.

—Vem com a gente — ofereceu Marla. — Prometi ao Jason que pegaríamos um cineminha.

Charlie avançou pela rua sem esperar para ouvir o restante da conversa. A alguns metros do estacionamento, se deu conta de que estava sendo seguida. Virou-se. Era John.

— Se importa se eu for junto? Você vai na sua antiga casa, não vai?

— Como você sabe?

— É a única coisa interessante nessa direção. Mas, enfim, também passei na frente da minha antiga casa para dar uma olhada. Pintaram de azul e fizeram um jardim na entrada. Foi estranho. Sei que não era azul quando a gente morava lá, mas também não consegui me lembrar de que cor era. Está tudo tão diferente.

Charlie não fez nenhum comentário. Mal tinha certeza de que queria a companhia de John. Sua casa, a casa do pai, era algo íntimo. Pensou na primeira vez que John vira os brinquedos, seu fascínio, um interesse genuíno, que não tinha nada a ver com a tentativa de agradá-la. Então cedeu.

— Está bem, pode vir.

— Ela está... — Hesitou. — Está diferente?

— Não muito — respondeu Charlie.

Não era bem verdade, mas ela não sabia como explicar o que havia mudado.

Caminharam juntos os quase cinco quilômetros, se afastando do centro urbano, passando por estradas antigas, no começo pavimentadas, depois estradas de terra. Ao se aproximarem da casa, saíram da estrada e subiram a encosta íngreme de uma colina tomada por vegetação rasteira e árvores que deviam ter sido podadas ou derrubadas eras antes. Três telhados despontavam acima das folhas, bem distantes uns dos outros, mas já fazia um bom tempo que ninguém ocupava aquelas casas.

Enfim chegaram, e John parou e ficou olhando a casa de Charlie.

— Achei que seria menos intimidante — admitiu, baixinho.

Impaciente, Charlie tomou o braço do garoto por um segundo e o puxou para contornar a casa. Uma coisa era permitir que ele a acompanhasse, mas ainda não estava pronta para deixar alguém entrar. Nem sabia se ela própria iria querer entrar de novo. John a seguiu sem protestar, como se estivesse ciente de que estavam no território de Charlie e de que era ela quem decidia aonde iam.

O terreno era grande, mais do que apenas a área do quintal. Os fundos da casa eram cercados por um bosque, então na infância Charlie sentia como se estivesse dentro de seu próprio pequeno reino, soberana de tudo ali. A grama crescera desimpedida, ervas daninhas fora de controle chegavam à altura dos joelhos. Caminharam pelo perímetro. John olhava a mata, e Charlie se viu impactada por seu velho medo infantil, como algo saído de um conto de fadas. "Nunca vá para o bosque sozinha, Charlotte", advertira o pai. Não chegava a ser sinistro nem nada, era só um daqueles conselhos que pais gostavam de dar: *não se perca*; ou o mesmo que dizer *dê a mão para um adulto antes de atravessar a rua*, ou *não chegue perto do fogão*, mas Charlie levou aquela mais a sério. Como todas as crianças, aprendeu nos livros infantis que o bosque escondia lobos e outros perigos ainda maiores. Puxou a manga de John.

— Não — pediu ela, e ele se virou de costas para a mata, sem perguntar por quê.

Então foi até uma árvore no meio do quintal e tocou no tronco.

— Lembra dessa árvore? — perguntou, sorrindo.

— Claro que lembro — respondeu Charlie, se aproximando. — Está aí há mais tempo do que eu mesma. — Mas ele continuou olhando para ela, esperando algo mais, e, de súbito, Charlie se lembrou.

Tinha sido em um dia ensolarado, era primavera. Eles tinham seis anos, talvez. John fora visitá-la, e os dois estavam brincando de pique-esconde. O pai de Charlie tomava conta de longe, da oficina da garagem, absorto em suas criações. A porta estava aberta para que pudesse ouvir qualquer grito, mas, tirando isso, toda aquela área ao ar livre era só deles. John contou até dez, os olhos fechados, de frente para a árvore, que era o ponto de partida. O quintal era amplo e aberto; não havia muitos lugares onde se esconder, então Charlie, na empolgação da brincadeira, se atreveu a procurar esconderijo para além da fronteira proibida do bosque, pouco depois da linha de árvores. John procurou pelos outros lugares primeiro: atrás do carro do pai, no canto da garagem, o vão sob a varanda, onde cabia uma criança encolhida. Em seguida começou a desconfiar do esconderijo que ela poderia ter escolhido, e Charlie se preparou para correr quando sentiu que o amigo estava indo na direção do bosque, entrando no meio da mata, espiando por trás das árvores.

Quando John enfim a encontrou, Charlie saiu correndo em direção ao quintal, para bater na árvore. Ele estava quase a alcançando, e ela acelerou, aumentando a vantagem. Bateu no tronco, quase colidindo com a árvore, e John, que estava em sua cola, rápido demais para parar, lhe deu um encontrão. Começaram a rir histericamente e depois pararam ao mesmo tempo, arfando, sem fôlego.

"Ei, Charlotte", disse ele, dando ênfase ao nome com aquele mesmo tom zombeteiro que sempre usava.

"Não me chama assim", protestou Charlie, no automático.

"Você já viu gente grande se beijando?" O menino pegou um graveto do chão e começou a cutucar o tronco da árvore, como se estivesse mais interessado naquilo do que na resposta. Charlie deu de ombros.

"Acho que já."

"Quer ver como é?" Continuava sem olhar para ela.

O rosto de John estava sujo de terra, o que no caso dele era normal, e os cabelos estavam arrepiados, um galhinho preso nos fios logo acima da testa.

"Eca", disse Charlie, franzindo o nariz. E, um instante depois, acrescentou: "Pode ser."

John jogou o graveto no chão e se inclinou na direção dela, com as mãos para trás. Charlie fechou os olhos, aguardando, ainda sem saber ao certo o que deveria fazer.

"*Charlotte!*" Era o pai dela. Charlie deu um pulo para trás. Os rostos deles estavam tão próximos um do outro que ela acabou acertando o nariz de John com a testa.

"Ai!", gritou ele, levando as mãos ao rosto.

O pai de Charlie apareceu ao lado da árvore.

"O que é que vocês dois estão aprontando aí? John?" Ele afastou as mãos do menino do nariz. "Não está sangrando. Vai ficar tudo bem. Charlotte, mais perto de casa, por favor." Apontou para onde queria que eles fossem. "Aliás, John, acho que sua mãe acabou de chegar." E foi caminhando na frente, até a calçada onde o carro da mãe de John tinha estacionado.

"Tudo bem." John correu para o carro, se virando para acenar para Charlie. Estava com um sorriso no rosto, como se algo maravilhoso tivesse acontecido, embora Charlie não soubesse bem o quê.

— Nossa! — exclamou a menina, escondendo o rosto, certa de que devia estar vermelho.

Quando levantou a cabeça, John exibia aquele mesmo sorriso satisfeito de quando tinha seis anos.

— Sabe, o meu nariz ainda dói quando chove — disse ele, tocando-o com um dedo.

— Não dói nada — retrucou Charlie. Ela se encostou na árvore. — Não acredito que você tentou me beijar. A gente tinha seis anos! — Charlie lançou um olhar acusatório para ele.

— Mesmo um coração jovem sabe o que quer — retrucou John, brincando em um tom exageradamente romântico, embora algo ali fosse verdade, algo não tão bem escondido. Charlie se deu conta de repente de que ele estava muito próximo dela.

—Vamos lá dar uma olhada na oficina do seu pai — sugeriu ele, do nada, alto demais, e Charlie assentiu.

— Está bem. — E se arrependeu no mesmo segundo em que concordou.

Não queria abrir a porta da oficina. Fechou os olhos, ainda se escorando no tronco. Ainda podia vê-lo; era tudo o que via sempre que pensava naquele lugar. O esqueleto de metal malformado, espasmódico, no cantinho escuro, com seus tremeliques brutais e os enormes olhos prateados. A imagem foi crescendo e se apossando de sua mente. A lembrança irradiava uma angústia lancinante, mas não sabia a quem pertencia essa angústia: se à coisa, ao pai ou a ela própria.

Charlie sentiu a mão de alguém em seu ombro e abriu os olhos. Era John, franzindo a testa para ela como se estivesse preocupado.

— Charlie, está tudo bem?

Não.

— Tudo. Anda, vamos ver o que tem lá dentro.

A porta não estava trancada, *e não havia razão para estar*, pensou Charlie. Seu olhar foi direcionado primeiro para aquele canto escuro. A figura não estava lá. Havia um avental desgastado pendurado em seu lugar, o mesmo que o pai usava para soldagem, e os óculos de proteção logo ao lado, mas não havia nem sinal da presença perturbadora. Charlie devia ter sentido alívio, mas não — apenas uma vaga inquietação. Olhou em volta. Não parecia restar quase nada da oficina: as bancadas continuavam lá, onde seu pai tinha montado e aperfeiçoado suas invenções, mas os materiais, os projetos e os robôs inacabados que um dia estiveram espalhados por todas as superfícies disponíveis haviam desaparecido.

Onde estarão? Teria a tia Jen levado tudo para algum ferro-velho? Estavam todos descartados em uma pilha de sucata enferrujada e desmantelada? Ou teria o próprio pai feito isso, para que ninguém mais tivesse que assumir a responsabilidade? Havia uns pedaços de lixo jogados no chão em alguns cantos; quem quer que tivesse limpado o lugar, não tinha sido muito minucioso. Charlie se ajoelhou e pegou um pedacinho de madeira com formato estranho, depois uma placa de circuito pequena. Virou a peça. *De quem era esse cérebro?*, se perguntou, mas não importava, não mais. A placa estava velha e desgastada, o cobre tão arranhado que não tinha mais conserto.

— Charlie — chamou John do outro lado da garagem.

Ele estava no canto escuro; se o esqueleto estivesse lá, poderia tê-lo tocado.

Mas o esqueleto não está lá.

— O quê?

— Olha o que eu achei aqui.

Charlie obedeceu. John estava parado ao lado da caixa de ferramentas de seu pai, e deu um passo para o lado quando ela se aproximou, abrindo espaço. Charlie se ajoelhou diante da caixa. Parecia ter acabado de ser polida. Era feita de madeira escura, o acabamento lustroso graças a alguma espécie de verniz. Abriu-a delicadamente. Pegou uma sovela da bandeja superior e a segurou por um instante, o cabo arredondado de madeira se encaixando como se tivesse sido feito para a palma da mão de Charlie. Não que ela soubesse como usá-la. Da última vez que tocara no instrumento, seus dedinhos mal conseguiam se fechar ao redor da base. Foi passando pelas ferramentas uma a uma, retirando-as de seus lugares. A caixa tinha espaços especialmente entalhados para cada item. Estavam todas polidas e limpas, os cabos de madeira lisos, e o metal, sem sinal de oxidação. Quem olhasse, poderia dizer que foram usadas naquela manhã mesmo, limpas e depois guardadas de maneira meticulosa. Como se alguém ainda zelasse por elas. Charlie as fitou com uma alegria intensa e inesperada, como se tivesse recuperado algo pelo qual lutara muito. Mas o sentimento parecia errado, descabido; olhar para os pertences do pai mexera com ela. Algo no mundo estava diferente do que deveria ser. Tomada por um temor súbito e infundado, enfiou a sovela de volta na caixa, largando-a como se estivesse queimando sua mão. Fechou a tampa, mas não se levantou.

Charlie fechou os olhos e se deixou afogar em lembranças.

Os pés dela estavam afundados na terra, e duas grandes mãos cheias de calos tampavam sua visão. De repente, foi ofuscada por uma luz forte e semicerrou os olhos, se contorcendo, impaciente, para ver o que estava à sua frente. Três figuras completas e reluzentes se avultavam à sua frente, imóveis, o sol brilhando por trás delas. Fitá-las quase a cegou.

"O que é que você acha?" Ela ouviu a pergunta, mas não podia responder; os olhos ainda não haviam se acostumado à claridade. As três estruturas de metal tinham porte parecido, mas Charlie fora treinada a enxergar além do que estava à sua frente, a imaginar o resultado final. Já fazia tempo, havia três trajes vazios pendurados feito carcaças em uma viga no sótão. Charlie sabia que tinham um propósito especial, e naquele momento começou a entender qual era.

Duas longas traves se projetavam da cabeça de uma das estruturas pesadas. A cabeça propriamente dita era sólida e lembrava uma caveira; as peças de metal pareciam ter sido enfiadas nela com violência.

"É o coelho!", gritou Charlie, orgulhosa de si mesma.

"Você não tem medo dele?", perguntou a voz.

"Claro que não. Ele parece o Theodore!"

"Theodore. É mesmo."

A figura do meio tinha aspecto mais bem trabalhado: o rosto era esculpido, com as feições definidas. Estava claro que era um urso, e uma única barra de metal saía da cabeça também. Charlie ficou confusa por um momento, mas depois sorriu.

"É para a cartola", afirmou ela, com confiança.

A última forma era, talvez, a mais assustadora: uma espécie de cone comprido e de metal se projetava do rosto vazio, no lugar da boca. Segurava algo em uma bandeja, uma estrutura metálica semelhante a uma mandíbula, fios que lembravam espaguete subindo e descendo pelo corpo e pelas órbitas dos olhos.

"Esse aí é assustador", admitiu ela, hesitante.

"Olha, esta parte aqui vai ser um cupcake!" O pai apertou o topo, e a mandíbula se fechou, e Charlie deu um pulo e depois riu.

De repente, parou de rir. Tinha ficado tão distraída que esquecera. *Eu não devia estar aqui. Não posso!* As mãos tremiam. Como poderia ter se esquecido? *O canto.* Olhou para o chão, incapaz de levantar o rosto, de se mexer. O cadarço de um de seus sapatos estava desamarrado. Viu um parafuso ao lado de seu pé e um pedacinho velho de fita adesiva, opaco de tão sujo. Havia algo atrás dela.

— Charlie. — Era John. — Charlie!

Ela olhou para o amigo.

— Desculpa. Acabei me distraindo. Este lugar... — Levantou-se e parou bem no ponto que ficou em sua memória.

Olhou para trás como se a lembrança pudesse se manifestar. O cantinho estava vazio. Ajoelhou-se outra vez e descansou as mãos no chão, procurando até encontrar um parafusinho. Tateou-o, depois olhou com mais atenção; havia buracos pequenos no piso, visíveis depois que ela afastou terra e sujeira. Charlie passou os dedos por eles, pensativa.

— Charlie, preciso contar uma coisa para você. — Havia um tom urgente na voz de John.

Ela olhou ao redor da oficina e se levantou.

— Pode ser lá fora? Não consigo respirar direito aqui dentro.

— Pode, claro — respondeu ele. E a seguiu até a árvore.

Charlie estava cansada, uma exaustão mental, não física. Ficaria bem em um minuto, mas queria um lugar que guardasse apenas lembrancinhas bobas da infância. Sentou-se na grama, recostando-se no tronco. John se sentou diante dela, a postura um pouco rígida, alisando a calça, e Charlie riu.

— *Você* está com medo de se sujar?

— As coisas mudam — respondeu ele com um sorrisinho.

— O que queria me contar? — perguntou ela, e a expressão dele ficou séria.

— Já devia ter contado há muito tempo. É só que... Quando uma coisa dessas acontece, você deixa até de confiar na memória.

— Do que é que você está falando?

— Foi mal. — Respirou fundo. — Eu vi alguém naquela noite, quando o Michael desapareceu.

— Como assim?

— Lembra quando a gente estava naquela mesa perto do palco, e os animais começaram a ficar meio malucos?

— Lembro — respondeu Charlie.

Tinha sido bizarro, os robôs ficaram agitados. Moviam-se rápido demais, abaixando e girando, repetindo incessantemente seus movimentos limitados, pré-programados. Pareciam estar em frenesi, em pânico. Charlie ficou impressionada. Devia ter sentido medo, mas não; enxergou uma espécie de desespero naquele comportamento truculento. A situação, por um momento, lembrou Charlie dos sonhos em que tentava correr, em que o mundo inteiro dependia de sua capacidade de dar mais dez passos à frente, e no entanto seu corpo parecia funcionar em câmera lenta. Havia algo errado, terrivelmente errado. Os animais animatrônicos no palco se debatiam caótica e violentamente, pernas e braços açoitando em todas as direções, olhos girando nas órbitas.

— O que você viu? — perguntou Charlie, balançando a cabeça como se pudesse se livrar da imagem.

— Tinha outro mascote lá — respondeu ele. — Um urso.

— O Freddy — interrompeu Charlie, sem pensar.

— Não, não era o Freddy. — John segurou as mãos da amiga como se tentando acalmar a ambos, mas logo as soltou e falou: — Ele estava parado bem do nosso lado, do lado da mesa, mas não olhava para o palco, que nem todo mundo. Aquele técnico chegou, lembra? E ele mesmo só ficou parado olhando os animatrônicos... Talvez tentando entender o que estava acontecendo. Olhei para o tal mascote, e ele olhou para mim também... — John parou.

— O que houve? — perguntou Charlie, impaciente.

— Aí os robôs pararam, e eu virei para eles. Quando todo mundo voltou para a mesa, o Michael tinha sumido. E o mascote também.

— Você viu o sequestrador. — Charlie o encarou, incrédula.

— Não sei o que vi. Estava tudo um caos. Nem pensei nisso. Não fiz essa conexão na hora; para mim, era só mais um mascote. Nem considerei quem poderia estar dentro daquela fantasia. Eu... Eu era criança, sabe? Quando a gente é criança sempre parte do princípio de que os adultos já estão sabendo de tudo.

— É — concordou Charlie. — Sei, sim. Você se lembra de mais alguma coisa? Como a pessoa era?

John estava olhando para o céu, como se houvesse ali algo que Charlie não conseguia ver.

— Lembro — respondeu. Seu tom de voz era calculado, firme. — Os olhos. Só consegui ver os olhos, e tem vezes que ainda consigo, como se estivessem bem aqui na minha frente. Olhos mortos.

— O quê?

— Eles não tinham vida, eram frios e opacos. Tipo, se mexiam, piscavam e viam, mas era como se não houvesse nada por trás, como se tivessem morrido fazia muito tempo.

Tinha começado a escurecer. Havia uma faixa rosa, vibrante e quase artificial, cruzando o céu, e Charlie estremeceu.

— A gente devia voltar para pegar o carro — disse ela. — Já está quase na hora de encontrar o pessoal.

— É verdade — concordou John, mas a princípio não se moveu, ficou um tempo ainda observando o vazio a distância.

— John, a gente tem que ir — chamou Charlie.

Ele pareceu voltar a si devagar.

— Verdade. Vamos. — John se levantou e limpou a terra da calça, depois abriu um sorriso para Charlie. — Quer apostar corrida? — perguntou e saiu correndo.

Charlie correu atrás dele, os braços balançando, desimpedidos.

CAPÍTULO QUATRO

Charlie e John foram os últimos a chegar ao shopping. Quando desceram do carro, encontraram os outros reunidos em um pequeno círculo na frente do carro de Marla, como se estivessem conspirando.

—Vamos lá! — chamou Marla, antes que os dois alcançassem o grupo.

A garota não parava quieta, dando pulinhos, parecendo prestes a sair correndo até a porta da construção abandonada. Todos, exceto Charlie e John, tinham trocado de roupa, optando por calça jeans e camiseta, traje mais adequado para a exploração. A princípio, Charlie se sentiu deslocada. *Pelo menos não estou de vestido*, pensou.

—Vamos lá — concordou ela.

A impaciência de Marla parecia contagiosa — ou talvez fosse apenas uma desculpa para Charlie deixar seus verdadeiros sentimentos aflorarem. Queria exibir a pizzaria para os outros.

— Esperem — pediu John, e se virou para Jessica. — Você já explicou tudo?

— Já falei do segurança — respondeu a garota. Então perguntou, pensativa: — Faltou alguma coisa?

— Acho que não.

— Eu trouxe mais lanternas — disse Carlton, mostrando três lanternas de tamanhos variados.

Jogou para Jason uma lâmpada pequena fixada a uma faixa de plástico para prender na cabeça. Jason acendeu a luz, ajustou a lanterna na testa e saiu correndo em círculos, muito animado, fazendo o facho de luz dançar.

— Shhh — ralhou Charlie, embora o menino não estivesse fazendo barulho.

— Jason — sussurrou Marla —, desliga isso. A gente não quer chamar atenção, lembra?

Jason ignorou todos eles e continuou dançando em círculos pelo estacionamento feito um pião.

— Eu tinha dito que se ele não se comportasse ia ficar esperando no carro — explicou Marla baixinho para Charlie. — Mas, olhando daqui, não sei o que seria menos assustador, ir ou ficar. — Ela fitou os galhos desfolhados se sacudindo violentamente com o vento, ameaçando abaixar para agarrá-los.

— A gente pode dar o Jason para o Foxy comer — sugeriu Charlie, com uma piscadela.

Ela foi até o porta-malas do carro e pegou sua lanterna grandona, mas não a ligou. Carlton acendeu duas das que tinha trazido, menores, e entregou uma a Jessica.

O grupo se encaminhou para o shopping abandonado. Sabendo aonde iam e o que os esperava, Charlie, John, Jessica e

Carlton avançavam pelo lugar sem hesitar, mas os outros volta e meia paravam para olhar ao redor.

— Anda, gente — chamou Jessica, impaciente, quando Lamar parou para admirar a claraboia do salão.

— Dá para ver a lua — comentou ele, apontando.

A seu lado, Marla assentia, imitando o gesto.

— Bem bonita — retrucou Jessica, sem nem olhar.

Ouviram passos ao longe, ecoando no ambiente vazio.

— Ei, ei, por aqui! — chamou John.

Eles saíram andando o mais rápido possível, sem fazer barulho. Não corriam, por medo de seus passos ecoarem, então caminharam apressados, tomando muito cuidado, encolhidos contra a parede. Entraram no espaço negro e vazio da loja de departamentos, se esgueirando pela escuridão até chegar à abertura na parede. John abriu as faixas de plástico que escondiam a entrada enquanto os outros contornavam o andaime. Jason era lento, e Charlie agarrou seu ombro para fazê-lo ir mais depressa. Quando conduziu o menino para a entrada do corredor interno, um facho de luz intenso iluminou a loja, varrendo as paredes de cima a baixo. Charlie, Jason e John passaram por baixo da cortina de plástico e saíram em disparada pelo corredor, que mais parecia um beco. Encontraram os outros já agachados contra a parede.

— Ele viu a gente! — sussurrou Jason, aflito, correndo até a irmã.

— Shhh — fez Marla.

Eles esperaram. Charlie estava ao lado de John e, depois do momento que haviam passado juntos perto da árvore, o que quer que aquilo tivesse sido, estava tão consciente da presença do amigo que quase chegava a ser desconfortável. Mesmo que não estivesse encostada nele, parecia saber com precisão onde o garoto estava, uma espécie de sexto sentido gerado pelo constrangimento. Olhou para John, mas ele não tirou os olhos da passagem para a loja. Ouviam os passos do segurança, que ecoavam naquele espaço deserto, cada um produzindo um som distinto. O sujeito se movia num ritmo lento, calculado. Charlie fechou os olhos e ficou ouvindo. Reparou que dava para saber onde ele estava pelos ruídos que fazia ao andar, primeiro mais perto, depois se afastando, atravessando a sala de um lado a outro, ziguezagueando, como se estivesse caçando alguma coisa. Os passos chegaram até o início do corredor e pararam. Os adolescentes prenderam a respiração e ficaram imóveis.

Ele sabe, pensou Charlie. Mas os passos recomeçaram, e ela abriu os olhos e viu a luz se afastando, indo embora.

Os jovens esperaram, imóveis, até não conseguirem mais ouvir as solas grossas dos sapatos do sujeito batendo no chão. Charlie e John se atrapalharam um pouco ao se levantar, e só então ela reparou que, sem querer, tinham encostado um no outro em busca de apoio. Sem olhar para ele, simplesmente começou a tirar as coisas mais pesadas da estante de madeira.

— É para eu carregar isso aqui? — perguntou Lamar, quando Charlie lhe passou um balde contendo uma serra, com parte da lâmina para fora.

— Temos que empurrar a estante — explicou Jessica. — Vamos lá.

Jessica, Charlie, Carlton e John assumiram suas posições e empurraram o móvel. Lamar tentou ajudar, mas não tinha onde se enfiar. Marla ficou só olhando.

— Eu sou uma ótima supervisora — brincou a garota, quando Charlie, também de brincadeira, olhou feio para ela.

Dessa vez, o guincho da porta de metal não foi tão alto, como se ela já não estivesse mais tão relutante à entrada daquele grupo. Ainda assim, Marla e Jason levaram as mãos às orelhas.

— E vocês acham que o segurança não vai ouvir *isso aí*? — sibilou Marla.

Charlie deu de ombros.

— Ele não ouviu ontem — retrucou.

— Eu tenho certeza de que ele viu a gente — declarou Jason, mas foi ignorado. — Ele me iluminou com a lanterna.

— Fica tranquilo, Jason, sério — pediu Jessica. — Ontem a gente também achou que tinha sido visto, mas deu tudo certo.

Jason ainda parecia desconfiado. Lamar se abaixou para encará-lo, então perguntou, em um tom tranquilizador:

— Jason, o que você acha que ele faria se nos pegasse?

— Atiraria na gente? — gemeu o menino, olhando desconfiado para o jovem.

— Pior — respondeu Lamar, solene. — Ele ia nos obrigar a fazer serviço comunitário.

Jason não sabia muito bem o que aquilo queria dizer, mas arregalou os olhos como se fosse algo terrível.

— Deixa ele em paz! — sussurrou Marla, achando graça.

— O cara não viu a gente — declarou Jason, tentando se acalmar, mas dava para perceber que não acreditava muito nisso.

Charlie acendeu a lanterna maior e apontou o facho de luz para o corredor.

— Meu Deus! — exclamou Marla, assim que a lanterna iluminou o interior da pizzaria.

A situação de repente pareceu muito mais real, e seu rosto corou de assombro e terror.

Passaram pela porta, um de cada vez. A temperatura pareceu ter caído no instante em que entraram. Charlie estremeceu, mas não entendeu por que se sentia inquieta. Sabia muito bem onde estavam e o que encontrariam. Quando chegaram ao salão principal, Carlton abriu os braços e rodopiou.

— Sejam bem-vindos... à Pizzaria Freddy Fazbear's! — exclamou, a voz retumbante, imitando um locutor.

Jessica deu uma risadinha, mas aquela encenação toda não parecia assim tão deslocada. Marla e Lamar estavam boquiabertos, admirando o restaurante. Charlie deixou a lanterna no chão, voltada para cima, iluminando o cômodo com aquela luz fraca e fantasmagórica.

— Que maneiro! — exclamou Jason. Quando bateu os olhos no carrossel, saiu correndo e pulou no lombo de um dos pôneis antes que qualquer um pudesse impedi-lo. Ele era grande demais para o brinquedo, e seus pés quase tocavam o chão. Charlie sorriu quando ele gritou: — Como faz para ligar?

— Sinto muito, amiguinho — retrucou John.

Jason saiu do brinquedo, decepcionado.

— O fliperama é por aqui! — anunciou Carlton, gesticulando para quem quisesse ir atrás.

Marla o seguiu, mas Jason ficou remexendo no painel de controle do carrossel, esperançoso. Lamar tinha ido até o palco e parou a poucos passos, hipnotizado, encarando os animatrônicos. Charlie se juntou a ele.

— Não acredito que eles ainda estão aqui — comentou Lamar, ao ver a amiga se aproximar.

— É mesmo.

— Eu já tinha esquecido que este lugar existia. — Lamar abriu um sorriso, e foi a primeira vez que mostrou alguma semelhança ao menininho que Charlie conhecera.

Ela respondeu ao sorriso. A pizzaria tinha um aspecto meio surreal. Charlie nunca falara sobre aquele lugar para nenhum dos amigos da escola. Não saberia nem por onde começar — e, o que era pior, não saberia quando parar. Jessica colocou a cabeça para fora da cortina presa à lateral do palco principal, e os dois levaram um susto.

— O que você está fazendo? — indagou Lamar.

— Explorando! Mas não tem nada aqui atrás, só um monte de fio.

Ela desapareceu outra vez por trás da cortina. Segundos depois, ouviram um baque quando Jessica pulou do palco e foi até os dois.

— Será que eles estão funcionando? — perguntou o garoto, apontando para os mascotes.

— Não sei — respondeu Charlie. E era verdade: não fazia a menor ideia de como os animatrônicos funcionavam. Eles sempre tinham simplesmente *existido*, já criados com uma vida intermitente, ligando e desligando graças à alquimia do pai, fosse lá o que ele fizesse em sua oficina. — Acho que não está faltando nada. *Devem* funcionar — acrescentou, relutante, embora tivesse dúvidas se tentava ligá-los ou não.

— Ei! — chamou Jessica, ajoelhada ao lado da escadinha para o palco. — Venham aqui, todos vocês!

Charlie foi até ela, seguida de Lamar.

— O que foi? — indagou Charlie.

— Olha isso — respondeu Jessica, apontando com a lanterna. Estava mostrando uma porta muito bem escondida na parede do palco.

— Como é que nunca vimos isso? — perguntou Charlie.

— É que nunca pensamos em procurar — respondeu John, completamente concentrado na portinha.

O grupo inteiro estava reunido ali, e Jessica olhou em volta com um sorriso escancarado, então segurou a pequena maçaneta e puxou.

A porta se abriu como em um passe de mágica, revelando uma saleta com o chão em um nível abaixo do salão. Jessica iluminou o interior com a lanterna: o recinto estava cheio de equipamentos, com uma das paredes cobertas de monitores.

— Deve ser a emissora de TV — brincou Lamar.

— Vamos! — chamou Jessica, entregando a lanterna para Charlie e enfiando as pernas no buraco da portinhola.

Desceu um único degrau alto, que não devia ser maior do que uma geladeira deitada.

— É apertado demais para mim, vou continuar olhando por aí. — John bateu continência e deu meia-volta, como se fosse montar guarda.

— Mas essa sala é que nem coração de mãe — comentou Marla, se espremendo ao lado de Charlie.

O lugar era apertado demais para o grupo todo, mas eles conseguiram entrar juntos. Jason ficou sentado no degrau, se sentindo mais à vontade próximo da saída. Havia oito monitores presos à parede, cada um com um painel de pequenos botões e alavancas. Abaixo deles ficava outro painel, do tamanho de uma mesa de jantar e coberto por grandes botões pretos, sem quaisquer rótulos ou títulos, dispostos de maneira irregular. A outra parede estava vazia, exceto por um único interruptor ao lado da porta.

— O que isso aqui faz? — indagou Jason, levando a mão ao interruptor.

Ele hesitou por um tempo para ver se alguém o impediria, então apertou.

As luzes se acenderam.

— Como assim? — questionou Carlton, olhando para os outros, confuso.

Todos se entreolharam sem falar nada; ninguém estava entendendo. Jason subiu o degrau e enfiou a cabeça para fora da sala.

— As luzes também se acenderam ali fora, pelo menos algumas — falou, alto demais.

— Por que não cortaram a luz? — murmurou Jessica, estendendo o braço por cima de Jason para fechar a porta outra vez.

— Como isso é possível? — indagou Charlie. — O lugar está fechado há dez anos.

— Que irado. — Marla se debruçou para a frente, examinando os monitores como se esperasse que algum tipo de resposta aparecesse ali.

— Liga as telas — sugeriu Jason, de repente. — Eu não alcanço.

Jessica ligou a mais próxima, e o barulho de estática crepitou pela sala.

— Nada? — perguntou Charlie, impaciente.

— Só um segundinho.

Jessica girou um dos botões para um lado e para outro, até que uma imagem se formou. Era o palco, com o foco em Bonnie.

Os outros animais não estavam visíveis. Jessica ligou as outras telas, ajustando-as até as imagens ficarem nítidas, embora a maioria continuasse meio escura.

— Ainda estão funcionando — comentou Charlie, quase entredentes.

— Talvez estejam — concordou Jessica. — Ei, alguém pode ir lá fora para a gente ver se é uma transmissão ao vivo?

— Beleza — concordou Marla, depois de hesitar por um momento.

Ela foi até a porta, se espremendo para passar por Jason. Um instante depois estava aparecendo na tela, parada no palco ao lado de Bonnie. Marla acenou. Parecia multicolorida, com as luzes de vários lados do palco banhando-a em roxo, verde e amarelo.

— Estão me vendo?

— Estamos! — gritou Carlton.

Lamar fitava os botões.

— Para que servem? — perguntou, com um sorriso travesso, apertando um deles.

Marla deu um berro.

— Tudo bem, Marla? — gritou Charlie. — O que foi?

A menina ainda estava no palco, mas tinha se afastado de Bonnie, encarando o animatrônico como se ele fosse mordê-la.

— Ele se mexeu! — gritou ela. — Bonnie se mexeu! O que vocês fizeram?

— Está tudo bem, Marla! — respondeu Jessica, rindo. — Foi a gente que apertou um botão!

Lamar apertou de novo, e todos olharam para a tela. Dito e feito: Bonnie se virou para o lado com um movimento súbito.

Ele apertou o botão outra vez, e o coelho se virou para encarar a plateia ausente.

— Tenta outro — sugeriu Carlton.

— Pode tentar — respondeu Lamar, saindo da salinha para se juntar a Marla no palco. Ele se agachou para inspecionar os pés de Bonnie. — Estão ligados a uma placa móvel — anunciou.

— Ah, é? — retrucou Jessica, sem dar muita atenção.

Carlton foi apertando botões enquanto os demais olhavam para as telas. Depois de um tempo, Charlie também saiu de lá.

— Aqui dentro está abafado demais — explicou.

O perfume de Jessica e o gel de cabelo de Carlton tinham cheiros ótimos, mas, juntos, naquele lugar apertado, estavam começando a criar um odor nauseante. Ela se dirigiu ao salão, onde ficou assistindo aos amigos testarem os movimentos dos animatrônicos no palco. O restaurante continuava quase todo escuro. Havia três refletores no teto, um roxo, um amarelo e um verde, direcionando seus fachos de luz colorida para o palco. Os animatrônicos estavam banhados por luzes de cores artificiais, que iluminavam as partículas de poeira no ar, fazendo-as brilhar como estrelinhas — eram tantas que o ambiente chegava a ficar embaçado. O piso que amparava as longas mesas estava coberto de purpurina caída dos chapéus de festa, e, olhando em volta, Charlie reparou mais uma vez nos desenhos cobrindo as paredes, todos pendurados bem baixo, na altura das crianças.

Os desenhos sempre estiveram lá, e Charlie se perguntou onde o pai teria conseguido os primeiros, para a inauguração do restaurante. Será que tinha usado seus rabiscos infantis ou ele mesmo os desenhara e pendurara lá para estimular as crianças a exibirem sua arte? Ria só de pensar no pai debruçado na bancada de trabalho usando as mãos acostumadas a manipular microchips para manusear lápis de cera, mesmo sem saber bem como. Reparou na pesada lanterna ainda ligada, no centro do ambiente, e foi até ela. *Não desperdice bateria*, pensou, fazendo coro à voz de tia Jen em sua cabeça.

Olhou de volta para o palco. Parecia que tinham conseguido fazer Chica e Bonnie executarem alguns pequenos movimentos: virar os corpos para um lado e para outro e mover mãos, pés e cabeça em várias direções, mas uma de cada vez.

Charlie voltou à sala de controle e enfiou a cabeça lá dentro.

— Dá pra fazer eles dançarem?

— Não sei — respondeu Carlton, se afastando dos monitores. — Estes controles devem ter sido usados para programar as danças. Acho que ninguém ficava controlando os shows daqui de dentro. — Balançou a cabeça, enfático. — Seria impossível.

— Hum... — resmungou Charlie.

— Fiquem quietos! — mandou Marla, e todos se calaram.

Passaram um longo tempo sem dar nem um pio, então Lamar perguntou:

— O que foi?

Marla franziu a testa, inclinando a cabeça para o lado, concentrada.

— Achei que tivesse ouvido alguma coisa — explicou ela, enfim. — Era tipo... uma caixinha de música? — Sua boca mal se movia ao falar. — Mas parou.

— Por que o Freddy não se mexe? — indagou Charlie.

— Não sei — respondeu Carlton. — Não consigo achar os controles dele.

— Hum — murmurou Jessica, tamborilando os dedos em um monitor. — Essas câmeras não mostram a pizzaria toda.

Charlie olhou para as telas, mas as imagens estavam embaralhadas, sem nenhuma ordem lógica. Não dava para criar um mapa da pizzaria com o que havia disponível.

— Tem três câmeras no palco, uma para cada animatrônico, mas devia ter mais uma, com os três juntos — ponderou Jessica. — Tem a entrada para a cozinha, mas não tem nenhuma imagem da cozinha propriamente dita, e não dá para ver o corredor e o salão de festas com aquele outro palco, aonde a gente foi ontem.

— Será que só tem câmera no salão principal? — sugeriu Carlton.

— Nada disso — retrucou Jessica. — Tem câmera para tudo que é lado.

— E daí?

— E daí que deve ter outra sala de controle em algum canto desta pizzaria! — concluiu a garota, triunfante. — Deve ficar perto do outro palco.

Charlie voltou para o salão do restaurante. Estava inquieta, não tinha ficado tão animada quanto os outros com as descobertas, e não fazia ideia do motivo. Ficou olhando para o palco. Carlton ainda brincava com os botões, e Bonnie e Chica continuavam fazendo pequenos movimentos desconjuntados. Mas Freddy Fazbear permanecia imóvel, os olhos meio fechados, e a boca entreaberta, frouxa, como se não tivesse uma estrutura para mantê-la no lugar.

— Ei! — exclamou Lamar, do nada. — Marla. A música. Também ouvi.

Todos ficaram em silêncio mais uma vez, então Marla balançou a cabeça.

— Macabro — disse ela, dessa vez mais animada que antes, esfregando as mãos como se estivessem contando histórias ao redor de uma fogueira.

Lamar encarou Freddy, pensativo.

—Vamos procurar essa outra sala de controle — sugeriu Jessica, saindo da saleta embaixo do palco com uma expressão determinada.

— Ok! — Marla saiu de onde estava e se juntou aos outros, que começaram a examinar o palco de madeira em busca de uma segunda porta.

—Vou ficar aqui — avisou Jason, da sala de controle que já tinham descoberto. — Isso é tão maneiro!

Chica virava de um lado para outro bem depressa, enquanto ele apertava o botão sem parar. Lamar se juntou ao menino.

— Ok, minha vez agora — disse ele, indo na direção da porta.

Entrou sem esperar resposta.

Charlie continuou lá, encarando Freddy, congelado no meio da performance. John se aproximou, e ela sentiu uma pontada de irritação: não queria ser convencida a participar da busca. O garoto ficou parado lá por um tempo, encarando o urso, então chegou bem perto do ouvido dela e sussurrou:

—Vou contar até cem. Melhor você se esconder.

Arrancada de seus pensamentos, Charlie encarou John, desconfiada, a irritação dissipada. O garoto deu uma piscadela e cobriu os olhos. Era absurdo, infantil e, naquele momento, também era a única coisa que ela queria fazer. Charlie saiu correndo em meio a risadinhas, procurando um esconderijo.

Jason apertou mais alguns botões outra vez, ficando cada vez mais frustrado.

—Vou morrer de tédio — falou.

— Mas já? Por quê? — indagou Lamar, arregalando os olhos.

— Não está mais funcionando.

Jason apertou os botões outra vez sem nem olhar para as telas.

Lamar examinou a imagem no monitor. Bonnie estava com a cabeça inclinada para o lado, e os olhos dele pareciam encarar a câmera.

— Bem, então vai atrás da sua irmã — sugeriu Lamar.

— Eu não preciso pedir autorização para morrer de tédio!

Jason saiu irritado da sala de controle.

— Que drama... — resmungou Lamar.

Ele reparou que estava sozinho na sala e saiu, mas Jason já havia desaparecido.

Jessica liderava a exploração, seguindo para o palco menor que tinham descoberto na noite anterior. Marla olhou para trás e viu Jason correndo para alcançá-los antes de entrarem no longo corredor.

—Toma cuidado aí, hein! — gritou para o irmão atrás dela, quando ele se separou do grupo para explorar sozinho.

Lamar alcançou os outros no corredor. O salão do restaurante estava vazio, mas Jason ouvia os gritinhos de Charlie e John ecoando pelos pequenos salões de festa mais afastados da área pública, e eles pareciam estar se divertindo. Quando se viu sozinho, Jason seguiu direto para a sala dos fliperamas.

A luz ali era mais fraca, e, sem eletricidade, as máquinas pareciam enormes blocos de pedra negra em um cemitério esquecido. O ar parado parecia menos denso. Jason foi até o fliperama mais próximo e apertou os botões — alguns estavam emperrados de tão velhos —, mas nada aconteceu.

Primeiro tem que ligar na tomada, dã. Ele se enfiou atrás das máquinas em busca da tomada e reparou que, apesar de incrivelmente embolados, todos os fios estavam conectados. *Será que tem um interruptor separado para esta sala?* Começou a examinar as paredes.

Não viu nenhum interruptor. Enquanto analisava as paredes, Jason ficou distraído com os muitos desenhos infantis. Era pequeno demais, na época, para se lembrar da pizzaria; até as lembranças de Hurricane eram escassas e nebulosas. Mas algo naqueles desenhos lhe trouxe um sentimento de nostalgia. Eram todos iguais, aquele tipo de desenho que ele e todas as crianças do mundo já tinham feito: pessoinhas de cores variadas, com o corpo em forma de bola e braços e pernas de palitos. Apenas alguns detalhes indicavam que algumas formas eram os animatrônicos, como o bico de Chica e as orelhas de Bonnie. Os desenhos de Freddy Fazbear pareciam ter sido feitos com mais cuidado. Eram um pouco mais elaborados, como se as crianças tivessem se dedicado mais e feito um esforço para acertar os detalhes. Um desenho em especial chamou sua atenção. Era igual aos outros, talvez um pouco melhor: Bonnie, o coelho, abraçando uma criancinha. Não tinha assinatura. Jason tirou a folha da parede, sem entender o que despertara seu interesse.

John entrou correndo na sala, ofegante e com um sorriso enorme. Assim que reparou que só tinha Jason lá, voltou a ficar sério.

— E aí? — Ele assentiu, disfarçando, então deu um passo para trás, casualmente, e saiu correndo sem fazer barulho.

Eles parecem crianças brincando de esconde-esconde, pensou Jason. *Argh, não quero namorar nunca.*

Voltou a olhar o desenho, mas estreitou os olhos, achando que não estava vendo muito bem. A criança estava de costas para Bonnie. Jason encarou a folha por um bom tempo. *Eles não estavam abraçados?* Olhou para o salão principal, mas Marla não estava à vista, tinha ido procurar a outra sala de controle. Jason dobrou o papel com cuidado e o guardou no bolso. Foi quando reparou em como o lugar estava quieto. Saiu da sala dos fliperamas e espiou o salão do restaurante.

— Pessoal? — sussurrou.

Olhou para trás uma única vez e então saiu, atrás do grupo.

Jessica, Lamar, Carlton e Marla avançavam devagar, desbravando o outro lado do restaurante. A luz dos refletores não chegava até ali — só servia para ajudá-los a discernir as beiradas e os cantos, ou refletia de leve na purpurina espalhada. Jessica examinou a parede com a lanterna, procurando reentrâncias no gesso, e gesticulou para que Marla fizesse o mesmo.

— Temos que procurar alguma porta escondida — explicou Jessica.

— Mas aquela lá não estava escondida — ponderou Carlton.

— É verdade — concordou a garota, mas continuou iluminando a parede, deixando claro que não ia desistir.

Passaram por dois banheiros que não tinham notado na noite anterior.

— Será que ainda tem água? — indagou Carlton. — Estou morrendo de vontade de fazer xixi.

—Você tem o quê, cinco anos? Não precisa falar o que quer fazer no banheiro. — Jessica revirou os olhos e apertou o passo.

Chegaram à sala do palco menor e todos hesitaram por um momento. Então Marla e Lamar foram juntos até o palco. Pareciam ter se aproximado mais um do outro, mesmo sem reparar. Carlton e Jessica já haviam ido ali na noite anterior, mas era como se estivessem vendo o lugar pela primeira vez, através dos olhos dos dois amigos. Carlton se deu conta de que ainda não tinham visto o que estava atrás da cortina.

— Eu me lembro desses pôsteres — comentou Lamar.

— Eu também me lembro daquilo ali — disse Marla, apontando para a placa que dizia FORA DE SERVIÇO. — Essa frase sempre me deixa desconfortável, mesmo que esteja só na frente de uma daquelas maquininhas de refrigerante. — Ela soltou uma risadinha meio forçada.

— Sei como é — concordou Lamar, baixinho.

Antes que ele pudesse falar mais, Carlton o interrompeu:

— Achei.

—Você pensa que achou — corrigiu Jessica.

E tinha mesmo uma porta, que parecia sumir nos desenhos da parede, igual à do outro palco. Não chegava a estar escondida, mas obviamente tinha sido feita para não ser notada. Estava pintada de preto, combinando com o restante do pequeno salão de festas. Jessica girou a maçaneta e puxou, mas não abriu.

— Está trancada? — indagou Lamar.

— Acho que não.

— Me deixa tentar — pediu Marla.

Ela agarrou a maçaneta e deu um puxão. A porta abriu de uma vez, e a garota tropeçou para trás.

— Uau! — exclamou Lamar.

— É que cuidar do Jason me deixou mais forte.

Ela abriu um sorriso, se ajoelhando para entrar pela portinha.

A sala era quase idêntica à primeira: oito monitores na parede e um painel enorme com botões sem identificação. Carlton tateou as paredes em busca do interruptor geral, enfiando a mão em um cantinho escuro. Com um clique, a eletricidade voltou. Um zumbido baixo reverberou pela sala, e os refletores lá fora se acenderam em tons estranhos e intensos de azul e vermelho, iluminando a sala com os fachos que passavam pelo vão da porta. Jessica e Carlton ligaram as telas, mexendo nos reguladores até revelar partes do restaurante, embora a maioria continuasse bem escura. Assim como na outra sala de controle, havia uma imagem distante do palco principal, mas as outras câmeras mostravam outros lugares e outros ângulos. Enquanto a primeira sala exibia apenas imagens do salão principal, naquela ali dava para ver outras áreas da pizzaria, como os salões de festa, ainda cobertos de purpurina, decorados para eventos que jamais aconteceriam; corredores; um escritório e até o que parecia um depósito. Também havia uma imagem do salão menor em que tinham encontrado a nova sala de controle; a câmera estava virada para a placa de FORA DE SERVIÇO e a cortina atrás dela, iluminadas por tons quase sobrenaturais. Em um monitor, viram Jason voltando para a sala dos fliperamas.

— Talvez seja melhor eu ir atrás dele — comentou Marla, mas ninguém respondeu.

Carlton começou a apertar botões. Luzes de holofotes se acendiam e apagavam no palco do salão principal, iluminando primeiro um animatrônico, depois outro, reluzindo em espaços vazios onde, antigamente, as pessoas talvez ficassem. Ele acionou um interruptor, e, a princípio, pareceu que nada tinha acontecido. Então Lamar começou a rir, apontando para uma das telas. As pizzas decorativas penduradas nas paredes giravam loucamente, pareciam prestes a se soltar e sair rolando.

— Eu tinha esquecido que isso acontecia — comentou Lamar, quando Carlton apertou o botão para aquilo parar.

Carlton girou um sintonizador grande que ficava um pouco afastado dos botões, mas nada aconteceu.

— Deixa eu tentar um pouco — pediu Lamar.

Dando uma cotovelada em Carlton, fazendo o garoto chegar para o lado, ele apertou outro botão. Ouviram um guincho estridente e deram um pulo, mas o ruído logo se transformou em um zumbido de estática. Lamar apertou o botão outra vez, e o barulho cessou.

— Bem, agora a gente sabe como ligar as caixas de som — comentou Carlton.

— Aposto que não é difícil descobrir como botar música para tocar — disse Jessica.

Ela estendeu o braço e apertou outro botão, e as luzes do palco do salão principal se intensificaram, ao mesmo tempo que as luzes ambientes enfraqueciam. Os três animatrônicos ficaram em destaque, chamando atenção. Jessica apertou o botão outra vez, e a iluminação voltou ao normal.

— Adorei isso — comentou Carlton.

— O quê? — perguntou Marla.

— Os holofotes. É só apertar um botãozinho que parece que entramos em outro mundo.

Outro botão fazia os holofotes se acenderem e apagarem no palco do salão menor, onde estavam, e outro ligava e desligava o carrossel — a musiquinha soava lenta demais, como se o brinquedo estivesse tentando se lembrar da melodia. Conseguiram ligar as caixas de som sem o guincho agudo, mas só havia o barulho de estática.

— Já sei — disse Jessica, abrindo caminho até a frente.

Ela aumentou o volume e começou a girar o controle de um lado para outro. O zumbido foi ficando mais baixo, depois mais alto, conforme mexia no controle.

— Ah, fizemos progresso — disse Carlton.

— Mas continua só na estática — retrucou Marla, pouco impressionada.

Jessica abaixou o volume outra vez, então afastou a mão depressa, como se tivesse sido mordida. Apertou o botão, desligando as caixas de som.

— O que foi? — indagou Marla.

Jessica permaneceu imóvel, a mão ainda erguida.

— O que foi? Levou um choque? — perguntou Carlton.

— Parecia uma voz — respondeu a garota.

— E o que ela estava dizendo? — perguntou Marla, parecendo interessada novamente.

— Não sei. Deixa eu tentar de novo.

Ela ligou as caixas de som outra vez, retomando o barulho da estática, e foi diminuindo o zumbido enquanto todos escutavam atentamente. Quando o volume diminuiu mais e chegou a um nível logo abaixo do possível para uma voz humana, eles ouviram: palavras quebradas que saíam como um rangido, quase lentas demais — ou distorcidas demais — para formarem uma frase. Os quatro se entreolharam.

— O que é isso? — indagou Marla.

— Não é nada de mais, só barulho aleatório de estática — afirmou Lamar.

Ele assumiu o controle e aumentou o volume aos poucos. Durou só um instante, mas todos ouviram um som claro e inteligível.

— Parece alguém cantando — sugeriu Carlton.

— Mas não é — retrucou Lamar, com menos certeza.

— Faz de novo — pediu Marla.

Lamar obedeceu, mas não ouviram nada na estática.

—Aquela ali é a Charlie? — perguntou Marla, apontando de repente para a figura borrada avançando pelo corredor na direção deles, deslizando bem junto à parede, como se não quisesse ser notada.

Charlie corria, quase saltitante, em busca de outro esconderijo. Olhou para trás, suspeitando vagamente que John pudesse estar trapaceando. Avançava pelo lugar escuro em direção ao brilho colorido da cortina do palco menor, que banhava as mesas e os chapéus de festa com reflexos fantasmagóricos vermelhos e azuis. Atravessar aquele corredor sempre lhe parecera uma jornada longa e cheia de perigos, algo que não devia fazer sozinha. Ficou atenta ao caminho atrás de si, deixando a parede servir de guia. Sabia que John estava perto, devia estar se esgueirando pelas sombras. Bateu em alguma coisa de repente e parou. Estava andando mais rápido do que tinha imaginado — ou, o que era mais provável, o corredor não era tão longo quanto se lembrava.

Notou a sombra de John no fim do corredor — se ele se virasse para lá, conseguiria vê-la. Sem pensar, Charlie subiu no palco, onde tinha esbarrado, e se enfiou atrás da cortina, se escondendo entre a parede e algum acessório do cenário muito grande e volumoso, tentando não respirar.

— Charlie — chamou John, ainda longe. — *Charlie!*

Ela sentiu o coração acelerar. Já tinha gostado de alguns outros garotos, mas aquilo era diferente. Queria ser encontrada, só que dali a algum tempo. Enquanto esperava, os olhos foram se adaptando à escuridão, e ela conseguiu distinguir a borda da cortina e o fim do palco. Ergueu os olhos para o objeto à sua frente.

Não. Um tremor percorreu seu corpo, que ficou paralisado.

Aquela coisa estava parada ali na frente dela. Era o esqueleto da oficina do pai, a criatura deformada que ficava pendurada no canto, que volta e meia era acometida por convulsões, os olhos emitindo um brilho prateado. *Dói?* A coisa estava parada ali, os olhos ocos e opacos. Olhava para a frente, impassível, o braço que portava o gancho pendendo inútil ao lado do corpo. Charlie reconheceu os olhos, mas o esqueleto parecia em um estado ainda pior, preso naquelas partes vazias com a pelagem vermelha embaraçada, exalando um fedor de graxa e cola. E recebera um nome: Foxy. Mas Charlie sabia o que ele era.

Ela se encolheu e recuou, se espremendo contra a parede. O coração estava disparado, a respiração, ofegante. Tinha encostado o braço na perna do animatrônico e começou a se coçar, desconfortável, como se tivesse sido contaminada. Limpou a mão na camisa, desesperada, entrando em pânico.

Corre.

Pulou para longe, usando a parede para tomar impulso, querendo fugir antes que aquela coisa a visse, mas tropeçou na beira do palco. Cambaleou para a frente, se embolando na cortina. Charlie tentou se soltar, então a coisa ergueu o braço, cortando-a com o gancho. Ela não desviou a tempo de evitar o golpe. A dor foi como um choque, um banho de água gelada. Charlie tropeçou para trás, e a queda pareceu durar uma eternidade, mas alguém a segurou.

— Charlie. Tudo bem?

Era John. Ele a segurara. Charlie tentou fazer que sim com a cabeça, mas estava tremendo. Olhou para o braço. Havia um corte de quase dez centímetros logo acima do cotovelo. O sangue jorrava, e ela cobriu a ferida com a mão, mas o sangue continuou escorrendo por entre seus dedos.

— O que aconteceu? — perguntou Marla, correndo até a amiga. — Charlie, desculpa, devo ter apertado algum botão que fez o animatrônico se mexer. Você está bem?

Charlie assentiu, um pouco menos abalada.

— Tudo bem — respondeu ela. — Não foi tão grave. — Ela mexeu o braço, avaliando o estrago. — Viu? Não está tão ruim. Vou ficar bem.

Carlton, Jessica e Lamar saíram correndo da sala de controle.

— Temos que levá-la para a emergência — sugeriu Carlton.

— Está tudo bem — insistiu Charlie.

Ela se levantou, recusando a ajuda de John, e se apoiou no palco por um instante. Ouviu a voz de tia Jen em sua cabeça:

Você perdeu muito sangue? Não precisa ir ao hospital. Conseguia mexer o braço sem problemas e não sangraria até morrer só por causa daquele corte. Mas estava um pouco tonta.

— Charlie, você está muito pálida — comentou John. — Temos que tirar você daqui.

— Tudo bem — concordou ela.

Charlie não conseguia se concentrar, e o machucado doía menos do que deveria. Respirou fundo várias vezes enquanto seguiam para a saída, tentando recuperar o equilíbrio. John lhe entregou um pano, que ela amarrou firme no braço para conter o sangramento.

— Valeu — agradeceu, olhando para ele. Estava faltando alguma coisa. — Isso era a sua gravata? — indagou, e o garoto deu de ombros.

— Eu lá tenho cara de quem gosta de gravata?

Charlie abriu um sorriso.

— Achei que tinha ficado bem.

— Jason! — gritou Marla, quando passaram pela sala dos fliperamas. — Vem logo ou vai ficar para trás!

O menino correu para alcançar o grupo.

— A Charlie está bem? — perguntou ele, ansioso.

— Está ótima. — Marla recuperou o fôlego e o abraçou, tranquilizando-o.

Atravessaram depressa o corredor por onde tinham entrado. Jason olhou para trás enquanto o guiavam para fora, examinando outra vez os desenhos na parede, antes de ir. As luzes coloridas do palco foram diminuindo, e os fachos das lanternas criavam sombras em cada superfície, o que dificultava a visualização dos desenhos, mas Jason podia jurar que tinha visto as figuras se movendo.

Saíram apressados da construção abandonada, chegando ao estacionamento sem se preocupar em vigiar os arredores, caso o segurança estivesse por perto. Quando se aproximaram dos carros, Lamar, que tinha ficado encarregado da maior lanterna, acendeu a luz e a apontou para o braço de Charlie, que examinou o corte.

— Vai precisar de algum ponto? — indagou Marla. — Desculpa, Charlie, de verdade.

— Ninguém estava prestando muita atenção. A culpa não foi sua — garantiu. Sabia que soava irritada, mas não era intencional: a dor deixava sua voz tensa e baixa. O choque havia passado, o que só queria dizer que a dor tinha começado. — Está tudo bem — repetiu Charlie.

Depois de um tempo, os outros cederam, um pouco relutantes.

— Precisamos pelo menos comprar alguma coisa para limpar o corte e fazer um curativo — disse Marla, tentando compensar seu erro.

— Tem uma farmácia vinte e quatro horas aqui perto, do lado da estrada — informou Carlton.

— Charlie, por que você não vai com a Marla, e eu dirijo o seu carro até o hotel? — sugeriu Jessica.

— Eu estou bem — protestou Charlie, sem forças, mas entregou o chaveiro à amiga. — Você dirige bem, né?

Jessica revirou os olhos.

— O pessoal de Nova York também sabe dirigir, Charlie.

John esperou Charlie entrar no carro de Marla. Ela sorriu para o garoto.

— Eu estou bem — afirmou. — A gente se vê amanhã.

John olhou para ela como se quisesse dizer alguma coisa, mas só assentiu e se afastou.

— Muito bem — anunciou Marla. —Vamos para a farmácia!

Charlie, no banco do carona, se virou para Jason, no banco de trás.

—Você se divertiu?

— Os jogos dos fliperamas não estavam funcionando — respondeu ele, sem disfarçar a preocupação.

A farmácia ficava a apenas alguns minutos do shopping abandonado.

— Fique aqui no carro — ordenou Marla ao irmão, assim que estacionou.

— Não quero ficar aqui sozinho — pediu o menino.

— Mas você vai ficar — repetiu ela, um pouco confusa com o medo na voz do garoto.

Jason não respondeu, e ela e Charlie entraram na farmácia.

Assim que elas saíram, Jason tirou o desenho do bolso. Segurou à sua frente, querendo examiná-lo sob a luz fraca dos postes do estacionamento. Não tinha mudado: Bonnie, o coelho, estendia a mão para a criança, virada de costas para ele. Curioso, Jason raspou as linhas coloridas com a unha. A cera descascou, deixando um rastro no papel.

Assim que Marla entrou na farmácia iluminada por lâmpadas fluorescentes, com a temperatura controlada pelo ar-condicionado, soltou um suspiro e massageou a cabeça.

— Ai, que criança difícil — reclamou.

— Eu gosto dele — retrucou Charlie, com sinceridade. Ainda estava usando a gravata de John para estancar o sangue. Quando chegou em um local com mais claridade, afastou o pano para examinar o corte. O sangramento estava quase parando, o corte não era tão sério quanto parecera, mas a gravata estava arruinada. — Por que você o trouxe aqui, afinal?

Marla não respondeu. Encontrou o corredor de primeiros socorros e foi até lá.

— Achei — anunciou. — Que tal?

— Pode ser. — Charlie chegou mais perto da amiga.

— Antisséptico, gaze, esparadrapo... — continuou Marla, pegando as coisas. — A parada é a seguinte, o pai do Jason e a nossa mãe estão casados desde antes de ele nascer. Tipo, claro que estão. Mas agora provavelmente vão se separar. Eu sei disso, mas o Jason ainda não sabe.

— Ah, droga.

— Eles brigam o tempo todo, e isso deixa o menino meio assustado, entende? Tipo, meu pai foi embora quando eu era novinha, então já cresci sabendo como era, já estou acostumada. E ganhei um padrasto maravilhoso. Mas isso vai ser o fim do mundo para o Jason. E os dois não estão facilitando as coisas... Brigam bem na nossa frente. Então eu não queria deixar ele a semana inteira sozinho nessa situação.

— Sinto muito, Marla.

— É, tudo bem. Daqui a um ano eu saio de casa mesmo. Só fico preocupada com aquele pentelho lá no carro.

— Ele não é pentelho — retrucou Charlie, e Marla abriu um sorriso.

— Eu sei. Ele é muito fofo, né? Até que gosto da companhia.

As duas foram para o caixa, e o atendente, um adolescente entediado, nem deu bola para as roupas sujas de sangue de Charlie. Do lado de fora, elas se sentaram no capô do carro. Marla começou a abrir o frasquinho de antisséptico, mas Charlie disse:

— Eu consigo.

Marla parecia prestes a protestar, mas entregou o produto e um pedaço de gaze à amiga. Enquanto Charlie limpava o braço, um pouco sem jeito, Marla deu um sorriso travesso.

— Falando em boa companhia, você tem se divertido com o John?

— Ai! Isso arde! E não sei do que você está falando — respondeu Charlie, se empertigando e voltando a atenção para o machucado.

— Sabe, sim. Ele corre atrás de você que nem um cachorrinho, e você está adorando.

Charlie conteve um sorriso.

— E você e o Lamar?

— Eu e quem? — Marla pegou a gaze ensanguentada, e Charlie abriu outra. — Você vai ter que me deixar fazer o curativo.

Charlie assentiu e segurou o pedaço de gaze no lugar enquanto Marla pegava o esparadrapo.

— Ah — continuou Charlie —, dá para ver como você olha para ele.

— Mas não tem nada entre nós! — Marla colou o último esparadrapo e guardou tudo na sacola.

— Sério — insistiu Charlie, quando entraram no carro. — Vocês dois são uma gracinha juntos. E os nomes são anagramas um do outro. Marla e Lamar! É o destino!

Rindo, elas voltaram para o hotel.

CAPÍTULO CINCO

Quando chegaram ao quarto, Jessica já estava lá — e John também. Ele se levantou quando Charlie entrou.

— Estava preocupado com você. Pensei em talvez dormir aqui no chão mesmo.

Nervoso, aguardou pela reação da amiga, como se só ali, diante dela, tivesse se dado conta de que talvez estivesse sendo invasivo.

Em algum outro dia, em algum outro lugar, Charlie poderia ter ficado irritada com a preocupação excessiva. Mas ali, em Hurricane, se sentiu grata. *Devíamos ficar todos juntos*, pensou. *É mais seguro assim.* Não era bem medo que sentia, mas uma inquietação a envolvia como se fosse uma teia de aranha, e a presença de John tinha sido tranquilizadora desde que chegaram à cidade. Ele ainda estava olhando para ela, esperando sua reação, e Charlie sorriu.

— Contanto que você não se importe em dividir o chão com o Jason — disse ela.

Ele abriu um sorriso enorme.

— Se tiver um travesseiro para me emprestar, já fico feliz.

Marla lhe jogou um, e ele se espreguiçou de um jeito teatral, colocou o travesseiro no chão e se deitou.

Foram todos para a cama quase na mesma hora. Charlie estava exausta; com o ferimento limpo e protegido por um curativo, a adrenalina da noite foi embora sem qualquer cerimônia, deixando-a esgotada e um pouco abalada. Nem sequer se deu ao trabalho de colocar o pijama, só desmoronou na cama ao lado de Jessica e adormeceu em questão de segundos.

Charlie acordou logo depois do amanhecer, quando o céu ainda estava pálido e um pouco rosado. Olhou ao redor do quarto. Os outros não acordariam tão cedo, suspeitava, mas ela estava alerta demais para tentar dormir de novo. Pegou os sapatos e, passando por cima de Jason e John, saiu do quarto. O hotel ficava um pouco distante da estrada, árvores se espalhavam, densas, ao redor e atrás dele. Charlie se sentou no meio-fio para calçar os sapatos, se perguntando se era seguro sair para uma caminhada pela floresta, sem risco de se perder. O ar estava fresco, e ela se sentia renovada e energizada depois de poucas horas de sono. O braço estava dolorido, uma dorzinha chata e latejante que não a deixava esquecer, mas dava para ver pelo curativo que a ferida não estava mais sangrando. Charlie geralmente não tinha dificuldade de ignorar a dor quando sabia que não era nada grave. O bosque era convidativo, e ela decidiu se aventurar.

Quando estava prestes a se levantar, John se sentou ao seu lado.

— Bom dia — disse ele. Depois de ter passado a noite dormindo no chão, as roupas estavam amarrotadas, e o garoto estava descabelado. Charlie sufocou uma risada. — O quê?

Ela balançou a cabeça.

—Você está parecendo aquele menininho de uma década atrás.

Ele olhou para baixo, observando seu estado desgrenhado, e deu de ombros.

— Não me julgue pela aparência. Por que acordou tão cedo?

— Não sei, não consegui dormir mais. E você?

— Alguém pisou em mim.

Charlie se retraiu.

— Foi mal — disse ela, e ele riu.

— Brincadeira. Já estava acordado.

— Estava pensando em dar uma caminhada — explicou Charlie, apontando para o bosque. — Em algum lugar por ali. Quer vir comigo?

— Sim, claro.

Entraram na mata, e John deixou que ela o ultrapassasse para discretamente recolocar a camisa para dentro da calça, tentando desamassar o tecido. Charlie fingiu não perceber.

Não havia trilha, então eles simplesmente saíram andando em meio às árvores, olhando para trás de tempos em tempos para se certificarem de que ainda podiam ver o estacionamento do hotel. John tropeçou em um galho caído, e Charlie estendeu a mão do braço que não estava machucado para segurá-lo.

—Valeu — disse ele. — Que braço forte você tem.

— Bom, foi você quem me segurou ontem, então é justo que eu retribua o favor. Agora estamos quites — falou e olhou ao redor. Àquela altura, mal podiam ver o hotel, e ela se sentia escondida, protegida pela floresta. Podia dizer o que quisesse ali e não haveria problema. Encostou-se em uma árvore, arranhando o tronco com a unha, distraída. — Sabia que a Freddy's não foi o nosso primeiro restaurante? — comentou, impulsivamente, ficando surpresa com a própria declaração, e John olhou para ela confuso também, como se não tivesse escutado direito. Charlie não queria repetir, mas se obrigou. — A pizzaria não foi o primeiro restaurante do meu pai. Teve um outro menorzinho também. Foi antes de a minha mãe ir embora.

— Eu não fazia ideia — respondeu John, devagar. — Onde ficava?

— Não lembro. É uma dessas memórias de infância, sabe? Você só consegue se lembrar das coisas que estavam bem na sua frente. Eu me lembro do piso de linóleo da cozinha. Era preto e branco com um padrão de losangos, mas não sei onde o restaurante ficava, nem qual era o nome dele.

— Sei — disse John. — A gente fez uma viagem para um parque de diversões quando eu tinha, sei lá, uns três anos, e só consigo me lembrar do banco de trás do carro. Mas, enfim, *eles* já estavam lá? — Sua voz ficou um pouco mais baixa nesse momento, quase instintivamente.

Charlie assentiu.

— Já. Tinha um urso e um coelho, se não me engano. Às vezes, os detalhes se misturam na minha cabeça. Não são que nem lembranças normais — respondeu ela, precisando que ele entendesse as falhas daquela história antes de lhe contar o restante. — Sabe quando você tem um sonho realista e acorda sem saber se aconteceu de verdade ou não? São só impressões, breves fragmentos. É... — A frase morreu em seus lábios.

Não estava se expressando direito; escolhia as palavras erradas. Charlie estava tentando desenterrar algo muito profundo, uma lembrança muito antiga, de um tempo em que ela nem sequer falava ainda. Uma época em que ainda não tinha as palavras para nomear as coisas que via, de modo que, no presente, quando tentava resgatá-las, os termos disponíveis não davam conta.

Olhou para John. Ele a observava, paciente, esperando que ela continuasse. Charlie queria lhe contar aquela história que jamais contara a ninguém. Nem sequer chegava a ser uma história, apenas algo que a incomodava, lá no fundo; um lampejo aleatório em sua visão periférica. Não tinha certeza absoluta de que era real, por isso jamais compartilhara. Desejava se abrir com John, porque queria contar para outra pessoa, porque ele a encarava com um olhar de confiança, e Charlie sabia que o amigo a ouviria e acreditaria nela. Porque ele gostava dela havia muito tempo, porque estava lá para ampará-la quando ela caiu e foi até o hotel para dormir ao seu lado e montar guarda a noite toda. E, pensou uma parte pragmática e levemente cruel de si mesma, porque John não fazia parte de sua vida real. Ela poderia lhe contar aquilo, ou qualquer outra coisa, e quando voltasse para casa, seria como se jamais tivesse acontecido. De repente, quis tocá-lo, confirmar que ele estava bem ali, que aquele não era só mais um sonho. Estendeu a mão na direção de John, e, surpreso e contente, ele a segurou. Permaneceu onde estava, como se tivesse medo de que uma tentativa de aproximação fosse espantá-la. Ficaram os dois naquela posição por um instante, e depois Charlie soltou a mão dele e contou a história da maneira como guardava em sua cabeça, as lembranças de uma criancinha se misturando a coisas que começou a compreender com o passar do tempo.

Havia outro restaurante, rústico e pequeno, com toalhas de mesa quadriculadas e vermelhas, e uma cozinha aberta que era visível do salão, e estavam todos juntos lá. O pai e a mãe e *nós*. Quando Charlie ainda era muito, muito pequena, nunca ficava sozinha. Havia ela, e havia um menininho, um menininho tão próximo de Charlie que lembrar dele era o mesmo que lembrar de uma parte de si mesma. Estavam sempre juntos; ela aprendera a dizer *nós* antes de aprender a dizer *eu*.

Brincavam no chão da cozinha, às vezes desenhando escondidos debaixo de uma mesa de madeira de lei. Ela se lembrava do barulho de passos arrastados pelo assoalho e da sombra dos fregueses passando. Um ventilador lento fragmentava a luz que se espalhava como fitinhas no chão. Recordava o cheiro de cinzeiro e as risadas acaloradas de adultos absortos em uma boa história enquanto os filhos brincavam.

Com frequência, ouvia o riso do pai ecoando de algum canto distante enquanto conversava com clientes. Quando Charlie o visualizava rindo assim, depois de tantos anos, era sempre com uma pontinha de dor, um sentimento voraz e destruidor, bem no fundo do peito. Pois os olhos dele brilhavam, e era um sorriso gentil, e porque ele queria que todos fizessem parte do restaurante, desejava compartilhar seu trabalho sem cobranças. Porque não tinha medo de deixar os filhos andarem soltos e explorarem. Ainda não tinha sido tocado pelo luto, e, embora se parecesse um pouco com o pai de que ela se recordava com vivacidade, não era o mesmo.

Charlie olhava para o chão ao falar, para a terra, as pedras e as folhas secas e partidas, e uma de suas mãos estava para trás, descascando a madeira do tronco. *Isso machuca a árvore?*, se perguntou ela, se obrigando a parar e colocando as mãos para a frente, com os dedos entrelaçados.

O restaurante ficava aberto até tarde da noite, e quando eles começavam a bocejar, Charlie e o menininho engatinhavam até o depósito com mantas e brinquedos macios onde dormiriam até chegar a hora de fechar o estabelecimento. Ela se lembrava de usar sacos de farinha quase do tamanho deles como travesseiros. Os dois se aconchegavam juntinhos e cochichavam palavras sem sentido que significavam muita coisa só para eles, e Charlie adormecia, dividindo sua atenção entre os sons acolhedores do restaurante, o tilintar de pratos e o murmúrio de conversas adultas, e os sons do urso e do coelho enquanto dançavam ao som das melodias suaves.

Eles amavam os animais, o urso marrom-amarelado e o coelho da mesma cor, que andavam pelo estabelecimento, dançando e cantando para os fregueses, e em certas ocasiões apenas para Charlie e o menininho. Algumas vezes faziam movimentos rígidos e mecânicos, e outras, seus gestos eram fluidos e humanos. O menino gostava mais quando se comportavam como pessoas, mas Charlie os preferia do outro jeito. Seus movimentos travados, os olhos sem vida e as pequenas falhas ocasionais a fascinavam: agiam como se estivessem vivos, mas não estavam. O abismo estreito e ao mesmo tempo sem fim entre os dois estados, vivo e sem vida, a deslumbrava, embora jamais soubesse explicar por quê.

— Acho que eram fantasias — disse Charlie, ainda olhando para o chão. — Os animais não foram sempre robôs. O urso e o coelho não passavam de roupas, e tinha vezes em que umas pessoas se fantasiavam com elas, e em outras o meu pai as colocava nos robôs, e dava para diferenciar pela maneira como dançavam.

Charlie parou. Embora houvesse mais lembranças, ela não tinha forças para continuar. Fora um detalhe a mais que a levou a trancafiar sua mente e a afastar aquela memória, a parte que a impedia de pedir respostas a tia Jen, pois tinha medo do que poderia ouvir. Charlie não se atrevera a olhar para John durante todo o relato, sem tirar os olhos do chão, das próprias mãos ou dos tênis. Enfim, levantou o rosto para encará-lo, e o garoto parecia arrebatado, quase como se estivesse prendendo o fôlego. Esperava, sem querer falar nada até confirmar que ela havia terminado.

— Não me lembro de mais nada — disse ela, enfim, muito embora fosse mentira.

— Espera, quem era o menininho? — perguntou John.

Charlie balançou a cabeça, frustrada por ele não ter entendido.

— Ele era meu — disse ela. — Quer dizer, era meu irmão. A gente era a mesma coisa, igual. — Falava de maneira infantil, como se a lembrança tivesse passado a controlá-la, obrigando-a a regredir. Pigarreou. — Desculpa — pediu, falando mais devagar, tentando escolher as palavras com cuidado. — Acho que ele era meu irmão gêmeo.

Charlie viu John abrir a boca, prestes a fazer a pergunta: *o que aconteceu com ele?* Mas ela deve ter deixado transparecer algo em seu rosto, uma advertência, pois ele se segurou e disse:

— Você acha que o tal restaurante ficava por aqui? Tipo, pode ter sido em qualquer lugar. Até em outro estado.

— Não sei — respondeu Charlie, devagar, olhando para trás, depois para as árvores. — Parece tudo igual. É como se eu pudesse virar uma esquina qualquer e encontrá-lo lá. — A voz começou a falhar. — Quero encontrá-lo — acrescentou, e no instante em que disse aquilo, se deu conta de que queria aquilo mais que tudo.

— Bom, o que mais você lembra dele? — perguntou John, entusiasmado, quase feito um cachorro tentando correr mas preso por uma coleira.

Deve ter ficado doido para começar a busca assim que a ouviu mencionar o lugar. Charlie sorriu, mas balançou a cabeça.

— Não lembro muita coisa — disse ela. — Não sei até que ponto poderia ajudar. É como eu disse, só restam fragmentos na minha memória, nenhuma informação de verdade. É como se fosse uma coleção de imagens. — Fechou os olhos, tentando visualizar mentalmente o restaurante. — O chão tremia às vezes. — Levantou a cabeça quando o pensamento tomou forma. — Um trem? — perguntou, como se John pudesse saber. — Me lembro de ouvir esse estrondo todos os dias. Nunca ouvi nada tão forte. E não estou falando de volume, dava para sentir no corpo inteiro, reverberando no peito.

— Devia ficar perto de trilhos, então, certo?

— É — concordou Charlie, com uma centelha de esperança. — Tinha uma árvore que ficava bem na frente. Parecia um monstro velho e raivoso, meio corcunda e enrugada, com um galho gigante, contorcido, de cada lado feito braços. Sempre que a gente ia embora de noite, eu escondia o rosto na camisa do meu pai para não ter que olhar para ela.

— O que mais? — perguntou John. — Tinha outras lojas, outros restaurantes perto?

— Não. Quer dizer, acho que não. — Ela coçou a cabeça. — Não sei. Desculpa.

— Precisamos de mais informações — retrucou John, um pouco frustrado. — Pode ser em qualquer lugar, um trem e uma árvore. Deve ter mais algum detalhe que você consiga lembrar. Qualquer coisa...

— Não.

Quanto mais forçava, mais difícil ficava. Estava tateando no escuro, era como se tentasse capturar um animal: as memórias escapavam quando percebiam que ela se aproximava.

Charlie ia rejeitando os fragmentos à medida que os arrebatava: as toalhas de mesa, quadriculadas de vermelho e branco, de tecido, não plástico. Recordava-se de ter se agarrado à ponta do pano, sem muita firmeza ainda para ficar de pé, e derrubado em si mesma tudo o que havia na mesa, pratos e copos se estilhaçando ao redor enquanto ela protegia a cabeça. *Charlotte, você está bem?* A voz do pai parecia mais nítida do que nunca.

Havia uma tábua barulhenta em um canto da lanchonete, e Charlie gostava de ficar brincando com ela, fingindo que era um instrumento musical. Havia uma mesa de piquenique do lado de fora, onde sentavam ao sol, os pés de madeira afundando na terra fofa. Havia a canção que os pais costumavam cantar no carro quando voltavam de alguma viagem: a cantoria chegava ao auge quando se aproximavam de casa e depois de se esgoelarem começavam a rir como se tivessem feito algo brilhante.

— Nada de grande ajuda — continuou Charlie. — Só coisa de criança.

Sentia-se um pouco tonta. Passara muitos anos evitando aquelas lembranças; sua mente se protegia delas como se fossem cobras venenosas. Depois de revelá-las, se sentia estranha e um pouco culpada, como se tivesse feito algo de errado. Mas aquelas coisas em que jamais se permitia pensar também a faziam sentir algo próximo de alegria. As memórias daquela época não eram seguras; havia armadilhas emaranhadas na própria composição, mas também preciosidades.

— Desculpa — disse ela. — Não consigo lembrar mais nada.

— Não, isso tudo já foi bem impressionante. Nem acredito que você consegue chegar tão longe. Eu não quis pressioná-la — falou John, um pouco envergonhado, depois pareceu pensativo. — Qual era a tal musiquinha?

— Acho que era a mesma que colocavam na Freddy's para os animais dançarem — respondeu Charlie.

— Não, a que os seus pais cantavam no carro.

— Ah. Não sei se lembro. Não era bem uma música, sabe? Era mais um versinho.

Charlie fechou os olhos, imaginando o carro da família, tentando visualizar a cabeça dos pais como se ainda estivesse sentada no banco de trás. Esperou, confiando que sua mente lhe forneceria um vislumbre daquilo, e alguns instantes depois foi o que aconteceu. Cantarolou, apenas seis notas musicais.

— Estamos de volta em harmonia — cantou. — Aí eles, sei lá, harmonizavam — acrescentou, com vergonha dos pais mesmo tantos anos depois.

O rosto de John ficou inexpressivo por alguns segundos, enquanto as palavras pareciam sem sentido a princípio, mas depois seus olhos iluminaram-se de esperança.

— Charlie, tem uma cidade ao norte daqui chamada New Harmony.

— Hum. — Foi tudo o que ela disse por um instante.

Escutou as palavras mentalmente, querendo que servissem como inspiração, que fossem o gatilho para uma nova lembrança, mas não aconteceu.

— Acho que isso devia me soar familiar, mas não rolou — disse ela. — Desculpa. Quer dizer, essa conexão que você fez não me parece equivocada, mas também não parece se encaixar. — Estava decepcionada, mas John ainda a olhava, pensativo.

— Vem — disse ele, estendendo a mão.

Charlie limpou a bochecha e inspirou, um pouco abalada, depois olhou para o amigo. Assentiu com um sorriso exausto e se levantou.

— Será que a gente devia esperar todo mundo acordar? — perguntou John ao voltarem ao estacionamento após uma caminhada apressada.

— Não — respondeu Charlie com veemência inesperada. — Não quero ninguém por perto nesse momento — acrescentou em um tom menos ríspido.

Só pensar no grupo inteiro ali com eles já a deixava ansiosa. Era arriscado demais para um momento tão íntimo. Não tinha ideia do que poderiam acabar encontrando, ou de como ela reagiria, e Charlie não conseguiria suportar fazer aquelas descobertas diante de uma plateia.

— Ok — concordou John. — Só nós dois então.

— Só nós dois.

Charlie entrou e pegou a chave do carro, se movendo devagar para não incomodar os outros, que ainda dormiam. Enquanto estava saindo, Jason se remexeu e abriu os olhos, encarando-a como se não tivesse certeza de quem ela era. Charlie levou um dedo aos lábios.

Sonolento, o menino assentiu e voltou a dormir, e ela saiu depressa. Jogou o chaveiro para John e se sentou no banco do carona.

— Tem um mapa aqui — disse ela, abrindo o porta-luvas.

O mapa caiu em uma pilha de álcool em gel e barrinhas de cereal para casos de emergência.

— Sua tia não falha. — John sorriu.

Charlie abriu o mapa a centímetros do rosto. New Harmony não era muito longe, a apenas meia hora dali.

— Acha que consegue ir me orientando? — perguntou ele.

— Sim, capitão! — exclamou Charlie. — Vire à esquerda para sair do estacionamento.

— Muito obrigado — respondeu ele com ironia.

Atravessaram a cidade, e o número de casas foi diminuindo conforme avançavam. Cada uma delas ficava solitária, conectada às outras apenas por cabos de eletricidade meio tortos. Charlie observava o fluxo dos postes telefônicos e dos fios frouxos passando por ela hipnoticamente como se fossem continuar por toda a eternidade, depois piscou, quebrando o encanto. À frente deles as montanhas se erguiam velhas e escuras contra o céu azul sem nuvens; pareciam mais sólidas do que tudo o que havia ao redor, mais reais, e talvez fossem mesmo. Já estavam ali, de guarda, muito antes das casas, muito antes das estradas, e continuariam muito depois de todo o resto ter desaparecido.

— Dia bonito — comentou John, e ela desviou a atenção da paisagem para olhar para ele.

— É. Acho que eu tinha me esquecido de como é lindo aqui.

— Pois é.

Ele ficou quieto por um instante, depois lançou um olhar de soslaio para Charlie, que não sabia dizer se o amigo estava tímido ou só dividindo a atenção entre ela e a estrada.

— É esquisito — disse ele, enfim. — Quando era criança, as montanhas me deixavam com um pouco de medo, principalmente quando viajávamos no escuro. Pareciam seres monstruosos pairando acima do carro. — Riu um pouco, mas Charlie não o acompanhou na risada.

— Sei como é — disse ela, depois abriu um sorriso enorme. — Mas tenho quase certeza de que são só montanhas mesmo. Ei — chamou, de repente —, você nunca me contou sobre o que era a sua história.

— Minha história?

Ele a olhou de relance mais uma vez, um pouco nervoso.

— É, você disse que publicou um conto. Sobre o que era?

— Tipo, foi só numa revista pequena, uma publicação local — respondeu ele, ainda relutante. Charlie aguardou, e enfim John continuou: — Se chama "A pequena casa amarela". É sobre um menino de dez anos. Os pais brigam o tempo todo, e ele está com medo de que acabem se separando. O menino sempre ouve os dois dizendo coisas horríveis um para o outro e se tranca no quarto para se esconder, mas continua ouvindo tudo. Então ele começa a olhar pela janela, para a casa do outro lado da rua. As cortinas ficam um pouco abertas, e ele consegue espiar lá dentro. Fica assistindo aos moradores entrando e saindo de casa, e começa a inventar histórias sobre essa família, imaginando quem são e o que fazem, e depois de um tempo eles começam a parecer mais reais do que a própria família do menino.

John olhou para Charlie outra vez, como se tentasse avaliar sua reação, e ela sorriu. Ele então continuou:

— Aí chega o verão, e ele passa uma semana viajando com os pais, mas acaba sendo horrível. Quando eles voltam, o menino descobre que a família da casa vizinha se mudou. Não ficou nada para trás, só uma plaquinha dizendo VENDE-SE em frente à casa.

Charlie assentiu, esperando que o amigo continuasse, mas ele apenas lhe lançou um olhar tímido.

— É assim que termina.

— Ah! — exclamou ela. — Que triste.

Ele deu de ombros.

— Acho que sim. Mas agora estou trabalhando numa história feliz.

— Sobre o quê?

Ele abriu um grande sorriso.

— É segredo.

Ela sorriu também. Era agradável estar lá, apenas dirigindo em direção ao horizonte. Abriu a janela e colocou o braço para fora, se deleitando com a sensação do vento correndo e batendo em sua pele. *Não é o vento que está correndo, somos nós*, pensou ela.

— E você?

— Eu o quê? — perguntou Charlie, ainda feliz brincando com o vento.

— Anda, me conta como vai sua vida ultimamente.

Ela sorriu e voltou a colocar o braço para dentro.

— Sei lá. Bem chatinha. — Parte dela não queria conversar sobre aquilo pelos mesmos motivos que queria a companhia de John naquele momento: tinha medo de misturar a vida nova com a antiga. Mas John dividira com ela algo real, pessoal, e ela sentia como se lhe devesse a mesma cortesia. — Tudo certo — respondeu ela, enfim. — Minha tia é bem legal, mesmo que às vezes pareça olhar para mim como se não soubesse de que planeta saí. A escola é tranquila, tenho amigos e tal, mas parece algo tão temporário. Tenho mais um ano pela frente, só que para mim é como se eu já tivesse saído de lá.

— Para onde? — indagou John, e Charlie deu de ombros.

— Também queria saber. Faculdade, acho. Não sei ainda qual é o próximo passo.

— Ninguém nunca sabe — disse ele. — Você costuma...? — Parou no meio, mas ela o instigou.

— Costumo o quê? — provocou. — Pensar em você?

Ele corou, e Charlie se arrependeu na mesma hora.

— Ia perguntar se você costuma encontrar com a sua mãe — disse ele, baixinho.

— Ah. Não.

Era exaustivo para Charlie pensar na mãe, e sua impressão era que a mãe se sentia da mesma forma. Havia coisas demais entre as duas: não chegava a ser culpa, pois nem uma nem outra tinha sido responsável pelo que acontecera, mas algo próximo. A dor de cada uma emanava feito uma aura, se repelindo mutuamente como dois ímãs com polos iguais.

— Charlie. — John a chamava, e ela olhou para ele.

— Foi mal. Eu me distraí.

—Tem música no carro? — perguntou ele, e Charlie assentiu com entusiasmo, se agarrando ao novo assunto.

Ela se inclinou para a frente, pegou as fitas cassetes espalhadas pelo chão e começou a ler os encartes. Ele fez piadas com as fitas, ela retrucou, e após essa discussão brincalhona, Charlie escolheu uma para tocar, se encostou no banco e voltou a olhar pela janela.

—Acho que é aqui que a utilidade do mapa acaba. — John gesticulou para a estrada adiante. — Esta área inteira está em branco, acho que o que estamos procurando não vai estar aí. — Dobrou o papel e o guardou com cuidado na porta, esticando o pescoço para fora da janela tentando ver por onde estavam passando.

— Verdade — concordou Charlie.

Parecia que tinham retornado à civilização. Casas solitárias salpicavam os campos, e estradas de terra se estendiam em todas as direções. A paisagem era composta basicamente de vegetação rasteira e arvorezinhas, a área inteira cercada por montanhas baixas.

John olhou para Charlie, na esperança de que ela notasse algo que lhes indicasse o caminho certo.

— Nada? — perguntou, embora o olhar vazio da amiga já tivesse lhe dado a resposta.

— Nada — confirmou ela. Não quis elaborar.

As casas foram rareando, e os campos de vegetação seca pareciam se expandir, dando à região inteira um aspecto desértico. John se flagrou olhando de soslaio para Charlie o tempo todo, aguardando um sinal, em parte esperando que ela lhe pedisse para dar meia-volta e ir embora, mas Charlie apenas encarava o vazio à frente, os olhos vidrados em nada específico, a bochecha apoiada na palma da mão.

— Vamos voltar — disse ela, enfim, soando resignada.

— Podemos ter deixado algum detalhe passar — argumentou John. Ele desacelerou, procurando um retorno. — Não estávamos prestando muita atenção lá atrás. Vai ver era depois de uma daquelas estradas de terra.

Charlie riu.

— Sério? Você acha que tinha tanta coisa assim lá atrás para a gente ter deixado passar algum detalhe importante? — Ficou pensativa. — Não, nada aqui faz sentido. Nada é familiar. — Sentiu uma lágrima escorrer e a secou antes que John pudesse notar. — Tudo bem, não tem problema — recomeçou, abruptamente, se forçando a sair do devaneio. — Vamos comer alguma coisa, só nós dois.

John sorriu, ainda de olho nos espelhos à procura de um retorno. Charlie sentiu um calafrio. Logo em seguida, algo chamou sua atenção. Quase deu um pulo no banco, se sentando empertigada.

— PARA! — gritou.

John enfiou o pé no freio, o automóvel deslizou pela estrada, poeira subindo ao redor. Quando pararam, Charlie continuou sentada, em silêncio, enquanto John verificava o espelho retrovisor, o coração acelerado.

— Tudo bem aí? — perguntou, mas a garota já estava fora do carro. — Ei! — chamou ele, soltando depressa o cinto de segurança e trancando o automóvel ao sair.

Charlie corria na direção da cidade, mas estava de olho no campo ao lado da estrada. John a alcançou depressa, seguindo seu ritmo sem fazer perguntas. Após alguns minutos, ela desacelerou e começou a arrastar os pés no chão, olhando para baixo como se tivesse perdido algo pequeno e valioso na terra.

— Charlie — chamou John.

Até então, não tinha refletido de verdade a respeito do que estavam fazendo. Era uma aventura, uma oportunidade de ficar a sós com Charlie, de aproveitar a deixa para fugir com ela, mas a garota estava começando a deixá-lo preocupado. Afastou do rosto uma mecha de cabelos.

— Charlie — repetiu, a voz apreensiva, mas ela não se virou para ele; estava concentrada no que quer que tivesse encontrado.

— Bem aqui — anunciou.

Fez uma curva brusca em direção à estrada, onde havia algo no chão de terra com uma parte projetada para fora. John se ajoelhou com cuidado, cavando parte da terra fofa e expondo uma barra de metal plana. Continuou, descobrindo trilhos que iam até o outro lado da estrada e seguiam pelo campo nas duas direções. Demorou um instante para recuperar a voz. Era como se o próprio solo tivesse tentado escondê-los deles. *Cuidado*, pensou com uma pontinha de aflição, mas afastou a sensação.

— Acho que a gente achou a sua ferrovia — disse ele, se voltando na direção de Charlie, mas a garota não estava mais ali. — Charlie? — Olhou de um lado para outro na estrada, mas não havia carros passando. — Charlie! — gritou outra vez, limpando a terra do rosto e correndo para alcançá-la.

Quando se aproximou, manteve certa distância, temendo perturbar a concentração intensa da amiga.

Havia um aglomerado de árvores adiante, altas e baixas e grossas e maltratadas. Charlie mal levantava os pés ao andar pelo trilho, como se o aço pudesse desaparecer caso ela não estivesse encostando nele.

— O que é aquilo lá, uma estação antiga? — perguntou John, semicerrando os olhos e bloqueando o sol com a mão.

Havia uma construção longa em meio às árvores, a cor se misturando à do pequeno bosque, quase a camuflando.

Os trilhos fizeram um desvio, seguindo para as montanhas, e Charlie parou de segui-lo. John enfim foi até ela, e juntos caminharam pela vegetação seca em direção ao bosque, que não estava mais tão longe.

— Só pode ter uma estradinha. — Charlie se afastou quase que de modo aleatório, desviando da construção.

John hesitou.

— Mas... — Ele gesticulou para o lugar e depois a seguiu, olhando para trás para conferir se saberia como voltar para o carro.

Pouco tempo depois, o solo se nivelou sob os pés dos dois. Asfalto antigo, rachado e com ervas daninhas brotando e montes de pedrinhas, atravessava o campo criando um caminho estreito, quase escondido, levando mais uma vez à pequena construção.

— É aqui — disse Charlie, baixinho.

John se aproximou dela com cuidado, depois parou ao seu lado. Caminharam pela trilha juntos, desviando dos montinhos de grama que brotavam das fendas e dos buracos. A árvore estava lá, a que tinha os braços estendidos e um rosto sinistro, porém não mais assustadora como Charlie lembrava. Ela se deu conta de que a árvore já devia estar morta naquela época. Estava cheia de buracos irregulares, os galhos tinham caído aos seus pés, e continuavam lá apodrecendo no solo. A árvore parecia uma sombra frágil e fraca da original, reconhecível apenas pela presença dos tocos e das protuberâncias na lateral, que formavam seu rosto. Naquele momento, até ele parecia cansado.

A construção era comprida e dilapidada. Tinha apenas um andar, com telhado escuro e paredes desgastadas pelo tempo. Fora vermelho um dia, mas tempo, sol e chuva haviam prevalecido sobre a tinta: estava descascada e craquelada, longas faixas inteiras da madeira escura, exposta ao fundo, talvez já podre. A base estava tomada por grama alta, e, para Charlie, parecia estar afundando, como se a estrutura como um todo estivesse lentamente sendo engolida pela Terra. Ela segurou o braço de John ao se aproximarem, depois o soltou e esticou a coluna. Tinha a impressão de que estava se preparando para uma briga, como se o prédio pudesse atacá-la se captasse sua fraqueza.

Charlie subiu com cuidado os poucos degraus até a porta, atendo-se às beiradas e testando a madeira antes de apoiar todo o seu peso nas tábuas. A escada não cedeu, mas havia partes no meio caindo aos pedaços que a garota não queria testar. John não a seguiu imediatamente, sua atenção desviada por algo quase escondido pela grama.

— Charlie.

Mostrou a ela: uma placa de metal desgastado com as palavras LANCHONETE FREDBEAR'S pintadas em vermelho.

Charlie abriu um sorriso delicado. *É claro que é aqui. Estou em casa.*

John subiu os degraus atrás dela e deixou a placa metálica encostada com cuidado ao lado da entrada, depois entraram. A porta se abriu com facilidade. Luz invadia o lugar pelos cantos das janelas, revelando vazio e decadência. Ao contrário da pizzaria, aquele lugar tinha sido esvaziado. O piso de madeira parecia intacto, mas estava um pouco maltratado pelo tempo. A luz do sol entrava sem obstruções e banhava o lugar sem mobília ou pessoas para bloquear seu caminho. Charlie olhou para o ventilador de teto: estava lá, mas com uma das pás faltando.

Havia portas duplas de um lado, com janelinhas circulares, tais quais escotilhas. Ao contrário do salão do restaurante, que tinha sido inundado por raios solares e os sons do lado de fora, o cômodo atrás das portas duplas estava escuro feito breu. John estava mais interessado nele do que Charlie, e foi espiar lá dentro por uma das janelas, com cautela, obviamente tentado a abri-la e ver o que havia lá. Charlie o deixou sozinho com sua curiosidade e adentrou o salão, cujo propósito ela conhecia apenas por sua memória. Naquele momento não passava de um espaço vazio e solitário, longo e estreito, de pelo menos quinze metros, ficando mais escuro no fundo. Havia um tablado não muito alto ao final do recinto, e olhando ao redor Charlie se deu conta de que deveria ter sido um salão de baile um dia, e o longo balcão perto da entrada, onde seus pais tinham instalado a caixa registradora, devia ter sido um bar. Aproximou-se dele e constatou que era aquilo mesmo: havia marcas profundas e arranhões no piso de madeira onde ficavam os bancos do bar. Tentou visualizar o ambiente, um bar escuro com banda country tocando no palco, mas não conseguiu.

Quando Charlie olhava para o palco, ainda enxergava dois animais animatrônicos velados pelas sombras, fazendo movimentos mecânicos. Ouvia ecos de música de parques de diversão itinerantes e risadas distantes. Ainda sentia o cheiro da fumaça de cigarro. Hesitou antes de seguir em frente, como se os fantasmas de suas lembranças pudessem ainda estar à espreita no palquinho. De soslaio, tentou identificar onde John estava. Ele tinha conseguido abrir uma fresta da porta da cozinha e estava com a cabeça dentro do outro cômodo. Charlie voltou a atenção para o palco e caminhou até ele, o piso rangendo aos seus pés. Até mesmo o menor dos ruídos era ensurdecedor, acompanhado por assovios fracos do vento passando por rachaduras nas janelas e nas paredes. Faixas de papel de parede tinham sido arrancadas e ainda pendiam, sem vida, das paredes, inertes até que uma brisa as levantasse, e então se agitavam como dedos finos apontando para Charlie enquanto ela andava.

Charlie parou ao pé do palco, estudando o piso com atenção em busca de indícios do que já poderia ter existido ali. Só restavam buracos nos quais parafusos tinham sido fincados. Os cantos pareciam escurecidos, com as formas de molas e fios gravadas na terra e na madeira.

Tudo se foi.

Sua cabeça se virou abruptamente para um canto; havia outra porta lá. *Claro que tem uma porta. É por este motivo que você está aqui.* Ficou parada, olhando, mas ainda não estava preparada para tocá-la. Havia sido tomada por um medo estranho e ilógico, como se aranhas e o bicho-papão pudessem irromper de lá sem aviso prévio.

A porta estava entreaberta. Charlie olhou para John atrás dela, hesitante em seguir em frente sem ele. Como se tivesse escutado seu nome, de olhos arregalados, o garoto voltou a atenção para o salão.

— Isso é bem medonho. — Era óbvio que estava se divertindo, feito uma criança em uma casa assombrada.

— Vem comigo? — O pedido de Charlie foi uma surpresa para John, que parecia satisfeito e ao mesmo tempo irritado, tendo que interromper sua própria aventura do outro lado da casa. — Dois segundos — prometeu e voltou a desaparecer.

Charlie revirou os olhos, decepcionada mas não surpresa que a curiosidade infantil fosse sua prioridade. Com as costas da mão, empurrou a madeira envelhecida da porta com gentileza, se preparando para o que quer que pudesse encontrar lá dentro.

O que quer que estivesse esperando não foi o que encontrou. A porta dava para um depósito, seu interior se estendendo para o lado, pouco mais do que dois metros para dentro da escuridão. Havia barras horizontais ao longo das paredes, onde antes devia ter cabides pendurados. Formas quadradas se destacavam na poeira e enchiam a mente dela — talvez fossem as caixas de som.

Escancarou a porta, tentando deixar entrar o máximo de luz possível. E conforme adentrava o cômodo, deslizou a mão pelas paredes. Embora não houvesse mais nada lá dentro, podia sentir tecidos pesados, casacos e suéteres pendurados.

Não. Eram fantasias.

Aquelas tinham sido as roupas guardadas ali no escuro, escondendo suas cores, mas permitindo que fossem sentidas por cada bochecha e mãozinha que passassem perto. Palmas e dedos revestidos de borracha balançavam para um lado e para outro. Luz refletia-se nos olhos falsos lá em cima.

Charlie chegou ao fundo, se virou e abaixou para olhar o espaço. Não parecia vazio. Ainda sentia a textura das fantasias, todas ali penduradas. Havia mais alguém com ela, do seu tamanho, se ajoelhando. Era seu amigo, o menino.

Meu irmãozinho.

Estavam brincando e se escondendo juntos, como sempre faziam. *Dessa vez foi diferente.* O menino olhou para a entrada como se tivessem sido pegos fazendo algo errado. Charlie fez o mesmo. Havia uma figura à porta. Uma das fantasias estava de pé sozinha, mas tão parada que Charlie não entendeu.

Era o coelho, o mesmo coelho marrom-amarelado que eles adoravam, mas naquele momento não dançava, nem cantava, só estava parado, olhando para as crianças, sem piscar. Os irmãos começaram a ficar inquietos sob aquele olhar vidrado, e o menininho fez uma careta de choro. Charlie beliscou o braço dele, pois o instinto lhe dizia que não podiam chorar. O coelho mirava um depois o outro com aqueles olhos humanos demais, meditativos, como se avaliando e medindo os dois de alguma maneira que Charlie era incapaz de entender, para tomar uma decisão de importância primordial. Charlie podia enxergar os olhos dele, seus olhos humanos, e ficou gelada de terror. Também sentiu o medo no irmão, a sensação ecoando entre os dois, reverberando e crescendo, pois o partilhavam. Não podiam se mover, não podiam gritar, e a criatura dentro daquela colcha de retalhos que era a fantasia amarela maltrapilha de coelho finalmente estendeu a mão para o menino. Houve um momento, um único instante, em que as crianças permaneceram agarradas uma à outra, as mãos entrelaçadas, mas o coelho tomou o garotinho em seu colo, separando os irmãos à força, e depois fugiu.

Daquele momento em diante, a lembrança se estilhaçou com gritos estridentes e implacáveis, não do irmão, mas dela própria. Pessoas corriam para ajudar, seu pai a pegou no colo e a abraçou, mas nada podia consolá-la. Ela gritava sem parar, cada vez mais alto. Charlie saiu do devaneio, o som dos berros ainda ecoando dolorosamente em seus ouvidos. Estava agachada em silêncio. Parado à porta, John nem se atrevia a interromper.

Ela não se lembrava muito bem do que acontecera depois. Tudo ficou escuro, virou apenas um borrão de imagens e fatos que Charlie tinha encaixado com o passar dos anos, coisas que talvez lembrasse e outras que talvez fossem só fruto de sua imaginação. Jamais voltara ao restaurante. Sabia que os pais tinham fechado as portas imediatamente depois daquilo.

Mudaram-se para a nova casa, e um pouco mais tarde a mãe de Charlie partira. Ela não se lembrava da despedida, embora soubesse que devia ter acontecido. A mãe não teria ido embora sem dizer adeus, mas a ocasião ficou perdida na névoa de tempo e pesar, como tantas outras coisas. Lembrava-se da primeira vez que parou à soleira da porta da oficina do pai, do primeiro dia que passaram totalmente sozinhos. Foi no dia em que ele começara a construir um brinquedo mecânico para a filha, um cachorrinho que virava a cabeça de um lado para outro. Charlie sorriu quando o viu pronto, e o pai olhou para ela da maneira como olharia pelo resto de seus dias, como se a amasse mais do que a própria vida e como se aquele amor o deixasse insuportavelmente triste. Soube então que algo vital dentro dele havia se quebrado, algo que jamais poderia ser reparado. Às vezes, parecia olhar através dela, como se não enxergasse a filha mesmo bem à sua frente.

O pai nunca mais mencionou o nome do irmão, e foi assim que Charlie aprendeu a não falar dele também, como se aquilo pudesse transportá-los para aquela época outra vez e destruí-los. Acordava de manhã e procurava o menininho, pois em seus sonhos esquecia que ele não estava mais ali. Quando se virava para o lado, onde ele deveria estar, e via apenas os bichinhos de pelúcia, chorava, mas não chamava seu nome. Tinha medo de sequer pensar naquele nome, e treinou a mente para se reprimir sempre que pensasse nele, até esquecê-lo de vez, mas, lá dentro, ela ainda sabia: Sammy.

Charlie ouviu um ronco, alto e reverberante como um trem passando, e tomou um susto.

— Trem? — Olhou ao redor, os olhos arregalados.

Ficou desorientada, sem saber se estava no passado ou no presente.

— Tudo bem. Acho que não foi aqui perto. Deve ser só um caminhão dos grandes. — John tomou Charlie pelo braço e a puxou para que se levantasse. — Conseguiu lembrar alguma coisa? — sussurrou.

Tentava fazer contato visual, mas a concentração da amiga estava em outro lugar.

— Uma porção de coisas. — Charlie levou a mão à boca, ainda fitando a escuridão como se pudesse ver a cena.

A mão de John em seu braço era uma âncora, à qual ela se agarrou com firmeza. *Isto é real. Isto é agora*, pensou e se virou para ele, tomada por um intenso sentimento de gratidão por ele estar ali ao seu lado. Enterrou o rosto no peito do amigo como se o corpo do garoto pudesse protegê-la do que tinha testemunhado, e se permitiu chorar. John a abraçou com força, uma de suas mãos aninhando a cabeça dela, acariciando seus cabelos com cuidado. Ficaram daquele jeito por um bom tempo, e enfim ela se acalmou, a respiração pesada e estabilizada outra vez. John a soltou um pouco, e Charlie se afastou no mesmo instante, subitamente tomando consciência daquela proximidade.

Ele demorou um pouco até perceber que ela havia se afastado, e suas mãos continuaram estendidas. Após um momento de choque, abaixou uma delas e, com a outra, coçou a cabeça.

— Então... — Desejou que uma resposta dela preenchesse o vazio.

— Um coelho — disse Charlie, com calma, olhando para a porta do depósito. — Um coelho amarelo. — Sua voz ficou mais grave, a imagem ainda fresca em sua mente.

—Aquele animal que vi na noite que o Michael desapareceu, o urso, tenho quase certeza de que era amarelo também.

— Pensei que você tinha dito que ele era igual aos outros.

— Achei que fosse. Quando todo mundo corrigiu você dizendo que o Freddy era marrom, na noite em que chegamos a Hurricane, achei que tinha lembrado errado. Tipo, minha memória daquela época não é lá essas maravilhas, sabe? Não consegui nem lembrar qual era a cor da minha antiga casa. Mas você também achava que ele era amarelo.

— É, eles eram amarelos. — Ela assentiu.

Era a resposta que ele esperava.

— Acho que está tudo conectado, os animais daqui e aquele que vi na pizzaria.

E o que levou meu irmão, pensou Charlie. Olhou ao redor do depósito uma última vez e disse:

—Vamos voltar. Quero ir embora daqui.

—Vamos — concordou John.

A caminho da porta, um objeto pequeno chamou a atenção de Charlie, e ela o pegou do chão. Era um pedacinho de metal espiralado. Sob o olhar atento de John, ela o esticou e depois soltou, e a mola se mexeu com um estalo alto, feito um barulho de chicote. John deu um pulo.

— O que é essa coisa? — perguntou ele, se recuperando.

— Não sei bem — respondeu Charlie, mas o guardou no bolso. John a observava como se quisesse dizer alguma coisa. — Vamos — chamou ela.

Começaram a jornada até o carro. *Sammy, e anos depois Michael e as outras crianças — é claro que estão conectados*, pensou Charlie. *Quando se trata de assassinatos, não existem coincidências.*

—Você pode dirigir na volta também? — pediu ela após um longo período em silêncio.

Os únicos ruídos até então tinham sido os dos sapatos dos dois esmagando grama seca.

— Posso, claro.

John conseguiu virar o carro mesmo no espaço apertado, e Charlie se encostou no vidro da janela, os olhos já quase fechados. Ficou observando as árvores passando por ela lá fora e sentiu que estava pegando no sono. Mas o objeto de metal no bolso pinicava sua perna, impedindo-a de adormecer. Então Charlie, sonolenta, o mudou de posição, pensando na primeira vez que vira algo parecido.

Viu-se sentada com Sammy no restaurante, antes de abrirem as portas. Estavam sob uma janela, banhados por um raio de luz em meio à poeira, brincando de algum joguinho que inventaram na hora e que ela já não lembrava mais, e o pai se aproximou, sorrindo. Queria mostrar algo aos dois.

Estendeu o pedacinho retorcido de metal, abriu o mecanismo e o soltou. Quando a mola voltou à posição inicial, os irmãos deram um grito de surpresa, rindo e batendo palmas.

O pai repetiu o procedimento.

"Eu podia arrancar fora o nariz de vocês!", exclamou, e todos voltaram a dar risadas, mas logo o rosto dele ficou preocupado. "É sério", continuou. "Esta é uma trava de mola, e quero que vocês saibam como funciona, porque é muito perigosa. Quero que fiquem longe dessas peças. É por isso que não se pode colocar a mão dentro das fantasias. Quem não sabe mexer direito, pode facilmente acionar uma molinha dessas e acabar se machucando. É como mexer no fogão... Vocês podem mexer no fogão?"

Eles balançaram a cabeça com muita solenidade para crianças tão novas.

"Muito bem. Quero que todo mundo aqui cresça com o nariz inteirinho!", exclamou o pai, e os pegou no colo, girando-os um em cada braço, enquanto as crianças davam gargalhadas.

Sem aviso, um estalo alto ressoou.

Charlie acordou com um susto.

— O que foi isso?

— Isso o quê? — indagou John.

O motor do carro estava desligado. Estavam de volta ao hotel. Charlie levou um minuto para se reorientar, mas sorriu, relutante.

— Obrigada por dirigir.

— Com o que você estava sonhando? — indagou John. — Estava com uma cara feliz.

Charlie balançou a cabeça.

— Não lembro.

CAPÍTULO SEIS

Quando chegaram, viram que o carro de Marla não estava no estacionamento, e no quarto tinha um bilhete em cima do travesseiro de Charlie, escrito em uma letra grande e redonda.

Combinamos de jantar às 18h30 e depois vamos para aquele lugar! Nos vemos mais tarde — não se esqueçam da gente! Bjs, Marla

Havia uma carinha sorridente e um coração abaixo do nome. Charlie sorriu, dobrou o bilhete e o guardou no bolso sem mostrar a John.

— O que estava escrito? — perguntou o garoto.

— Vamos encontrar todo mundo na lanchonete daqui a... — Verificou as horas no relógio — ... uma hora.

John assentiu. Estava parado à porta, esperando alguma coisa.

— O que foi? — perguntou Charlie.

— Preciso trocar de roupa — explicou, indicando a camiseta e a calça amarrotadas. Então sacudiu o chaveiro de Charlie. — Posso pegar seu carro?

— Ah, pode, claro. Só não esqueça de vir me buscar depois — respondeu Charlie, abrindo um grande sorriso.

John também sorriu. Então respondeu, com uma piscadela:

— Claro.

Quando o amigo saiu e a porta se fechou, Charlie deixou escapar um suspiro. *Enfim só*. Não estava acostumada com tanta companhia. Ela e tia Jen viviam em suas próprias órbitas, com apenas alguns poucos encontros agradáveis ao longo do dia. Tia Jen sempre pressupunha que Charlie podia resolver os próprios problemas — ou que recorreria a ela se precisasse de ajuda. Charlie nunca pedira ajuda. Dava conta de se alimentar direito, ir e vir da escola e manter as notas altas e algumas amizades casuais. O que tia Jen poderia fazer a respeito de seus pesadelos? Das perguntas para as quais Charlie não queria respostas? O que poderia lhe dizer, além de respostas ainda mais terríveis do que as que Charlie já sabia? Bem, a menina não estava acostumada a ficar cercada de gente, e aquilo era um pouco cansativo.

Tomou uma ducha rápida e vestiu roupas limpas — calça jeans e camiseta preta —, se deitou e ficou olhando o teto. Tinha a vaga sensação de que a mente deveria estar acelerada, tomada de horror ou empolgação pelas descobertas do dia, repassando sem parar as lembranças que despertara, procurando algo novo. Em vez disso, porém, sentia-se vazia. Queria ficar sozinha, afastar as memórias para o fundo da mente, aonde pertenciam.

Depois do que pareceram apenas alguns minutinhos, alguém bateu à porta. Charlie se sentou, verificando o relógio. Passara mais tempo do que ela imaginara, e já era hora de ir. Deixou John entrar.

— Tenho que calçar os tênis — avisou.

Olhou para o rapaz enquanto amarrava os cadarços. John havia trocado de roupa, estava de calça jeans e camiseta, um contraste com aquela roupa formal que ela já se acostumara a ver. Os cabelos ainda estavam molhados, e o garoto tinha um aspecto fresco e radiante. Charlie abriu um sorrisinho.

— O que foi? — perguntou John, quando notou o riso.

— Nada, não. Você ainda está com a cara meio suja — brincou, passando por ele.

Entraram no carro. Charlie assumiu o volante dessa vez e, quando chegaram à lanchonete, virou a chave e hesitou, sem fazer menção de sair.

— John... Não quero contar para ninguém sobre o Fredbear's.

— Charlie... — John começou a protestar, mas parou e concordou: — Ok. Às vezes a gente esquece que isso é a sua vida, não apenas uma aventura qualquer. Tudo bem. Eu sei guardar segredo.

— É a *nossa* vida — corrigiu Charlie. — Todos nós estávamos lá. Podemos contar depois, só quero ter tempo de assimilar as coisas primeiro.

— Pode deixar — garantiu o garoto, parecendo contente.

Charlie sabia o porquê da alegria: aquilo era um segredo, algo que ela confiara apenas a ele.

Quando entraram, todos já estavam jantando. Sentindo uma pontada no estômago, Charlie percebeu que não comera nada o dia inteiro e que estava morrendo de fome. A garçonete viu os dois se acomodando e veio atendê-los. Volta e meia um deles falava alguma coisa sobre o dia: Lamar, Jason e Marla tinham ido ao cinema; Jessica tinha ido jogar videogame na casa de Carlton. Mas era uma conversa superficial, para preencher o silêncio enquanto comiam. Charlie mal escutava — e achava que mesmo os que estavam falando prestavam pouca atenção ao que diziam. O grupo exibia uma aura de ansiedade e agitação. Parecia que estavam todos só esperando, que não conseguiam parar de pensar na Freddy's.

— E vocês dois? — perguntou Jessica, olhando para Charlie e John.

— É, o que vocês fizeram? — acrescentou Marla, com um brilho nos olhos.

— Só fomos dar uma volta de carro — respondeu John, mais do que depressa. — Ficamos perdidos por um tempo.

— Sei — murmurou Carlton de boca cheia, de trás do hambúrguer, abrindo um sorriso malicioso.

Depois do jantar, atravessaram o shopping depressa até a pizzaria, avançando com passos ligeiros e cautelosos. O único som no pátio eram seus passos suaves no chão brilhoso; ninguém falava. Charlie deixara a lanterna grande no carro. Já conheciam bem o caminho, e o segurança quase vira o grupo na noite anterior, não tinha necessidade de chamar tanta atenção. Quando chegaram ao fim do corredor, Lamar, que estava na frente, parou de maneira abrupta. Charlie esbarrou em Marla antes de perceber o que estava acontecendo e murmurou um pedido de desculpas... então ficou paralisada.

O segurança bloqueava o corredor que dava para a Freddy's, parado com os braços cruzados. Sua lanterna estava apagada, por isso ele passara despercebido, escondido no escuro até o grupo chegar bem perto.

— Eu imaginei que vocês continuariam vindo — comentou, com um estranho sorriso torto.

Marla resmungou um palavrão entredentes.

— Eu podia prender todos vocês por invasão de propriedade privada. Vi que vieram aqui ontem à noite, mas não descobri em que buraco tinham se enfiado — disse. Então acrescentou, com outro sorriso zombeteiro: — Acho que agora já sei.

Alguma coisa naquele sujeito deixava Charlie com um pé atrás. Ele era alto e magro demais para o uniforme, que ficava folgado nos ombros e na cintura, como se o segurança tivesse emagrecido muito depois de enfrentar alguma doença ou alguma tragédia. O crachá com seu nome, Dave, estava um pouco torto. A pele era amarelada, e ele tinha olheiras profundas, o que só reforçava a impressão de que já fazia muito tempo que estava mal de saúde.

— E o que foi que vocês vieram fazer aqui? Tem alguma festa? Querem um lugar escondido para usar drogas? Eu podia prender todos agora mesmo, sabiam?

Charlie e John se entreolharam.

— Pedimos desculpas, senhor — interveio Lamar, mais do que depressa. — A gente já está indo embora. Ninguém aqui usa drogas.

— E como eu vou acreditar no que você diz?

O guarda tinha uma expressão estranha e falava rápido e com irritação. Não reagia ao que o grupo dizia. Parecia irritado, mas constantemente suprimia um sorriso, os cantos da boca se levantando de modo involuntário.

— O que vamos fazer? — sussurrou Jessica.

— Esse deve ser o momento mais empolgante da carreira dele nesse shopping — comentou Carlton, com um leve desdém.

Charlie de repente lembrou que o pai de Carlton era policial. Tinha algumas lembranças do homem de uniforme, olhando feio para eles por cima dos óculos, mas logo depois sorrindo, mostrando que era brincadeira. Aquele segurança, no entanto, parecia sério.

— A gente já está indo embora — repetiu Lamar. — Pedimos desculpas.

Charlie olhou para o sujeito: o uniforme largo, o rosto abatido. O segurança realmente podia expulsar o grupo da propriedade ou até prendê-los por invasão, mas ela não conseguia sentir medo dele. Parecia tão inadequado para o cargo que acabava com uma aura de inferioridade. Era o tipo de pessoa que sempre seria forçada a ficar para trás, perdida na multidão, sempre subjugada em uma discussão acalorada, sempre a última a ser escolhida, sempre esquecida e ignorada, dando lugar a pessoas com mais vitalidade, mais ânimo de viver. Charlie franziu a testa. Era um pensamento meio incomum para ela, que em geral não tinha a pretensão de desvendar a vida de desconhecidos através de suas linhas de expressão. Mas aquilo lhe deu uma ideia.

— Por que você não vem junto? — sugeriu. — Nós só queremos explorar um pouquinho, depois vamos embora. — Então acrescentou, torcendo para a bajulação funcionar: — Você conhece esse lugar aqui melhor do que qualquer um de nós.

— E então a gente nunca mais volta aqui — reiterou Carlton.

A princípio, o segurança não pareceu contrário à ideia, e os outros reafirmaram a promessa também. Ele fitou o grupo, encarando um por um. Quando chegou sua vez, Charlie desviou o olhar, sem querer contato visual, como se pudesse revelar alguma coisa se o encarasse por tempo demais. Depois que ficou satisfeito, o sujeito assentiu.

— Está bem. Mas só porque eu sempre quis dar uma volta lá dentro — falou, apontando com o polegar por cima do ombro. Notando a surpresa que devia estar estampada no rosto dos adolescentes, acrescentou: — Eu não sou idiota. Trabalho aqui há anos, ando pelo shopping inteiro, por dentro e por fora, todas as noites. Acham que não sei o que tem ali? — Charlie sentiu que ficava vermelha. Achara que só eles sabiam daquilo. O segurança de repente olhou para o crachá em seu peito, quase surpreso, então o indicou com o dedo e disse: — Meu nome é Dave.

— Sou o Jason.

Depois disso os outros se apresentaram, ainda um pouco desconfiados. Ficaram um tempo ali, parados, se entreolhando, meio desconfortáveis, como se ninguém quisesse dar o primeiro passo. Até que Jessica deu de ombros.

—Vamos — chamou.

Ela foi andando depressa até o andaime que escondia o corredor da Freddy's e afastou o plástico, revelando a entrada na parede. Todos passaram em fila, se espremendo por entre as caixas empilhadas. Dave se manteve para trás, educadamente, deixando todos passarem. Ele gesticulou para que Charlie fosse na frente.

Não quero esse cara atrás de mim, pensou ela. E olhou para Jessica, que também não tinha se mexido.

— Não, por favor, pode ir na frente — respondeu Charlie, com uma leve tensão na voz.

Dave abaixou a cabeça timidamente e entrou. Charlie o seguiu, e Jessica recolocou o plástico no lugar, ocultando a passagem, mesmo que não tivessem que se esconder de ninguém. Enquanto avançavam por aquele corredor úmido, Charlie roçou os dedos na parede de tijolos, deslizando a mão como se a usasse de guia. Os fachos de luz das lanternas pareciam mais fracos, mas ela sabia que devia ser coisa da sua imaginação.

Levaram o guarda até a pesada estante de madeira que escondia a entrada. Lamar, John e Jessica afastaram o móvel, revelando a porta. Charlie imaginou que o novo companheiro fosse parecer surpreso, mas ele simplesmente assentiu, como se já suspeitasse de que aquilo acontecia.

Entraram um a um no corredor do restaurante, e Charlie mais uma vez ficou para trás. Puxou Carlton pelo braço quando o garoto passou por ela.

— Carlton — sussurrou —, você já viu esse cara alguma vez na vida?

Ele balançou a cabeça.

— A cidade não é *tão* pequena assim, eu não conheço todo mundo.

Charlie assentiu, distraída, avançando pelo corredor até o salão principal com os olhos ainda cravados no novo membro do grupo. Tinha chamado o segurança para ir junto porque aquele parecera o único jeito de conseguirem entrar, mas estava começando a se arrepender. Deixar um estranho entrar na pizzaria era como convidá-lo para visitar sua casa, como abrir mão de alguma coisa particular.

— O que aconteceu com esse lugar? — perguntou Lamar, em um tom casual calculado, um tom amigável forçado que não tinha como ser genuíno. — Por que isolaram desse jeito? E por que o shopping foi abandonado? — A voz soava baixinha e um pouco abafada no corredor estreito.

— Vocês não sabem? — indagou Dave. — Esta cidade está precisando de dinheiro, de empregos, de receita, essas coisas. E aqui tem espaço de sobra. Então resolveram construir este shopping enorme, na tentativa de atrair novos negócios, quem sabe até turistas. E construíram ao redor da Pizzaria Freddy Fazbear's, mas no fim das contas ninguém queria o restaurante. Por causa do que aconteceu e tudo o mais, vocês sabem. Então tiveram a brilhante ideia de selar o lugar inteiro, intacto. Vai ver a pessoa que decidiu isso tinha alguma coisa a ver com o estabelecimento. Acho que nem tentaram tirar as coisas lá de dentro. Mas não adiantou. Essa pizzaria tem algo que acabou se espalhando pelo resto da construção, deve ter impregnado até a terra. Ninguém queria abrir negócio aqui. De vez em quando vinham alguns executivos, donos de franquias de fora da cidade, para dar uma olhada, mas nunca assinavam papel nenhum. Alegavam não sentir muita segurança. Acho que, para quem acredita, deve ser como se esse lugar tivesse uma aura, uma energia mística. — Dave balançou os dedos como se estivesse lançando um feitiço.

— Não acredito nessas coisas — retrucou Lamar, meio irritado, mas o segurança não pareceu notar o tom.

— É de cada um — respondeu ele. — Só sei que nunca quiseram abrir nenhuma loja aqui, então abandonaram a obra pela metade. Ninguém mais vem neste lugar, só umas crianças querendo farra. — Então acrescentou, com uma pontada do que parecia orgulho: — E eu.

Charlie imaginou que todos aqueles anos sendo o único ali deviam ter deixado o sujeito meio possessivo. Como se fosse dono do lugar, daquela estranha construção inacabada. Aos olhos dele, os adolescentes é que eram os invasores.

Chegaram ao fim do corredor, e o salão do restaurante se abriu diante deles. Jessica foi depressa para a sala de controle debaixo do palco, a luz da lanterna quicando alegremente à sua frente. A garota desapareceu por um momento, então acionou o interruptor. Um segundo mais tarde, o salão ficou quente e iluminado. Charlie parou, piscando para acostumar os olhos à iluminação repentina. Dave passou por ela, e algo chamou sua atenção: no pescoço dele havia uma cicatriz, uma meia-lua quase perfeita. Era branca e alta; o corte devia ter sido profundo. Um pouco à frente do grupo, Dave girou no mesmo lugar admirando o restaurante, espantado. Foi quando Charlie notou que a cicatriz tinha uma gêmea: do outro lado, exatamente no mesmo ponto, havia outra meia-lua idêntica. Sentiu um leve arrepio. As marcas eram tão precisas, tão bem-feitas, que quase pareciam intencionais.

O grupo se separou. Carlton foi para a cozinha, sabe-se lá por quê, e Jason foi para a sala dos fliperamas.

— Toma cuidado, hein! — gritou Marla para o irmão, enquanto seguia Lamar para a sala de controle, atrás de Jessica.

Charlie ficou para trás, e John lhe fez companhia. Pensou sentir algo diferente no ar. Parecia mais rarefeito, como se fosse preciso respirar mais fundo para conseguir oxigênio suficiente. *É só um cara qualquer*, disse a si mesma, mas aquele era o problema. Tinham levado um estranho, e a pizzaria parecia menos segura, como se não estivesse mais escondida de tudo e de todos. A Freddy's havia sido violada. Freddy, Bonnie e Chica tinham começado a se remexer naqueles movimentos rijos e descompassados. Charlie olhou para Dave, que não parecia surpreso. *Ele já esteve aqui*, pensou. Então se corrigiu: *claro que já. A cidade inteira vinha comer nessa pizzaria.*

John gesticulou para chamá-la, e, ainda relutante, Charlie foi com ele para a sala de controle. Dave os seguiu feito um vira-latas.

Jessica estava debruçada no painel, apertando botões, enquanto Lamar observava, tentando entender a lógica dos controles. Dave espiava atentamente por cima dos ombros dos adolescentes, assistindo a tudo o que faziam. Balançava a cabeça, perdido nos próprios pensamentos. Quando Jessica recuou um passo e se espreguiçou, ele pigarreou.

— É... Posso tentar? — O sujeito se empertigou um pouco, estendendo o braço educadamente.

Jessica e Lamar se entreolharam, então deram de ombros.

— Por que não? — retrucou a menina.

Trocou de posição com o guarda, para que ele tivesse acesso ao painel. Dave passou um bom tempo imóvel, examinando os controles, então apertou vários, bem depressa. Um zumbido saiu das caixas de som, em um tom baixo e incessante, que não variava.

— Uau! — exclamou Jessica, apontando para os monitores.

Charlie notou um movimento na tela e saiu da sala de controle para ver ao vivo. No palco, os animais dançavam. Era uma dança tosca e desajeitada, sem a graça e a complexidade dos movimentos que a garota lembrava. Mas ainda assim era uma sequência de movimentos, e não um gesto súbito seguido de outro.

Charlie voltou para a sala de controle, mas não passou da porta.

— Como você fez aquilo? — perguntou, sem se incomodar com o tom grosseiro.

Dave ergueu as mãos.

— Sorte de principiante. Só apertei uns botões.

— Sei — retrucou Charlie, e massageou as têmporas. — Alguém pode desligar essas caixas de som, por favor?

Lamar deu um passo à frente e acionou um interruptor, fazendo o som cessar. Apesar do silêncio, Charlie sentia como se ainda pudesse ouvir aquele zumbido deprimente ecoando em sua cabeça. Fechou os olhos, e quando os abriu de novo Jessica e Lamar tinham voltado a investigar os controles. Mas havia certa cautela em suas ações, e eles trocavam olhares de tempos em tempos, como se pedissem o apoio um do outro. Charlie se virou para John, que estava de braços cruzados, os olhos cravados na nuca de Dave.

Na sala dos fliperamas, Carlton apertava botões aleatórios em uma das máquinas, sabendo que nada aconteceria. Então se virou e viu um menininho de onze anos o encarando fixamente e parecendo ressentido.

— O quê? — perguntou.

— Não sou mais um bebê — reclamou Jason. — Você não precisa ficar de olho em mim.

— Quê? Jason, eu não estou de olho em você, estava só fazendo companhia. Não sou a Marla. Pode até enfiar a língua numa tomada, se quiser, que não vou tentar impedir. — Carlton ergueu as sobrancelhas, balançando-as de um jeito meio cômico, e Jason riu.

— Ok, então acho que vou mesmo — desafiou o garoto.

Examinou o rodapé à procura de uma tomada, pensando em ver como Carlton reagiria ao blefe, mas, quando olhou para trás, ele já havia saído da sala. Jason mordeu o lábio inferior e se balançou, se equilibrando nos calcanhares e se sentindo meio bobo. Depois de um tempo, voltou a olhar os desenhos na parede. Tinha coisa demais para olhar um de cada vez, mas suspeitava que não seria necessário. Os desenhos chamariam sua atenção, exatamente como na noite anterior. Eles *queriam* ser encontrados. Jason só precisava manter os olhos atentos.

Os desenhos daquelas paredes não revelaram nada: eram apenas traços infantis borrados e sujos, desbotados pelo tempo. Jason voltou para o salão principal, ainda se mantendo bem perto das paredes, examinando cada uma delas em busca de algo além de giz de cera.

— O que você está fazendo? — Lamar apareceu atrás dele de repente.

Jason se virou e olhou, pensativo, para o adolescente. Gostava de Lamar, mesmo que ele só estivesse sendo amigável porque estava interessado em Marla. O garoto tinha se abaixado, ficando cara a cara com Jason, que se inclinou para ele e sussurrou:

— Os desenhos estão se mexendo.

Lamar recuou, parecendo assustado, mas passou rápido. Jason mordeu o lábio, esperando resposta. Lamar abriu um sorriso, depois lhe deu tapinhas na cabeça.

— Ok, Jason. O médico mandou não contrariar — brincou, achando graça.

Jason deu risada e empurrou a mão do outro para longe.

— Para, é sério! — retrucou, deixando transparecer uma pontinha de vergonha.

Lamar lhe deu mais tapinhas na cabeça e foi embora.

No instante em que o adolescente se afastou, Jason revirou os olhos. *Você acha que sou o quê, um cachorrinho?* Balançou a cabeça com força, bagunçando os cabelos, como se pudesse desfazer o que Lamar tivesse feito — o que quer que fosse —, então voltou a atenção para a parede, se concentrando.

Tinha percorrido um lado inteiro do salão e estava prestes a se virar para a parede adjacente quando viu: um lampejo, na visão periférica, quase uma centelha. Jason parou. *Qual foi?* Passou os olhos outra vez pelos desenhos, percorrendo de cima a baixo a área onde achou que tivesse visto o movimento, mas não encontrou nada. Recomeçou o processo inteiro, examinando cada rabisco de giz de cera. Então aconteceu de novo. Dessa vez, ele conseguiu: o olho identificou a folha no instante em que o movimento parou, mas notou outro lampejo quase na mesma hora — era tão rápido que, caso não estivesse à procura dos sinais, ele poderia ter ignorado, interpretado como mera ilusão da luz e da sombra. Foi logo acima do primeiro, cerca de sessenta centímetros para a esquerda. Os olhos foram de um lado para outro, tentando ver ambos se mexendo ao mesmo tempo. Então, de repente, outro lampejo em um desenho entre os dois, dessa vez mais evidente. Jason quase conseguiu ver a mudança acontecendo antes de a nova imagem se formar. Ele se agachou e examinou os três desenhos, um de cada vez. Os traços eram de giz de cera preto e pareciam ter sido feitos pela mesma criança. Havia duas figuras em primeiro plano: um menininho e um coelho.

Jason examinou o salão. A irmã e os outros pareciam entretidos pelo palco, e Lamar tinha ido se juntar a eles. Jason enfiou a mão no bolso e pegou o desenho que encontrara na noite anterior. Alisou o papel contra o chão e, bem devagar, ajeitou o pedacinho de fita adesiva cheia de fiapos para colá-lo de volta na parede, na altura dos olhos. Então ficou olhando para a parede, esperando.

Nada aconteceu.

Jason franziu a testa. Tivera tanta certeza de que as imagens contariam uma história, mas não passavam de desenhos. A criança e o coelho estavam bem no meio de todos os papéis, juntinhos em um deles, mais afastados no outro... No entanto, não havia nada que pudesse ser considerada uma narrativa. *Bem, eu tentei.* Voltou a olhar para os outros desenhos na parede, então o que tinha sido colado mais no alto começou a se mover.

Dessa vez, ele testemunhou a mudança: as linhas de giz de cera se retorciam e deslizavam pela página, se deslocando por vontade própria, rápidas demais para ser acompanhadas. Quando o primeiro desenho parou, outro começou a se mover, e eles continuaram assim, um após o outro, até que o último — o que Jason acabara de colar — parou de vez. O menino assistiu àquilo com os olhos arregalados e o coração martelando no peito. Quando enfim se deu conta do que estava acontecendo, já tinha terminado. As figuras estavam fixas no lugar. Agora, sim, contavam uma história. Na primeira folha, a criança estava sentada, sozinha. Na segunda, Bonnie aparecia por trás dela. Na seguinte, Bonnie agarrava o corpinho pequenino e o levantava do chão.

Na última, a criança estava chorando.

Arregalando os olhos, com o coração acelerado, Jason deu um passo para trás. Estava hipnotizado. Parecia que seu corpo era feito de chumbo, pesado demais para correr. Ouviu um barulho, parecia uma rajada de vento agitando as folhas na parede — mas elas continuavam penduradas, imóveis, diante dele. O ruído aumentou, acelerando, ficando cada vez mais alto, até que o vento foi substituído por gritos. Jason cobriu as orelhas com as mãos quando as folhas começaram a cair da parede, batendo no chão com baques, como se fossem feitas de alguma coisa muito mais pesada do que apenas papel. Diante de seus olhos, as folhas caídas iam assumindo uma coloração avermelhada, começando a se transformar no instante em que tocavam o piso. Ele se virou para correr, mas o caminho estava bloqueado pela torrente de papéis que não paravam de cair do teto. Uma das folhas caiu em seu ombro, outra, nas costas, depois outra, e todas se colavam ao corpo do menino, embrulhando-o como se fossem sufocá-lo. Jason sentiu as pernas cederem sob aquele peso e caiu com um dos joelhos no chão.

Enquanto tentava se proteger da tempestade de papéis, o cômodo começou a tremer violentamente. Jason trincou os dentes, encurralado. Até que, de repente, tudo parou. As folhas manchadas de vermelho tinham desaparecido, e não havia nada grudado em suas costas. Marla o segurava pelo ombro, encarando-o de olhos arregalados.

— Jason, meu Deus, o que foi?

O menino se levantou, meio tonto, batendo nas roupas como se estivessem infestadas de insetos invisíveis.

— Os desenhos estavam caindo em cima de mim — explicou, desesperado, ainda em pânico.

Mas, ao se virar para a parede, reparou em como o salão estava silencioso e imóvel. Um único desenho tinha se soltado.

Marla olhou para a folha, então se voltou para o irmão, balançando a cabeça. Ela chegou bem pertinho e sussurrou para ele:

— Assim você me mata de vergonha.

Então ela soltou seu ombro, o rosto quase inexpressivo, e se afastou. Jason se empertigou, um pouco sem jeito, mas seguiu a irmã o mais rápido que pôde, mantendo os olhos nas paredes.

Na sala de controle, Dave dedilhava os botões, os dedos passando por eles com toques leves, mas sem pressionar nenhum. O movimento parecia impensado, instintivo, como um hábito. Charlie inclinou-se para perto de John.

— Ele já veio aqui antes — sussurrou. — Repare em como mexe nos controles.

—Vai ver só é bom com computadores — sugeriu John, sem muita convicção.

— Sabe fazer os animais dançarem de novo? — pediu Jessica.

Dave pareceu nem ter ouvido a pergunta. Ficou ali, com a boca entreaberta, parecendo ver alguma coisa que ninguém mais via. Sob as luzes ofuscantes, ela reparou que o uniforme estava sujo e um pouco rasgado, que ele tinha a barba por fazer e que seu olhar era ligeiramente perdido. Ele parecia mais um mendigo do que um segurança. Fitou o grupo como se já tivesse entrado na pizzaria havia muitas décadas e os adolescentes é que fossem os novatos ali. Demorou um pouco para processar o pedido.

— Claro, vamos ver o que eu consigo fazer.

Ele sorriu para Jessica com a boca torta. Seus olhos estavam meio vidrados demais no rosto da garota, e Dave a encarou por um pouco mais de tempo do que o normal. Jessica engoliu em seco, sentindo um receio instintivo, mas deu um sorriso educado.

— Certo. Já estive aqui algumas vezes, acho que consigo dar um jeito com um toque de mágica.

Charlie e John se entreolharam.

—Você já veio aqui? — indagou John, sem alterar o tom, mas Dave ignorou. Ou simplesmente não ouviu.

No canto esquerdo do painel de controle havia um teclado que ainda não tinha sido mexido, já que não parecia estar conectado a nada. Dave estendeu a mão e começou a apertar botões bem depressa, como se já tivesse feito aquilo centenas de vezes. Então olhou para Jessica, como se ambos compartilhassem um segredo.

— Em algumas ocasiões especiais, a plateia pode pedir uma dança. — Dave abriu outro sorriso enorme e torto.

— Que ótimo — respondeu Jessica, soltando um suspiro aliviado. Qualquer coisa para acabar com aquela proximidade forçada com o sujeito. Olhou para Lamar. — Vou lá para fora assistir. Você assume aqui?

— Claro — respondeu o garoto, indo para o lugar de Jessica e Dave, que saíram para o salão principal.

No palco, as luzes piscavam em sequência, acompanhando a música que já não tocava mais, e Bonnie movia a boca como se estivesse cantando. Mantinha os olhos fechados por longos segundos, depois os abria com cliques ruidosos, as pupilas de vidro se movendo de um lado para outro. Uma grande mão azul subia e descia, em movimentos exagerados, dedilhando o baixo vermelho, que já não tinha mais cordas.

— Lamar, você está fazendo alguma dessas coisas? — indagou Carlton, admirado.

— Não! — respondeu Lamar. — A maior parte parece estar programada.

Bonnie se virou para eles, e Jessica levou um susto: o coelho parecia estar olhando diretamente para ela. Mas o animatrônico se virou outra vez depressa, encarando as fileiras de cadeiras vazias, levantando a cabeça para cantar.

— Como é estranho ver os mascotes assim — comentou Jessica, recuando um passo para visualizar melhor.

Bonnie batia o pé no chão, acompanhando o ritmo da música, abrindo e fechando a boca enquanto cantava. Mas não se ouvia sua voz, e muito menos a música. Só um zumbido estranho saindo das caixas de som, acompanhado de uma orquestra de estalos e guinchos mecânicos. Os movimentos de Bonnie ficaram mais acelerados, e o animatrônico começou a dedilhar e a bater o pé cada vez mais depressa. Seus olhos ficaram parecendo fora de sincronia, olhando para a esquerda enquanto a cabeça estava voltada para a direita, depois girando nas órbitas.

Dave se aproximou do palco, decidido.

— Mas como você é nervosinho! — Ele sorriu, parecendo não se afetar com os movimentos cada vez mais rápidos do coelho.

— Ei, Lamar, você consegue desacelerar isso aí um pouquinho? — gritou Jessica.

Bonnie começou a sacudir os braços violentamente, a boca aberta, tremendo como se fizesse esforço para articular uma palavra, os olhos girando para todas as direções.

— Lamar! Tem alguma coisa errada! — berrou Jessica.

Bonnie ergueu o pé de repente com um estalido que lembrava um tiro, soltando o parafuso que o prendia ao palco.

— Lamar! — Carlton subiu ao palco e correu até Bonnie, tentando encontrar um botão para desligar o coelho enquanto desviava dos golpes erráticos.

— Carlton, seu idiota, sai daí! — Jessica correu até ele.

Bonnie se movia rápido demais, fora de controle, como se estivesse em pane. Tinha parado de fazer a coreografia programada de que todos se lembravam tão bem. Começou a se sacudir e se debater. Carlton tentou se afastar, um pouco atrapalhado, mas o braço de Bonnie se soltou do baixo, girando e batendo no peito de Carlton, jogando-o para fora do palco. Ele caiu de costas e ficou no chão, ofegante.

— Lamar! — berrou Jessica. — Lamar, desligue esse negócio!

— Não sei desligar! — gritou o garoto.

Jessica se ajoelhou ao lado de Carlton, encarando o amigo sem saber o que fazer. Não parava de cutucar seu ombro.

— Carlton, tudo bem? Carlton? Olha para mim!

O garoto deu uma risadinha — parecia mais que estava tossindo —, segurou a mão de Jessica e se sentou.

— Estou bem. Só fiquei sem ar — explicou ele, mas Jessica ainda estava apreensiva. — Só preciso de um minutinho — garantiu, as palavras saindo entrecortadas.

Na sala de controle, Lamar apertava todos os botões, desesperado, mas ainda podia ver Bonnie se debatendo violentamente pelos monitores, sem responder a nenhum de seus comandos. Charlie entrou correndo e o empurrou para fora do caminho, então levou apenas alguns segundos para perceber que o painel não estava conectado. Encarou Lamar. *Não estamos no controle*, pensou. Os dois saíram da sala ao mesmo tempo, correndo para ajudar os outros.

Jessica gritou, um berro curto e estridente, e Marla e John correram até ela. Charlie e Lamar chegaram apenas segundos depois. Todos os animais se moviam daquela mesma maneira espasmódica, avançando rápida e aleatoriamente pela sequência de movimentos pré-programados, parecendo desesperados e apavorados. As luzes começaram a piscar. A iluminação do palco também, e as cores iam e vinham, banhando o grande salão em uma luz dourada ofuscante, depois em um verde enjoativo e em seguida em um tom roxo ameaçador que lembrava um hematoma. Tudo piscava como luzes estroboscópicas, e o efeito era nauseante. As caixas de som ribombavam com explosões curtas de estática, parecendo, assim como as luzes, ligar e desligar. Por trás do zumbido havia o mesmo som que tinham ouvido na noite anterior: o rosnado de uma voz baixa demais para ser humana, indistinta demais para estar de fato pronunciando palavras.

Os adolescentes conseguiram se reagrupar, todos avançando com muito cuidado, sem confiar nos próprios sentidos. As luzes piscavam com intensidade, alterando a percepção do ambiente e, enquanto andava até seus amigos, Charlie não sabia identificar a que distância estavam — podiam estar a muitos metros ou bem na sua frente. Eles se encontraram no centro do salão, observando os animais que se sacudiam com violência, parecendo ter algum propósito para aquilo. Carlton se levantou sob o olhar apreensivo de Jessica, então balançou a mão, indicando que estava bem.

— Já disse que estou tranquilo — garantiu o garoto, gritando para ser ouvido por cima daquele barulho intermitente.

Charlie estava congelada, incapaz de tirar os olhos dos animatrônicos. *Estão tentando se soltar*, pensou. Era uma ideia absurda, imaginação infantil, e ela tentou deixar aquele pensamento de lado, mas não conseguia evitar pensar naquilo enquanto assistia à cena, quase sem reparar no pulsar epiléptico de luzes e som. As criaturas robóticas não pareciam ter entrado em curto-circuito, seus movimentos não eram mecânicos: eram histéricos, como se estivessem desesperados para fazer alguma coisa, mas, para seu horror, não tinham como.

— Cadê o Dave? — indagou John.

Os olhos de Charlie, com temor crescente, encontraram os dele. *Ah, não*. Olharam em volta, mas o segurança não estava à vista.

— Precisamos encontrar aquele cara — declarou Charlie.

— Ele deve ter se mandado, quem se importa? — retrucou Marla, a voz estridente e assustada.

— Não é com ele que estou preocupada — respondeu a garota, com um tom sombrio. Então foi em direção ao corredor à direita do palco, chamando John: — Vem comigo.

O garoto virou a cabeça para trás e conferiu o estado do restante do grupo. Em seguida, foi atrás de Charlie depressa.

— Devíamos ir para a outra sala de controle, ver se de lá podemos parar o que está acontecendo — sugeriu Jessica, com um tom decidido, assumindo a liderança. Então virou-se para Marla: — Você e o Jason têm que procurar o Dave.

— Eu vou junto — ofereceu-se Lamar, mais do que depressa.

— Sala de controle? — indagou Carlton, olhando, decidido, para Jessica.

— Sala de controle — confirmou ela.

O grupo se separou, todos avançando bem devagar. As luzes estroboscópicas distorciam o espaço, criando obstáculos imaginários e escondendo os verdadeiros. O efeito era desorientador, um labirinto de luz e som mudando constantemente.

— Ai! — gritou Marla, e todos pararam.

— Tudo certo aí? — berrou Carlton.

— Tudo, só dei de cara com esse carrossel idiota — respondeu a menina.

As caixas de som ficaram mudas por um instante, mas os adolescentes gritavam uns para os outros como se aquela pequena distância entre eles fosse grande como um cânion.

Em outro corredor, Dave avançava com um propósito em mente. Sem os adolescentes para vigiá-lo, se movia depressa, correndo meio de lado, volta e meia olhando para trás, as costas curvadas, querendo ter certeza de que não era seguido. Um chaveiro grande, mas com poucas chaves, pendia do cinto do uniforme. Ele pegou uma, abriu a porta e entrou no escritório. Fechou a porta com certa urgência, ao passar, tomando cuidado para não fazer barulho, mesmo que nada ali pudesse ser ouvido pelo grupo já distante — ou, se fosse ouvido, não seria notado em meio aos berros e ao escândalo das caixas de som. Acendeu a luz do teto. A iluminação não vacilava, banhando o cômodo sem nem um único tremeluzir. Havia um armário alto encostado na parede mais distante, e Dave usou outra chave para abri-lo. Ficou um bom tempo parado diante da porta aberta, respirando fundo. Foi se endireitando, esticando a coluna, e o peito oco pareceu se inflar, como se ele extraísse uma confiança atípica do que quer que estivesse vendo ali dentro do armário. Com um sorriso estranho nos lábios finos, Dave estendeu a mão, saboreando o momento, roçando os dedos no pelo amarelo.

※ ※ ※

Jessica e Carlton dispararam pelo corredor em direção à segunda sala de controle, enquanto Marla e os outros dois eram mais lentos, olhando dentro dos salões de festa e da sala dos fliperamas. Os cômodos pareciam desertos, mas Jason achava que, naquela luz mutante, seria fácil deixar passar alguma coisa. Depois de conferir toda aquela parte do restaurante, Marla e Lamar voltaram ao salão principal.

— Cadê a Jessica e o Carlton? — gritou Lamar, tentando ser ouvido em meio a mais ruídos distorcidos.

Jason parou e olhou para trás. Em um instante fugaz, viu a silhueta de um coelho no corredor, iluminada apenas por uma fração de segundo, pelo pulsar das luzes. Então desapareceu e surgiu de volta no lugar de sempre, no palco do salão de festas de onde o trio acabara de sair.

— Marla! — berrou o menino. — MARLA! — Sua voz estava estridente, desesperada.

A garota se virou.

— O que foi? Tudo bem?

— Eu vi o Bonnie! Estava bem ali!

— O quê? — Sem nem pensar, Marla olhou para o palco. Bonnie continuava lá, se balançando para a frente e para trás daquele mesmo jeito estranho e espasmódico. — Jason, olha, ele está lá em cima. Bonnie não tem como sair do palco.

Jason olhou. O coelho estava mesmo lá. *Mas eu vi*, pensou, olhando de volta para o corredor, que estava deserto.

Jessica chegou correndo, sem fôlego.

— Está tudo bem? Eu ouvi uns gritos.

— Tudo tranquilo — respondeu Lamar. — Foi o Jason que achou que tinha visto alguma coisa.

— Cadê o Carlton? — indagou Marla, massageando as têmporas. — Argh, essa luz está me dando uma dor de cabeça daquelas.

— Ele ainda está lá dentro brigando com os controles — explicou Jessica. — Temos que procurar a Charlie e o John. Acho melhor darmos o fora daqui.

— Acho que eles foram por ali — disse Lamar, apontando para o corredor nos fundos do cômodo, logo atrás do palco.

— Então vamos — chamou Jessica.

Jason seguiu o grupo, que passava outra vez pelo salão principal abrindo caminho com cuidado pelas mesas e cadeiras. Olhou para trás quando chegaram ao corredor. De repente, viu Bonnie outra vez, saindo correndo da sala de jogos e entrando no corredor que ia dar na Baía do Pirata. Jason ficou olhando enquanto a irmã e os outros deixavam o salão, então escapuliu antes que o flagrassem. Saiu correndo, determinado a seguir o coelho, e diminuiu a velocidade ao chegar no corredor escuro.

As lâmpadas ali estavam apagadas, e, mesmo sem ver nada, ele sentiu certo alívio por sair das luzes piscantes. Jason avançava bem junto à parede, tentando examinar o espaço à frente em busca de qualquer sinal de movimento, mas estava escuro demais. Depois do que pareceram séculos, finalmente chegou à Baía do Pirata. Ouviu a irmã chamando ao longe. *Olha quem reparou que eu sumi*, pensou, com amargura, e ignorou o chamado. Atravessando o salão de festas, espiou o outro corredor — que levava a outros salões de festa —, mas estava tão escuro que ele não conseguia ver mais que alguns centímetros à frente do rosto.

Jason deu meia-volta e foi para o palco menor, com a plaquinha de FORA DE SERVIÇO ainda pendurada. *Como se alguma coisa aqui funcionasse.* A cortina se mexeu de repente, e o garoto ficou paralisado. Os panos iam subindo, sendo erguidos. Ele não conseguia correr. Tudo ficou escuro, até que as luzes se acenderam de repente, revelando Carlton parado diante dele, saindo de trás da cortina, cumprimentando-o com um sorriso caloroso.

— O que você está fazendo aqui sozinho? Anda, vamos.

Jason sentiu uma onda de alívio inundar seu corpo e deu um passo à frente. Quando ia falar alguma coisa, ficou paralisado outra vez, tomado pelo medo.

Bonnie surgiu da escuridão iluminado pelo facho de luz dos holofotes do palco diante deles. Mas havia algo errado: aquele não era Bonnie, tinha pelos amarelos quase ofuscantes sob a luz forte. O bicho correu na direção deles, e antes que Jason pudesse gritar, o coelho gigante agarrou Carlton por trás, acertando seu rosto com uma pata gigante e peluda, envolvendo seu peito com o outro braço forte, segurando-o bem firme. Carlton se debateu, sem fazer barulho, mas a criatura mal parecia notar. O adolescente gritava contra a pata peluda, mas o som era completamente abafado. O coelho voltou pelo caminho por onde tinha vindo, levando Carlton ainda se debatendo — o espólio de uma caçada bem-sucedida.

Jason assistiu àquilo boquiaberto. Sentia o coração acelerado, a respiração era curta e rápida. O ar parado e sufocante o deixou tonto. Ouviu um ruído atrás de si, o chiado de metal enferrujado começando a se mover, então se virou e deu um pulo para a frente, bem a tempo de evitar o golpe de um gancho. Os olhos de Foxy brilhavam em sincronia com as luzes, e, meio tonto, Jason por um momento achou que aqueles olhos eram a força que controlava tudo aquilo. Que se Foxy os fechasse, as luzes todas se apagariam. O animatrônico não se mexia como os outros. Em movimentos lentos e deliberados, ele saiu da fresta entre as cortinas, os olhos brilhantes mirando o menino de uma altura absurda.

— Jason! — Ele sabia que era a voz de Charlie, mas continuou olhando de um ponto para outro: primeiro para Foxy, depois para o lugar onde Carlton fora agarrado. — Jason! — repetiu a garota, já parada atrás dele, com John ao lado.

Charlie agarrou seu ombro e o sacudiu, arrancando-o do devaneio sinistro. John pegou sua mão e o puxou depressa. No salão principal, viu que todos estavam na metade do corredor de saída — todos exceto Marla, que esperava, ansiosa, logo no começo da passagem. Jason viu o alívio no rosto da irmã quando ela o avistou.

— Marla, o Bonnie levou o Carlton! — gritou o menino, mas a irmã o empurrou pelas costas, em direção ao corredor.

— Anda, Jason!

— Mas vi o Bonnie levar o Carlton! — insistiu ele, mesmo correndo, com medo de parar.

Dispararam pela saída, todos impacientes e assustados, enquanto faziam fila para se espremer pelo corredor. Não tinha como irem mais rápido. Quando todos passaram, Charlie fitou a passagem por um tempo, porém não viu mais ninguém vindo. Fechou a porta e se afastou enquanto Lamar e John botavam a estante de volta, bloqueando a saída.

— Ninguém viu o Dave — disse Charlie.

Não era uma pergunta. Todos fizeram que não com a cabeça.

— Ele deve ter se mandado quando as luzes começaram a ficar doidas — sugeriu Lamar, mas não parecia muito convencido.

— Carlton! — gritou Jason, mais uma vez. — O Carlton ainda está lá dentro! O Bonnie levou ele!

Todos olharam em volta. Carlton não estava ali.

—Ah, não! — comentou Jessica. — Ele ficou preso lá dentro.

— Foi o Bonnie! — repetiu Jason, a voz falhando. — Eu vi. O Bonnie estava lá, lá na Baía do Pirata. Ele pegou o Carlton à força. Eu não consegui fazer nada. — O garoto esfregou os olhos com a manga, secando as lágrimas.

— Ah, meu bem... — Marla abraçou o irmão, que escondeu o rosto na sua camiseta. — Foi só uma ilusão, por causa daquela luz doida. O Bonnie não tem como fazer isso, ele é só um robô. Estava lá no palco quando a gente saiu.

Jason fechou os olhos. Só havia olhado de relance para o palco principal enquanto saíam, mas era verdade: Bonnie estava lá, se sacudindo em movimentos estranhos e desajeitados, parado no mesmo lugar. Ele se afastou dos braços da irmã.

— Eu vi — insistiu, a voz mais fraca. — Bonnie levou o Carlton.

Os outros se entreolharam. Marla deu de ombros, e Charlie falou:

—Temos que voltar. Temos que tirá-lo de lá.

Jessica assentiu, mas John pigarreou e disse:

— Acho que precisamos pedir ajuda. Não é seguro lá dentro.

— Vamos procurar o pai do Carlton — sugeriu Marla. — Não vou deixar o Jason entrar lá de novo.

Charlie quis protestar, mas se conteve. Eles tinham razão, claro que tinham. Não podiam lidar sozinhos com o que quer que tivesse acontecido. Precisavam de ajuda.

CAPÍTULO SETE

Voltaram pelos corredores do shopping abandonado, sem medo de fazer barulho ou de alguém ver os fachos de luz das lanternas.

— Que se dane a discrição — disse Charlie com um tom sombrio, e ninguém argumentou.

Como se tivessem combinado, todos aceleraram o passo ao mesmo tempo. Quando chegaram ao estacionamento, já estavam quase correndo. Avistando seu carro ao passar pela porta principal, Charlie sentiu um alívio quase físico e teve a sensação de que estava encontrando um velho amigo.

— Alguém devia ficar — disse ela, parando com a mão na maçaneta. — A gente não pode simplesmente deixar o Carlton aqui.

— Não — respondeu Marla com firmeza. — A gente vai embora agora. — Olharam para ela, surpresos, por um instante. De repente, Marla começou a falar com eles naquele tom de irmã mais velha que sempre sabe o que é melhor. Lamar e Jason se entreolharam, mas ninguém disse nada. — Vamos voltar para a cidade, todo mundo — acrescentou, lançando um olhar de advertência a Charlie. — E lá pedimos ajuda.

Entraram depressa em seus respectivos carros. Enquanto Charlie assumia o volante, John se sentou no banco do carona, e ela lhe deu um sorriso tenso. Jessica se instalou no banco de trás segundos depois, e Charlie sentiu uma pontinha de decepção; queria conversar com ele a sós. *Estamos correndo atrás de ajuda, isto não é um encontro*, se repreendeu, mas aquela não era a verdadeira questão. Ele era um porto seguro, um ponto de referência em meio a todos os eventos estranhos que vinham acontecendo ao redor deles. Virou-se para John, mas ele estava olhando pela janela. Saíram do estacionamento seguindo o carro de Marla, que já acelerava noite afora.

Quando chegaram à cidade, Marla jogou o carro para o lado da rua principal, depois estacionou, e Charlie fez o mesmo. O carro ainda nem tinha parado totalmente, mas Jessica pulou do veículo e saiu correndo pelo centro. Marla foi atrás. Pararam na frente do cinema, e foi só naquele instante que Charlie avistou um policial de uniforme sob a marquise, encostado na viatura preta e branca. Ele arregalou os olhos ao identificar as jovens que vinham correndo em sua direção e involuntariamente recuou um passo quando Marla começou a falar sem nem parar para respirar.

— ... Por favor, você tem que vir com a gente — concluiu ela, no instante em que os outros a alcançaram.

O policial parecia um tanto perplexo. Tinha um rosto rosado oleoso, e os cabelos eram tão curtos que o chapéu cobria tudo. Charlie percebeu que ele era jovem, talvez na casa dos vinte, e os encarava com desconfiança.

— Isso é mesmo uma emergência? Não sei se vocês sabem, mas podem acabar arrumando encrenca de verdade com esse tipo de brincadeirinha.

Jessica revirou os olhos e se aproximou do homem.

— Isso aqui não é nenhuma brincadeirinha, não — afirmou, com rispidez, e na mesma hora se lembrou de como era alta. — O nosso amigo está preso naquele shopping abandonado, e o seu dever é ajudar a gente.

— No shopping? — Ele parecia confuso, depois olhou na direção de onde os garotos tinham vindo. — AQUELE shopping? — Arregalou os olhos, depois franziu a testa, censurando-os e desempenhando extraordinariamente bem o papel de pai decepcionado, apesar de tão jovem. — Para começar, o que vocês estavam fazendo lá?

Charlie e Marla se entreolharam, mas Jessica nem sequer piscou.

—Você pode se preocupar com a gente depois. Nosso amigo está em perigo, e você tem que ajudar, policial... — Ela se inclinou para a frente e espiou o nome no crachá. — Policial Dunn. Prefere que eu vá pedir ajuda aos bombeiros?

Apesar do medo, Charlie quase riu. Jessica falou como se estivesse em uma loja, ameaçando procurar a concorrência. Sua pergunta era tão absurda que não devia ter rendido nada além de um olhar intrigado, mas Dunn foi correndo pegar o rádio.

— Não — respondeu ele. — Espera aí.

O policial apertou um botão, e o aparelho emitiu um estalo rápido de estática. Charlie sentiu um breve calafrio ao ouvir o ruído e, olhando ao redor, percebeu que John ficou tenso e que Jason deu um passo para perto de Marla. Sem parecer ter notado as reações dos meninos, Dunn vociferou sons incompreensíveis para o rádio, falando em código policial, e algo subitamente reaviveu uma lembrança de Charlie: ela correndo pelo quintal, cochichando com Marla por um walkie-talkie. Nunca conseguiam se entender através do brinquedinho barato que o pai de Charlie encontrara em uma liquidação, mas elas não se importavam, a comunicação em si nunca foi o objetivo.

— Charlie, anda! — gritou Jessica, e Charlie acordou do devaneio.

Todos voltaram para seus respectivos carros e seguiram a viatura policial pelo caminho.

— Por que ele não ligou a sirene? — indagou Jessica.

Ela não conseguia controlar o nervosismo, e sua voz estava esganiçada.

— Não está acreditando na gente — respondeu John, baixinho.

— Ele devia ligar a sirene — insistiu a garota, e dessa vez não passou de um sussurro.

Charlie segurava o volante com muita força enquanto encarava as lanternas vermelhas da viatura policial.

No shopping, Jessica saiu correndo na frente do grupo, forçando o restante a ir atrás dela. Charlie não se importava: era bom correr, lhe dava um propósito. Lamar falava com o policial enquanto isso, gritando acima do barulho criado pela correria.

— O restaurante está todo fechado com ripas de madeira, mas tem uma porta que continua aberta — revelou Lamar, as palavras interrompidas pela respiração irregular. — Atrás do plástico... É só puxar para o lado... Beco escuro... O Carlton tem cheiro de chulé.

O policial Dunn hesitou por um instante, mas recuperou o ritmo logo depois. Ao alcançarem o beco, desaceleraram, atravessando com mais cuidado a passagem estreita até chegarem à porta.

— Bem aí — disse John, e Dunn deu um passo à frente para ajudar com a estante.

Eles a retiraram rápido demais, chacoalhando tudo o que estava nela. O móvel tombou para trás, e ferramentas, fios e latas de tinta cheias de pregos caíram no chão.

— Ai! — gritou John quando um martelo acertou seu pé.

O grupo observou os objetos se espalharem, alguns rolando para longe e desaparecendo no corredor escuro.

— O quê?! — gemeu Jason, e pararam de prestar atenção na bagunça.

Ele apontava para a porta.

— O que é isso? — Marla arquejou, surpresa.

Havia correntes trespassando a porta de cima a baixo, ligadas por três enormes cadeados. Os elos tinham sido pregados ao batente de metal, e eram grossos demais para serem cortados sem ferramentas específicas. Estavam enferrujados e pareciam pregados ali havia anos. Charlie foi até a porta e tocou em uma das correntes, como se quisesse confirmar se eram reais.

— Isto não estava aqui antes — disse ela, e percebeu que aquilo soou ridículo.

— Temos que tirar o Carlton daí! — berrou Jason, a voz falhando. — O Bonnie vai matar o Carlton, e vai ser tudo culpa minha!

— Do que ele está falando? — perguntou o policial, e olhou para o menino, desconfiado novamente. — Quem é Bonnie, e por que ela vai machucar o amigo de vocês?

— Bonnie é... É um robô — explicou Charlie, depressa. — Os robôs da Pizzaria Freddy Fazbear's continuam lá dentro e ainda funcionam.

— Pizzaria Freddy Fazbear's. — O rosto de Dunn ficou vermelho, e ele olhou para a porta outra vez. — Eu vinha aqui quando era criança — comentou, baixinho, seu tom um misto de nostalgia e medo. Então se recuperou depressa e pigarreou.

— Ele está vivo — insistiu Jason, já nem se esforçando mais para esconder as lágrimas.

Dunn se abaixou e ficou cara a cara com o menino, assumindo um tom de voz mais gentil.

— Qual é o seu nome?

— Temos que tirar o Carlton de lá — repetiu Jason.

— O nome dele é Jason — respondeu Marla, e o irmão olhou feio para ela.

— Jason — começou Dunn. Colocou a mão no ombro dele, olhando para os demais sem disfarçar a desconfiança. *Está achando que obrigamos Jason a dizer isso*, Charlie percebeu. O menino ficou se contorcendo, mas o policial não o largou, encarando-o ao perguntar: — Jason, eles pediram que você dissesse isso? O que está acontecendo aqui?

Irritado, Jason se desvencilhou do policial e deu um enorme passo para trás.

— Aconteceu mesmo — afirmou ele com firmeza.

Dunn respirou fundo, frustrado, e depois se levantou, desistindo daquele teatrinho do policial amigável.

— Quer dizer então que os robôs levaram o seu amigo — concluiu. *Sei o que vocês estão tramando*, dizia seu tom.

— A gente estava lá dentro — afirmou Charlie, sem se exaltar, mantendo a voz estável, como se pudesse convencer o homem se usasse um tom calmo e equilibrado. — Nosso amigo não conseguiu sair.

O policial olhou para as correntes mais uma vez.

— Veja bem — disse ele, aparentemente resolvendo dar ao grupo o benefício da dúvida. — Para começo de conversa, não sei como vocês conseguiram entrar aí, e agora também nem quero saber. Mas as máquinas desse lugar são velhas, ninguém toca naquilo há uns dez anos. É provável que a atmosfera ali dentro seja bem assustadora. Cara, nem eu ia querer entrar nisso. Então, mesmo não podendo culpá-los pelo desespero, posso garantir que aqueles robôs não estão se mexendo sozinhos. Esse lugar está morto, e é melhor que seja deixado em paz — concluiu, com uma risadinha forçada. Jason trincou o maxilar, mas não se manifestou mais. — Acho que vocês precisam mesmo é ir para casa — finalizou Dunn, mais como uma ameaça do que um conselho.

O grupo se entreolhou.

Após um silêncio constrangido, Jessica se virou para Charlie.

— Essas correntes não estavam aí antes. Não é? — A voz dela falhou, esperando a confirmação da amiga, como se estivesse começando a duvidar da própria memória.

— Não — declarou Charlie no mesmo instante. — Não estavam. Ninguém vai embora daqui, e a gente precisa da sua ajuda.

— Está bem — disse Dunn, sem rodeios. — Qual é o nome do garoto? — Como em um passe de mágica, um caderno de anotações surgiu na mão dele.

— Carlton Burke — respondeu Jessica.

Estava prestes a soletrar o nome quando o policial largou a caneta de súbito e fechou os olhos, as narinas se inflando.

Ele olhou feio para os adolescentes, já não parecendo mais tão jovem quanto antes.

— Tudo bem, vou dar mais uma chance. Me contem exatamente o que aconteceu. — Falava devagar, enfatizando a pausa entre as palavras. Estava no controle outra vez, se sentindo em casa, como se tivesse entendido tudo.

Todos falaram ao mesmo tempo, tentando explicar. A voz de Jessica era a mais alta e calma, mas nem ela conseguia esconder a ansiedade. Charlie se afastou, quieta. *Me contem exatamente o que aconteceu.* Por onde deveriam começar? Por aquela noite? Aquela semana? Michael? A primeira vez que seu pai tocou em um circuito impresso? O que responder quando alguém pergunta o que aconteceu? O policial assentiu e pegou o rádio de novo, mas dessa vez usou palavras compreensíveis.

— Norah, liga para o Burke. É o filho dele. Estou aqui no shopping desativado. — A resposta foi uma explosão de estática, e o homem voltou a atenção para os jovens mais uma vez. — Venham comigo.

— Aonde? — indagou John.

— Lá pra fora.

Marla tentou protestar, mas Dunn a interrompeu.

—Vou escoltá-los para fora da propriedade — declarou ele.

Pegou o cassetete do cinto, indicando a direção.

— Vem, gente — chamou Lamar. Jason continuava olhando para baixo, taciturno, e Lamar cutucou seu ombro de leve. — Jason, vem. A gente tem que fazer o que ele está mandando agora, ok?

— Mas e o Carlton? — gritou o menino, e Lamar balançou a cabeça.

— Eu sei. Fica tranquilo, vamos achar o Carlton, mas temos que sair agora. — Lamar guiou Jason em direção à saída do beco, junto aos outros.

O policial ia atrás do grupo, seguindo Charlie um pouco mais de perto do que o necessário. Ela acelerou, mas ele fez o mesmo, e a garota aceitou que Dunn ficaria na sua cola.

No estacionamento, ele os instruiu a esperar perto da viatura e se afastou alguns passos, se comunicando pelo rádio outra vez, longe demais para o grupo ouvir.

— O que está acontecendo? — indagou Jason.

Quando percebeu que estava quase choramingando, tentou engrossar o tom de voz. *Não sou nenhuma criancinha*, lembrou a si mesmo. Ninguém respondeu, mas Marla acariciou as costas do irmão, um pouco distraída, e ele não se afastou.

Longos minutos de silêncio se passaram. Jessica se sentou no capô do carro, o rosto virado para o outro lado. Charlie queria ir até ela, mas não foi. A forma que Jessica encontrou de lidar com aquela angústia era se fechando, ficando tensa, fria e ríspida, e Charlie entendeu que a amiga não seria capaz de derrubar aquele muro que a protegia sem acabar desmoronando também.

— Era do pai do Carlton que ele estava falando? — perguntou Charlie, mas ninguém teve tempo de responder.

Faróis iluminaram o local, e um carro parou ao lado deles. O homem que saiu do automóvel era alto e magro, e os cabelos claros poderiam ser tanto louros quanto grisalhos.

— O pai do Carlton — sussurrou Marla, uma resposta tardia para a pergunta de Charlie.

O homem sorriu ao se aproximar.

— O pai do Carlton — confirmou ele. — Mas como vocês todos já estão bem grandinhos agora, melhor me chamarem de Clay. — Todos balbuciaram o nome, em parte cumprimentando, em parte experimentando a sensação de chamá-lo pelo nome.

Jason tampou a boca, inibido, tocando o espaço invisível em seus molares com a língua.

— Achei que nossos dias de estripulia já tinham ficado para trás, não? — comentou Clay, bem-humorado.

Emburrada, Jessica desceu do capô do carro de Charlie.

— Sinto muito mesmo. Carlton sumiu — disse ela, séria. — Não sei o que aconteceu. Ele estava perto da gente o tempo todo!

— O Bonnie raptou o Carlton! — exclamou Jason. — Eu vi! O coelho levou o Carlton com ele!

Clay começou a sorrir, mas parou ao ver a expressão do grupo.

— Ah, crianças, me desculpem. Vocês passaram muito tempo fora. Receio que Carlton esteja pregando uma peça em vocês, em todos vocês.

— O quê? — perguntou Lamar.

— Ah, parem logo com isso. Com todos vocês de volta à cidade, ele não resistiu — explicou Clay. — Seja lá o que tenha acontecido, garanto que foi o próprio Carlton quem armou tudo. Ele deve sair de trás de um desses arbustos aí a qualquer minuto.

Todos ficaram em silêncio esperando, embora soubessem que aquilo era quase impossível. Nada aconteceu.

— Bom — disse Clay, enfim —, aí também já seria demais, né?! Mas por que vocês não vão lá para casa? Faço chocolate quente, e quando Carlton finalmente der o ar da graça, vocês mesmo podem dar a notícia de que ele está de castigo!

— Está bem — concordou Charlie, sem consultar a opinião dos outros.

Ela queria acreditar em Clay, acreditar que Carlton estava bem e que reapareceria rindo disso tudo. Mas, com a mesma intensidade, queria ir para algum lugar onde houvesse um adulto responsável por eles, alguém que fizesse chocolate quente e garantisse que monstros não existem. Seu próprio pai jamais lhe dissera isso. Ele não teria lhe contado uma mentira dessa.

Ninguém fez objeções, então reorganizaram a caravana rumo à casa de Clay. Todos se instalaram em seus lugares de praxe: no carro de Charlie foram John e Jessica; e no de Marla foram Jason e Lamar. Pelo espelho retrovisor, Charlie viu a viatura do policial Dunn. *Está fazendo o mesmo caminho que nós por acaso ou está conferindo se estamos indo aonde Clay mandou?*, ela se perguntou, mas não importava. Não estavam planejando uma fuga.

Ao chegarem à casa de Carlton, entraram um a um pela porta da frente. Charlie olhou para trás a tempo de ver a viatura indo embora. *Estava nos seguindo.*

— Quando era criança, nunca me toquei de como eles eram ricos! — sussurrou John no ouvido de Charlie, enquanto subiam os degraus.

Ela sufocou uma risada.

A casa era mesmo enorme. Tinha três andares e avançava pela floresta ao redor — tão grande que, imaginou Charlie, alguns quartos só deviam ter vista para as árvores. Clay os levou para a sala de estar, que parecia ser usada com frequência, onde a mobília não combinava, e os tapetes, escuros e resistentes, eram imunes a manchas.

— A mãe do Carlton, que agora vocês já podem chamar de Betty, está dormindo — explicou Clay. — As paredes têm um bom isolamento acústico, é só não gritar nem fazer muita algazarra.

Em coro, todos prometeram se comportar, e ele assentiu, satisfeito, depois entrou em um cômodo. Os adolescentes se dispersaram, uns se sentaram no sofá, outros, nas poltronas. Charlie escolheu o tapete entre Jessica e Lamar. Queria que permanecessem todos juntos. John se sentou ao lado dela e lhe deu um sorrisinho.

— A gente caiu mesmo numa pegadinha? — perguntou Marla.

— Talvez sim. Não tenho outra explicação para um negócio desses — respondeu Jessica, apática, olhando para a lareira. — Quer dizer, ninguém aqui se conhece tão bem assim, não é verdade? Pode muito bem ser do estilo dele fazer uma coisa dessas.

Todos se mexeram, pouco à vontade.

Era verdade; vinham se comportando como se tivessem passado apenas um período curto separados e bastasse um relatório do que acontecera nesse meio-tempo para tudo voltar a ser como antes, como se jamais tivessem se distanciado. Mas dez anos era muito tempo para se resolver assim, e, no fundo, todos eles sabiam disso. Charlie olhou para John. Estava um pouco envergonhada, mas não saberia explicar por quê.

Clay voltou para a sala carregando uma bandeja com canecas fumegantes e um saquinho de minimarshmallows.

— Pronto! — exclamou, com jovialidade. — Tem chocolate quente pra todo mundo, até pra mim.

Colocou a bandeja na mesinha de centro e foi se sentar em uma poltrona verde puída que servia tão bem nele quanto um casaco. Todos se inclinaram para a frente e pegaram as canecas; apenas Jason quis os marshmallows. Clay olhou em volta, de rosto em rosto.

— Olha — começou ele —, sei que vocês não acreditam em mim, mas Carlton faz esse tipo de coisa mesmo... Se bem que até eu tenho que admitir que esta deve ter sido a mais estranha de todas. Não está nada certo fazer vocês reviverem tudo aquilo que aconteceu quando eram crianças. — Encarou o conteúdo da caneca por um tempo. — Preciso ter outra conversa com ele — disse, baixinho. — Acreditem, meu filho tem um senso de humor esquisito — continuou. — Sabe, matriculamos Carlton em uma escola fora daqui, na cidade vizinha, para ele cursar o ensino médio em outro lugar, onde ninguém o conhecia. Ele conseguiu convencer os colegas e os professores de que tinha um irmão gêmeo estudando lá também durante o primeiro mês do ano letivo. Não faço ideia de como conseguiu uma coisa dessas, mas só fui descobrir depois que ele se cansou do teatrinho e eu comecei a receber telefonemas do colégio dizendo que um dos meus filhos tinha sumido das aulas.

Charlie abriu um sorriso fraco, mas não estava convencida. Não era a mesma coisa.

— Este caso é diferente — protestou Marla, como se tivesse lido os pensamentos da amiga. — Jason viu o Carlton desaparecer. Ficou aterrorizado. Se for mesmo uma brincadeira, é muita crueldade. — Marla balançou a cabeça com raiva e arranhou a porcelana da caneca com as unhas. — Se for mesmo brincadeira — repetiu, mais baixo.

Charlie viu a expressão desconcertada da amiga e soube que, se Carlton tivesse mesmo tramado aquilo tudo, Marla jamais voltaria a falar com ele. O feliz reencontro dos amigos estava acabado.

— Sim — concordou Clay. — Eu sei. Mas não é assim que ele vê as coisas. — Tomou um gole da bebida, procurando as palavras. — Os gêmeos tinham personalidades totalmente diferentes. Shaun era extrovertido e alegre. Estava na equipe de debate da escola. Até jogava futebol, meu Deus do céu! Carlton só chegava perto de um ginásio esportivo se fosse obrigado. Não faço ideia de como ele sustentou aquela farsa.

— Mesmo assim — retrucou Marla, parecendo ainda menos convencida.

— O pior — prosseguiu Clay, falando mais consigo mesmo do que com os adolescentes — é que Shaun tinha até namorada. E a garota gostava muito dele, embora, na verdade, não passasse de encenação do Carlton. A pobre estava namorando alguém que nunca existiu. Acho que ele ainda se surpreendeu quando percebeu que as pessoas tinham ficado muito magoadas. Ele se empolga e perde a noção, achando que todo mundo está achando graça também.

Charlie e John se encararam com ansiedade. *No fundo, a gente não se conhece mesmo.*

— Talvez tenha sido, sim, ele quem armou tudo isso — disse ela em voz alta.

— Talvez tenha sido — repetiu Jessica.

— Mas eu vi! — gritou Jason.

Antes que alguém pudesse responder, ele saiu da sala, determinado. Marla se levantou no automático e fez menção de ir atrás do irmão, mas Clay levantou a mão.

— Deixa o menino — disse o pai de Carlton. — Ele está precisando de um tempo sozinho. E também quero falar com vocês. — Colocou a caneca de lado e se inclinou para a frente. — Sei que foram lá por diversão, mas não quero saber de vocês levando na brincadeira o que aconteceu na Freddy Fazbear's. Sabe, eu não era delegado na época. Ainda era detetive e estava trabalhando naqueles casos de desaparecimento. Foi a pior coisa que tive que ver até hoje. Não é motivo de piada, não. — Olhou para Charlie.

Os olhos cinzentos dele eram severos, e as linhas de expressão do rosto, imóveis; não era mais a figura paterna amigável, e sim o delegado, olhando como se pudesse enxergar através dela. Charlie sentiu um desejo súbito de confessar algo, mas não tinha o que dizer.

— Muito me admira você, em especial, Charlie — disse Clay, baixo.

Ela corou, a vergonha se alastrando por seu rosto com o rubor quente. Queria protestar, se explicar, dizer algo, qualquer coisa que pudesse suavizar aquele olhar que parecia perfurar seu crânio. Em vez disso, abaixou a cabeça e murmurou um pedido de desculpas discreto.

Lamar quebrou o silêncio.

— Sr. Burke... Clay... Eles chegaram a descobrir quem fez aquilo? Achei que alguém tinha sido preso.

Clay demorou um momento para responder. Ainda encarava Charlie, e ela teve a sensação de que o homem estava querendo lhe dizer algo, ou então decifrar sua expressão.

— Clay — chamou Marla, e ele pareceu voltar ao presente.

Olhou ao redor do grupo de adolescentes, a expressão sombria.

— Sim — respondeu, baixinho. — Uma pessoa foi presa. Fui eu mesmo quem prendeu, na verdade, e hoje em dia tenho tanta certeza de que ele foi o culpado quanto tinha na época.

— Então, o que aconteceu? — insistiu Lamar.

Um silêncio se instalou sobre o grupo, como se algo muito importante estivesse prestes a acontecer.

— Não encontramos nenhum corpo — declarou Clay Burke. — Sabíamos que tinha sido ele, não havia a menor dúvida. Mas as crianças simplesmente desapareceram. Nunca foram encontradas, e sem os corpos... — Ele se calou, encarando o vazio ao longe como se mal estivesse consciente da presença dos jovens ali.

— Mas foi sequestro! — exclamou Charlie. — As crianças desapareceram! — Estava furiosa, horrorizada com aquela injustiça declarada. — Como é que esse homem pode continuar solto por aí? E se ele fizer de novo? — A menina sentiu a mão de Marla em seu braço e assentiu, se recostando outra vez, tentando se acalmar.

Mas a raiva continuava lá, fervilhando sob a pele. Clay a fitava com algo semelhante a curiosidade.

— Charlie — disse ele —, a justiça pune os culpados, mas também precisa proteger os inocentes. O que significa que às vezes os culpados acabam se safando mesmo tendo cometido atos terríveis, mas esse é o preço que pagamos. — Sua voz era grave, as palavras cheias de peso.

Charlie fez menção de argumentar. *Mas foi o preço que* eu *tive que pagar*, teve vontade de dizer, mas então olhou para ele. O homem estava com uma convicção sombria; acreditava cegamente naquilo, que significava muito para ele. *É assim que as pessoas conseguem dormir à noite*, pensou ela com amargura atípica. Seus olhares se cruzaram por um longo instante, depois Charlie suspirou e assentiu, abrindo mão do desafio. Do ponto de vista intelectual, nem sequer discordava da posição dele. Clay se empertigou na poltrona de repente.

— Então — recomeçou ele, alegre —, acho que já está tarde para vocês, meninas, voltarem para o hotel sozinhas. Por que não dormem aqui esta noite? Temos mais dois quartos de hóspedes. Assim, amanhã de manhã podem dar uma lição em Carlton por essa brincadeirinha — acrescentou, com um sorriso.

Lamar e John levaram Charlie, Marla e Jessica a seus quartos, e Jason reapareceu no instante em que estavam subindo a escada, se juntando ao grupo como se jamais tivesse se separado dele.

— Então, Jason e eu ficamos com um — disse Marla —, e Jessica e Charlie ficam com o outro.

— Quero ficar junto com Lamar — retrucou Jason, no mesmo instante, e Lamar abriu um sorriso enorme antes que pudesse se conter.

— Ok, tudo bem — respondeu ele.

Olhou de relance para Marla, que estava atrás do irmão, e a garota deu de ombros.

— Leva pra você — disse ela. — Pode ficar com ele, se quiser! Isso quer dizer que alguém vai ficar sozinha no quarto — continuou —, ou então podem ficar todas juntas. Sei que está tudo bem, mas tenho a sensação de que seria melhor ficarmos juntas.

Minutos antes, Charlie pensava exatamente isso, mas naquele momento ela se manifestou, dizendo:

— Eu fico com o outro quarto.

Marla lhe lançou um olhar suspeito, e até mesmo John pareceu um pouco surpreso, mas Charlie se limitou a olhar para eles sem dizer nada.

Ao entrar no quarto e fechar a porta, Charlie soltou um suspiro de alívio. Foi até a janela: a vista era como tinham imaginado, nada além de árvores. A casa parecia completamente isolada, embora ela soubesse que a entrada e a estrada estavam bem ali. Do lado de fora, podia ouvir pássaros noturnos e o ruído de outras criaturas maiores lá embaixo. Charlie de repente ficou inquieta, sem conseguir pegar no sono. Olhando pela janela, quase desejou sair, entrar na mata e descobrir o que ela escondia. Verificou o relógio. Já passava havia muito da meia-noite, então, embora relutante, tirou os sapatos e se deitou na cama.

Como tudo mais na casa de Carlton, a cama era antiga, já bem usada, o tipo de mobília que normalmente pertencia a pessoas de berço, cujos ancestrais bancavam objetos de qualidade tão boa que duravam uma centena de anos. Charlie fechou os olhos em uma tentativa de descansar. A princípio não levou fé nos seus esforços; no entanto, quanto mais tempo ficava deitada lá, escutando o barulho da floresta e Jessica e Marla fofocando e rindo no quarto ao lado, mais começava a sentir como se estivesse afundando no colchão. Sua respiração ficou pesada, e em pouco tempo tinha adormecido.

Acordou de repente, assustada. Voltara a ser uma menininha, e o pai dormia no quarto ao lado. Era verão, e as janelas estavam escancaradas. Tinha começado a chover, e o vento entrava no cômodo em fortes rajadas, soprando as cortinas do quarto em uma dança frenética e trazendo consigo uma bruma fina. Mas não foi por isso que ela despertou. Havia algo no ar, algo inabalável que a segurava. Algo estava muito errado.

Charlie se levantou da cama, colocando os pés no chão com cuidado. Ao lado da cama estava Stanley, o unicórnio, paciente e desativado, fitando-a com olhos sem vida. Ela lhe deu tapinhas no focinho, como se ao confortá-lo pudesse acalmar também a si mesma. Sem fazer barulho, passou por ele e se esgueirou até o corredor, sem saber ao certo o que a impulsionava. Seguiu pelo corredor sorrateiramente, passando pelo quarto do pai até chegar à escada, e se abaixou perto do corrimão como se as barras de madeira pudessem protegê-la de qualquer coisa. Segurou firme no corrimão ao descer, se pendurando para evitar as tábuas que rangiam da escada. Um por um, foi vencendo os degraus; os segundos pareciam eras, como se só fosse chegar ao primeiro andar quando já estivesse velhinha, sua vida inteira tendo se desenrolado naquela descida.

Enfim, Charlie chegou lá embaixo, e olhou para si mesma, constatando que havia mudado. Ela já não era mais uma menina pequenina, de camisola e descalça, e sim uma adolescente, alta, forte e com roupas adequadas. Quando se levantou, abandonando aquela postura encolhida e amedrontada, estava mais alta do que o corrimão. Olhou ao redor para a casa de sua infância, assustada. Esta sou eu, *pensou.* Sim. Isto é agora.

Algo fez um estrondo diante dela. A porta da frente estava escancarada e batendo em um ritmo irregular na parede por causa do vento. A chuva respingava lá dentro, encharcando o piso e açoitando o cabideiro que fica-

va logo na entrada, fazendo-o balançar para a frente e para trás como se não pesasse nada. Folhas e pequenos galhos de árvores caíram lá dentro e estavam espalhados pelo chão, mas o olhar de Charlie foi atraído até seus antigos sapatos, seu par favorito. De couro preto e com tiras, haviam sido deixados com cuidado ao lado do capacho e estavam afogados na poça que se formava. Ela ficou parada por um momento, hipnotizada, longe demais para a chuva alcançá-la, mas perto o suficiente para que a bruma umedecesse seu rosto. Precisava ir até lá para fechar a porta.

Em vez disso, Charlie recuou devagar, sem tirar os olhos da tempestade. Deu um passo, depois outro — e suas costas bateram em algo sólido. Ela se virou, sobressaltada, e viu aquilo.

Era a coisa que morava na oficina de seu pai, a coisa terrível e espasmódica. Estava de pé por conta própria, encurvada e retorcida, com um rosto avermelhado e canino, um corpo quase humano. Suas vestimentas não passavam de trapos, as juntas e os membros rígidos de metal expostos, mas Charlie registrou apenas os olhos, os olhos prateados que a iluminavam feito relâmpagos, acendendo e apagando sem parar, piscando como se estivessem ora vivos, ora mortos. Charlie quis correr, mas seus pés se recusavam. Sentia a pulsação sufocante na garganta e arquejou. A coisa teve um espasmo, e, em um movimento lento e sacolejante, ergueu o braço na direção do rosto da garota. Charlie inspirou, trêmula, incapaz de se esquivar; a coisa parou, a mão a apenas centímetros da bochecha dela.

Charlie se preparou, a respiração curta e os olhos fechados com força, mas não sentiu o toque de metal e farrapos. Abriu os olhos. A coisa voltara a ficar imóvel, e a luz prateada em seus olhos tinha enfraquecido, quase se apagado. Charlie se afastou, observando, desconfiada, mas a coisa não se moveu, e a jovem começou a se perguntar se tinha sido desligada, se a corrente elétrica que lhe dava vida havia se esgotado. Seus ombros estavam curvados para a frente, miseráveis, e a coisa olhava para algum ponto atrás de Charlie como se estivesse perdida. A garota subitamente sentiu uma pontada de tristeza por aquela criatura, aquela afinidade solitária que sentira na oficina do pai tantos anos antes. Dói?, perguntara ela. Àquela altura já era grandinha o bastante para saber a resposta.

De uma hora para outra, a coisa voltou à vida aos solavancos. Charlie se sentiu tonta quando a criatura deu um passo em sua direção, jogando o corpo para a frente como se tivesse acabado de aprender a andar. A coisa virava a cabeça freneticamente de um lado para outro e balançava os braços para cima e para baixo com um desleixo perigoso.

Algo se quebrou. Um abajur. A coisa derrubara um abajur de cerâmica, e o som do objeto se espatifando no piso de madeira arrancou Charlie de seu estupor. A garota se virou e subiu a escada correndo, galgando os degraus com a rapidez que suas pernas lhe permitiam, até chegar à porta do pai, assustada demais para sequer chamar por ele. Enquanto subia, uma pequena parte de seu cérebro compreendeu que os degraus estavam grandes demais, que ela estava quase engatinhando, tropeçando descalça na bainha da camisola. Voltara a ser uma menininha, de repente se deu conta, em uma explosão de consciência que passou muito rápido, e então só conseguia se lembrar de que era uma menininha.

Tentou gritar pelo pai, mas ele já estava lá. Nem precisara chamá-lo. Estava parado no corredor, e Charlie se agarrou à barra da camisa enquanto se agachava atrás dele. O pai colocou a mão no ombro da filha, mantendo-a firme, e, pela primeira vez, o toque dele não lhe transmitiu segurança. Espiando por de trás dele, Charlie viu as orelhas da coisa, depois o rosto, enquanto subia a escada com seus passos espasmódicos e truculentos. O pai permanecia calmo, observando a criatura galgar o último degrau, e então pegou a mão de Charlie e fez gentilmente com que a filha largasse sua blusa. Foi a passos largos e regulares ao encontro da coisa, mas ao levantar o braço na direção dela, a menina reparou que as mãos *dele tremiam. Tocou a criatura, segurou seu rosto com ambas as mãos por um momento, como se o estivesse acariciando, e os braços e as pernas dela pararam, a cabeça ainda se movendo de um lado para outro suavemente. Parecia quase perplexa, como se ela também tivesse despertado na presença de algo estranho e assustador. O pai de Charlie fez algo que a menina não conseguiu enxergar, e a coisa parou de se mover; a cabeça tombou para a frente, derrotada, e os braços desabaram. Charlie voltou para o quarto, tateando a parede atrás dela para se guiar, sem se atrever a desviar o olhar da criatura até estar segura atrás da porta. Ao olhar uma última vez para o corredor, tudo o que conseguiu avistar ligeiramente foi a luz dos olhos, vidrados no chão. De repente, a luz dos pequenos globos prateados piscou. A cabeça não se moveu, mas em um movimento lento e calculado, seus olhos encontraram os de Charlie. A menina soltou um murmúrio, mas não desviou o olhar, e foi então que a cabeça se levantou rápido com um estalo que parecia algo se quebrando...*

Charlie acordou assustada, um arrepio percorrendo seu corpo. Levou a mão ao pescoço, sentindo a pulsação, acelerada e forte demais. Esquadrinhou o quarto, juntando as peças para se localizar novamente. *A cama.* Não era a sua. *O quarto.* Escuro. Estava sozinha. *A janela.* A floresta lá fora. *A casa de Carlton.* Sua respiração se acalmou. O processo levara meros segundos, mas a desorientação lhe deixou perturbada. Piscou, sem conseguir esquecer a imagem daqueles olhos prateados brilhando em sua mente, como se tivessem sido reais. Charlie se levantou e foi até a janela, abriu-a e se debruçou no parapeito, desesperada para respirar o ar noturno.

Aquilo tudo aconteceu? O sonho tinha gosto de lembrança, de algo que ocorrera apenas segundos antes, mas aquela era a natureza dos sonhos, não era? Parecem reais até o despertar. Fechou os olhos e tentou puxar pela memória, mas era difícil demais distinguir o que fora sonho ou não. Estremeceu com a brisa, embora não estivesse frio, e saiu da janela. Olhou o relógio. Apenas algumas horas tinham se passado, e ainda havia muitas até o amanhecer, mas seria impossível dormir. Charlie calçou os sapatos e foi caminhando sem fazer barulho pelo corredor. Desceu a escada, torcendo para não acordar os amigos. Foi até a varanda, se sentou nos degraus da entrada e se recostou para olhar o céu. Havia vestígios de nuvens, mas incontáveis estrelas ainda brilhavam salpicadas pelo infinito. Ela tentou se perder nas estrelas como fazia quando criança, mas ao fitar os pontinhos de luz, só conseguia enxergar olhos a encarando.

Algo fez barulho atrás dela, e Charlie deu um pulo, se virando para encostar na balaustrada. John estava lá, assustado. Encararam-se por um instante como se fossem estranhos, e em seguida Charlie recuperou a fala.

— Oi, foi mal, acordei você de novo?

John balançou a cabeça e foi se sentar ao lado dela.

— Não, para falar a verdade não. Ouvi alguém sair e imaginei que fosse você. Mas ainda estava acordado... O Jason ronca que nem um homem do triplo do tamanho dele.

Charlie riu.

— Tive um sonho bizarro — contou. John assentiu, aguardando que ela continuasse, mas ela não fez isso. — O que é que as pessoas achavam do meu pai?

Ele se recostou e fitou as estrelas por alguns segundos, depois apontou.

— Aquela constelação lá é Cassiopeia — comentou, e ela semicerrou os olhos na direção que ele indicou.

— É Órion — corrigiu ela. — John, é sério. O que é que as pessoas pensavam dele?

John deu de ombros, um pouco desconfortável.

— Charlie, eu era criança, sabe? Ninguém nunca me contava nada.

— Também já fui criança. Ninguém conta nada para as crianças, mas falam na frente delas como se nem estivessem lá. Me lembro de ouvir a sua mãe conversando com a do Lamar, apostando quanto tempo o novo padrasto da Marla ia durar.

— Quais foram os palpites delas? — indagou John, achando graça.

— A sua mãe apostou em três meses, a do Lamar foi mais otimista — respondeu Charlie, sorrindo, mas em seguida sua expressão tornou a ficar séria. — Estou vendo que você sabe de alguma coisa — disse ela, baixinho, e depois de alguns segundos, ele assentiu.

— Algumas pessoas achavam que tinha sido ele, sim.

— O quê? — Charlie estava horrorizada. Ela o encarou, os olhos arregalados, mal conseguindo respirar. — Eles achavam *o quê?*

John olhou para ela, nervoso.

— Achei que era isso que você estava querendo saber.

A garota balançou a cabeça. *Algumas pessoas achavam que tinha sido ele.*

— Eu... Não, eu queria saber o que elas pensavam dele como pessoa. Se achavam que era estranho, gentil ou... Nem sei... — Deixou o pensamento morrer, perdida na magnitude daquela nova verdade. *Algumas pessoas achavam que tinha sido ele.*

Claro que achavam. Era o restaurante *dele*. A primeira criança desaparecida foi o filho *dele*. Na ausência de um culpado, em quem mais pensariam? Ela balançou a cabeça outra vez.

— Charlie — começou John, hesitante. — Foi mal. É só que achei... Você também já devia saber que algumas pessoas iam pensar isso... Se não naquela época, pelo menos agora.

— Bom, não sabia — explodiu ela. Sentiu uma satisfação fútil quando o amigo recuou, magoado. Inspirou fundo. — Sei que parece óbvio — continuou, se recompondo. — Mas é que nunca, nunca, me ocorreu que alguém pudesse ter culpado meu pai. E aí depois, depois que ele se... — *Mas isso só reforçaria as suspeitas*, Charlie percebeu assim que começou a falar.

— As pessoas acharam que tinha sido por culpa — disse John, quase que para si mesmo.

— E foi. — Charlie sentiu a raiva borbulhar dentro de si, a represa prestes a se romper, e se conteve, cuspindo as palavras. — Claro que ele sentia culpa, aconteceu no restaurante *dele*. O trabalho de uma vida inteira, a vida *dele*, as criações *dele*, e tudo virou um massacre. Você não acha que foi o bastante? — Sua voz soava furiosa, até mesmo aos próprios ouvidos. *Seria melhor pedir desculpas*, pensou ela, mas ignorou a ideia.

Algumas pessoas achavam que tinha sido ele. Não foi, impossível. Mas como ela poderia saber? *Eu o conhecia*, pensou, com raiva. Mas será mesmo? Ela o amava, confiava nele com a devoção cega de uma menininha de sete anos, mesmo depois de tantos anos. Ela o compreendia com sua percepção de mundo infantil. Quando as pessoas enxergam os pais como o centro do universo, peças fundamentais para sua sobrevivência, é só mais tarde que suas falhas, cicatrizes e fraquezas são percebidas.

Mesmo depois de crescida, Charlie nunca encarou o pai como uma pessoa normal, humana; nunca teve a oportunidade. Para ela, ele sempre foi uma entidade mítica, maior do que a própria vida, o homem capaz de desativar monstros. *E também capaz de criá-los.* Será que ela o conhecia bem mesmo?

A raiva tinha voltado para seu lugar de origem, e Charlie se sentiu vazia, seca e oca. Fechou os olhos e levou a mão à testa.

— Desculpa — pediu ela, e John tocou seu ombro.

— Não precisa se desculpar.

Charlie escondeu o rosto nas mãos. Não ia chorar, só não queria que ele visse sua expressão. Aquelas coisas nunca tinham passado por sua cabeça, e era terrível demais pensar aquilo tudo na frente de alguém. *Como eu saberia se tivesse sido ele?*

— Charlie? — John pigarreou. — Charlie, você sabe que não foi ele, não sabe? O Sr. Burke mesmo disse que descobriram o culpado, mas foram obrigados a soltá-lo. O cara se safou. Lembra?

Charlie não se moveu, mas algo similar à esperança se acendeu dentro dela.

— Não foi seu pai — repetiu John, e ela ergueu os olhos.

— Certo. Certo, claro que não foi. Claro que não foi meu pai.

— Claro que não — disse o garoto, mais uma vez.

Charlie assentiu, determinada.

— Quero visitar a minha antiga casa de novo — declarou ela. — Quero que você vá comigo.

— Claro.

Charlie assentiu e depois voltou a olhar para o céu.

CAPÍTULO OITO

— **Charlie!** — Alguém batia à porta, golpes fortes o suficiente para sacudir as velhas dobradiças.

Charlie foi acordando aos poucos, sem conseguir abrir os olhos direito de tanto sono, mas pelo menos daquela vez sabia onde estava. Deixara a janela aberta, e o ar que entrava tinha um cheiro fresco e denso: cheiro de chuva chegando, musgoso e espesso. Ela se levantou e olhou lá para fora, respirando fundo. Poucos lugares no mundo eram assim, mas a mata lá embaixo tinha a mesma aparência tanto de dia quanto de noite. Charlie e John voltaram a dormir pouco depois da conversa. John olhara para ela como se quisesse dizer mais alguma coisa, Charlie, no entanto, fingiu não notar. Era bom ter o amigo por perto, oferecendo tudo sem que precisasse pedir — porque ela jamais pediria.

— Charlie!

As batidas recomeçaram, e ela respondeu:

— Já acordei, Marla.

— Charlie! — Jason tinha se juntado à brincadeira, batendo tanto que a porta chegava a tremer.

Charlie grunhiu e foi atender.

— Eu disse que já acordei! — protestou, em um tom brincalhão, olhando feio para os dois.

— Charlie! — gritou Jason outra vez, e Marla o mandou ficar quieto.

O menino abriu um sorriso enorme para Charlie, que riu e balançou a cabeça.

— Pode ter certeza de que eu já acordei — respondeu. Notou que Marla já estava pronta, os cabelos ainda um pouco úmidos do banho, os olhos vivos e alertas. Então perguntou, com um mau humor que não era totalmente falso: — Você é sempre assim?

— Assim como?

— Superanimada às seis da manhã — explicou, revirando os olhos para Jason, que a imitou, feliz por ser incluído.

Marla abriu um sorriso radiante.

— Já são oito! Anda, ouvi boatos de que vamos ter café da manhã.

— E ouviu alguém mencionar café preto nesse boato?

Charlie seguiu Marla e Jason escada abaixo até a cozinha, onde encontrou Lamar e John sentados a uma mesa de madeira alta e moderna. O pai de Carlton estava ao fogão, preparando panquecas.

— Sinto cheiro de chuva — comentou Charlie, e Lamar assentiu.

— Vai cair um temporal. Ele disse que passou no jornal, mais cedo — explicou o garoto, indicando Clay com o polegar.

— Um temporal daqueles! — exclamou o pai de Carlton.

— A gente tinha que ir embora hoje — lembrou Jason.

—Vamos ver o que acontece — respondeu Marla.

— Charlie! — chamou Clay, sem tirar os olhos do fogão. — Uma, duas ou três?

— Duas — respondeu a menina. — Obrigada. Tem café?

— Pode se servir. As canecas ficam no armário — respondeu o homem, indicando um bule cheio no balcão.

Charlie se serviu, balançando a mão para indicar que não queira leite, chantilly, creme, açúcar nem adoçante.

— Obrigada — murmurou a garota, se acomodando ao lado de Lamar, trocando um rápido olhar com John. — O Carlton já voltou?

Lamar balançou a cabeça, tenso.

— Ele ainda não deu as caras — comentou Clay. — Não deve nem ter acordado, seja lá onde estiver.

O delegado colocou o prato com as panquecas diante de Charlie, que começou a comer. Nem tinha reparado em como sentia fome até começar a mastigar. Estava prestes a perguntar onde Carlton devia estar quando Jessica entrou na cozinha, bocejando, e, ao contrário de Charlie, sem nenhum amassado nas roupas.

—Você está atrasada — provocou Marla, e Jessica se espreguiçou lentamente.

— Só saio da cama depois que as panquecas ficam prontas — explicou ela, ao mesmo tempo que Clay retirava mais uma da frigideira.

— Bem, então você chegou na hora — comentou ele.

De repente, a expressão do delegado mudou, oscilando entre apreensão e alívio. Charlie se virou na cadeira. Havia uma mulher parada atrás dela, usando um terninho cinza, os cabelos louros sem nenhum fio fora do lugar.

— Viramos uma loja de waffles, foi? — indagou a mulher, olhando em volta sem encarar nenhum deles.

— De panquecas — corrigiu Jessica, mas ninguém respondeu.

— Betty! — exclamou Clay. — Você se lembra dos meninos, e estas aqui são Charlie, Jessica e Marla. E Jason. — Ele foi apontando para cada um conforme os apresentava, e a mãe de Carlton ia respondendo com um aceno de cabeça, como se os avaliasse.

— Clay, tenho que estar no tribunal em uma hora.

— Betty é a promotora do condado — explicou o delegado, como se não tivesse ouvido. — Eu prendo os bandidos e ela coloca todo mundo de volta nas ruas!

— Verdade, nossa família faz o serviço completo — respondeu a mulher, em um tom seco, se servindo de café e se sentando à mesa ao lado de Jessica. — Falando nisso, por onde anda nosso futuro criminoso?

Clay hesitou, então respondeu:

— Parece que Carlton aprontou mais uma. Daqui a pouco ele deve estar de volta, tenho certeza. — Os dois se entreolharam, quase em uma conversa particular.

Betty desviou o olhar com uma risada um tanto forçada.

— Meu Deus, o que foi desta vez?

Houve um momento de silêncio. À luz da manhã, a história parecia insana, e Charlie nem imaginava por onde começar. Pigarreando, nervoso, Lamar começou a explicar:

— A gente, hum... A gente foi dar uma olhada no prédio do shopping que ainda está em construção. Queríamos ver o que restava da Freddy's...

Ao ouvir o nome da pizzaria, Betty ergueu a cabeça de repente, então assentiu uma única vez.

— Prossiga — falou, a voz subitamente fria.

Lamar continuou, meio sem jeito, e Marla e Jason complementaram com os detalhes. Um tempo depois, eles chegaram na parte tensa e confusa da história. O rosto de Betty ia ficando cada vez mais sério, até que suas feições pareceram engessadas, uma estátua de si mesma. Ela balançou a cabeça, desconcertada, quando eles terminaram de contar, e Charlie teve a impressão de que a mulher estava em negação, ignorando a informação que tinha acabado de receber. Mas, quando se manifestou, foi firme:

—Você precisa ir lá buscá-lo, Clay, agora mesmo. Manda alguém entrar! Como pôde esperar a noite inteira?

Betty deixou a xícara na mesa, batendo-a com mais força do que pretendia, derramando um pouco do café, então foi até o telefone e começou a discar.

— Para quem você está ligando? — perguntou o marido, apreensivo.

— Para a polícia — explodiu Betty.

— Eu *sou* a polícia!

— Então por que ainda está aqui, em vez de ir lá procurar meu filho?

Clay tentou dizer alguma coisa, mas não encontrou resposta, então se recompôs.

— Betty, é só mais uma brincadeira dele. Você não lembra dos sapos?

Ela colocou o fone de volta no gancho e se virou para encarar o marido, os olhos brilhando de raiva. Vendo aquilo,

Charlie a imaginou diante do júri, cheia de razão e ímpeto, liberando a fúria da lei.

— Clay — começou ela, com a voz baixa e tranquila, uma calma desesperadora —, não acredito que você não me acordou. Por que não me contou o que estava acontecendo?

— Betty, você estava dormindo! É só o Carlton fazendo o que sempre faz. Eu não quis perturbar você.

— Você achou que eu ficaria mais tranquila quando acordasse e descobrisse que meu filho desapareceu?

— Achei que ele já estaria de volta a uma hora dessas — argumentou Clay.

— Desta vez é diferente — retrucou Betty, enfática. — É da *Freddy's* que estamos falando.

— Você acha que eu não entendo a situação? Eu sei o que aconteceu lá, o que aconteceu com aquelas crianças — retrucou o delegado. — Acha que *eu* não sei? Meu Deus, Betty, eu vi a trilha de sangue do Michael, por onde ele foi arrastado do... — Ele parou ao lembrar, um pouco tarde demais, que estava cercado por adolescentes.

Clay olhou ao redor, quase em pânico, mas a mulher não pareceu notar — ou, pensou Charlie, talvez não desse a mínima para a presença deles.

— É, mas nunca viu *como nosso filho ficou* — retrucou Betty. — Lembra o que você disse ao Carlton? Para ele ser forte, ser corajoso, chamou-o de soldadinho? E ele foi seu soldadinho, porque queria lhe agradar. Carlton estava em frangalhos, Clay! Tinha perdido o melhor amigo, viu o Michael ser levado bem diante dele. Deixa eu lhe dizer uma coisa, senhor delegado, nosso filho não passou um único dia sem pensar em Michael nos últimos dez anos. Eu já o vi arquitetar brincadeiras tão elaboradas que mereciam ser levadas ao teatro, mas não existe a menor possibilidade de Carlton sequer cogitar profanar a memória do Michael fazendo piada com a Freddy's. Então ligue para alguém agora mesmo!

Clay parecia meio chocado, mas se recompôs depressa e saiu da cozinha. Charlie ouviu uma porta bater. Betty olhou para os adolescentes, estava ofegante como se tivesse corrido.

— Vai ficar tudo bem — garantiu, tensa. — Se Carlton realmente tiver ficado preso lá dentro, vamos tirá-lo de lá. O que vocês tinham planejado fazer hoje? — A pergunta era desnecessária, como se fossem ficar de bobeira no parque ou ir ao cinema enquanto Carlton podia estar em perigo.

— A gente ia embora hoje — respondeu Marla.

— Mas é claro que não vamos mais — acrescentou Lamar, mais do que depressa, mas Betty nem pareceu ouvir.

— Tenho que ligar para o trabalho e avisar que não vou — comentou, distraída, e foi até o telefone.

Charlie olhou para John, que logo veio em seu resgate:

— A gente tinha pensado em dar um pulo na biblioteca — comentou. — Queríamos investigar, digo, pesquisar umas coisas...

John corou um pouco, e Charlie sabia por quê: era absurdo falar daquele jeito sobre casos policiais, desaparecimentos e assassinatos. Mas Marla assentiu.

— É, vamos todos — afirmou, e Charlie sentiu uma pontada de decepção.

Não tinha motivo para não contar aos amigos que o plano, na verdade, era visitar a antiga casa de infância sozinha com John. Ninguém ficaria chateado. Mas não era esse o problema: até compartilhar com eles o fato de que iria lá lhe dava a sensação de que estava se expondo demais. A mãe de Carlton desligou o telefone.

— Odeio isso — anunciou para as pessoas na cozinha, a voz calma e controlada quase falhando. — *Odeio!* — Charlie e seus amigos deram um pulo, assustados com a explosão súbita. — E agora, como sempre, vou ter que ficar aqui sentada, sozinha, rezando para que tudo acabe bem.

Charlie olhou para Marla, que deu de ombros, impotente. Lamar pigarreou, nervoso.

— A gente pode ficar mais um dia por aqui — sugeriu.

Houve um momento de silêncio, então Marla e Jessica intervieram, ajudando o amigo:

— É, o trânsito está uma *loucura* — comentou Jessica, com a voz aguda e forçada.

— É, e vai cair uma tempestade — acrescentou Marla. — E a gente não conseguiria se divertir sabendo que ele sumiu.

— Acho que você vai ter que aguentar a gente por mais um tempo. — Jessica abriu um sorriso nervoso para Betty, que nem pareceu notar.

—Vamos — chamou John, antes que mais alguém falasse.

Ele e Charlie saíram depressa da casa e entraram no carro. Charlie soltou um suspiro de alívio e ligou o motor.

— Aquilo foi horrível.

— É. — John lançou um olhar preocupado para ela. — O que você acha? Dessa história do Carlton?

Charlie não respondeu até levar o carro para a rua.

— Acho que a mãe dele está certa — disse ela, trocando a marcha. — Ontem à noite todo mundo se deixou acreditar no que queria.

• • •

O policial Dunn parou no estacionamento do shopping, respondendo à ordem do delegado Burke para retornar ao local. À luz do dia, não passava de um canteiro de obras abandonado, uma mancha feia na planície. *Olhando assim, não tem como dizer se está sendo construído ou demolido*, pensou. *De longe, não tem como distinguir criação de destruição.* Gostou da frase, e repassou-a mentalmente por um tempo, fitando o prédio. Em um impulso, usou o rádio para entrar em contato com a delegacia.

— Oi, Norah — cumprimentou.

— Dunn — respondeu a mulher, meio ríspida. — O que foi?

— Vim aqui ao shopping para dar uma olhada — explicou.

— Ah, traz um pretzel daí para mim — brincou a mulher.

Dunn riu e desligou.

Avançando pelo prédio abandonado a passos rápidos, o policial ficou agradecido por pelo menos as crianças não estarem ali, daquela vez. Como o mais jovem do Departamento de Polícia de Hurricane, Dunn sempre tomava o cuidado de pensar em adolescentes como crianças, mesmo ciente da pequena diferença de idade entre eles. Se conseguisse fazer algum adolescente pensar que ele era um adulto responsável, talvez uma hora também passasse a acreditar naquilo.

Dunn acendeu a lanterna ao chegar à entrada para o estreito corredor que levava à Pizzaria Freddy Fazbear's. Passou o facho de luz pelas paredes de cima a baixo, mas o lugar estava deserto. Respirou fundo e seguiu em frente. Manteve-se junto à parede, o ombro roçando de leve os tijolos ásperos enquanto ele tentava desviar das poças abaixo dos canos com vazamento. O forte facho de luz iluminava a passagem quase tão bem quanto lâmpadas de teto, mas a claridade não era nada reconfortante, só deixava o lugar com uma aparência desolada e lúgubre, as estantes cheias de ferramentas e latas de tinta esquecidas estavam em um estado deplorável. Ao se aproximar da porta do restaurante, sentiu uma coisa fria minúscula aterrissar em sua cabeça e tomou um susto. Brandindo a lanterna como se fosse uma arma e comprimindo as costas contra a parede para se defender de qualquer ameaça, Dunn sentiu outra gota d'água fria cair na bochecha. Ele respirou fundo algumas vezes.

Quando enfim chegou à entrada do restaurante, a estante que bloqueava a porta tinha sumido. As correntes, que haviam parecido tão permanentemente firmes, estavam soltas, a porta, entreaberta. O imenso cadeado enferrujado estava destrancado, caído no chão sujo. Dunn chutou-o para longe. Enfiou os dedos pela fresta da porta, fazendo força até conseguir agarrar a chapa de metal e depois puxando-a com ambas as mãos, até o metal ranger e ele conseguir abrir o suficiente para entrar. Foi se esgueirando pelo corredor interno com a lanterna estendida, encolhido contra a parede. O ar pareceu mudar conforme ele adentrava mais e mais o restaurante, e Dunn sentiu um calafrio insistente penetrando o uniforme e alimentando sua ansiedade crescente.

— Não vai surtar, Dunn — ralhou em voz alta, e na mesma hora se sentiu meio bobo.

Chegou ao salão principal e parou, iluminando as paredes uma de cada vez. A luz da lanterna parecia mais fraca lá dentro, engolida pelo espaço amplo. O cômodo estava vazio, mas continuava igual a como ele lembrava na infância. Tinha dez anos quando as tragédias começaram, onze quando tudo acabou. Sua festa de aniversário seria na Freddy's, mas, depois do primeiro desaparecimento, a mãe cancelou o evento e organizou uma festa em casa, com um palhaço contratado que se revelou igualmente apavorante. *Jogada esperta, mãe*, pensou Dunn. O facho de luz banhou o pequeno carrossel, no qual ele nunca nem subira, já que se dizia grande demais para um brinquedo daqueles. Pouco antes de a luz chegar ao palco, Dunn hesitou, engolindo em seco. *O coelho levou o Carlton*, não era isso que o menininho tinha dito? Dunn se recompôs e iluminou o palco.

Os animatrônicos estavam lá, exatamente como ele recordava. Ao contrário do carrossel, não pareciam menores: continuavam idênticos ao que ele se lembrava. Por um instante, uma onda de nostalgia quase dolorosa inundou seu peito. Quando encarou os animais, perdido em memórias, notou que os olhos estavam estranhamente vidrados em um ponto adiante, como se assistissem a algo se desenrolando do outro lado do cômodo. Segurando a lanterna com firmeza, Dunn se aproximou do palco até estar a poucos centímetros e examinou os animais um de cada vez. Bonnie segurava o baixo, muito animado, como se pudesse começar a tocar a qualquer momento, se lhe desse na telha. Chica e seu cupcake pareciam compartilhar algum segredo mágico. Freddy, com seu microfone, fitava o vazio ao longe, sem piscar.

Algo se moveu atrás dele, e Dunn deu meia-volta com o coração acelerado. Não encontrou nada com a lanterna e moveu o facho de luz de um lado para outro do salão, revelando apenas mesas vazias. Nervoso, olhou de volta para Bonnie, mas o coelho permanecia congelado em seu devaneio misterioso.

Dunn inspirou e expirou, meio assustado, e se obrigou a ficar parado e ouvir, os sentidos aguçados graças à adrenalina. Depois de um tempo, ouviu o barulho de novo, aquele mesmo ruído de movimento, dessa vez vindo da direita. Direcionou o facho de luz para lá na mesma hora. Viu uma porta aberta que levava a um corredor. Agachando-se, avançou até a porta, se mantendo um pouco fora do caminho do palco até lá, como se algo pudesse passar correndo por ali. *Por que estou aqui sozinho?* Sabia a resposta. O sargento não levara a busca a sério — na verdade, o próprio Dunn também não estava dando muito crédito. Era só o filho do chefe arranjando mais confusão. *Deve ser só o Carlton*, pensou.

Chegou ao final do corredor, onde havia outra porta entreaberta. Com uma das mãos, empurrou a placa de madeira para a frente ao mesmo tempo que se abaixava e jogava o corpo para o lado. A porta se abriu para dentro, e nada aconteceu. Dunn tirou o cassetete do cinto. Estava pouco acostumado a segurá-lo, já que nunca tivera muita necessidade de usá-lo em Hurricane. Mas, naquele momento, segurava o cabo de borracha como se sua vida dependesse disso.

O escritório não estava exatamente vazio — continha uma pequena escrivaninha e uma cadeira de metal dobrável encostada a ela. Um grande armário ocupava uma das paredes, apenas uma fresta da porta estava aberta. Não havia nenhuma outra saída além da que Dunn bloqueava. Iluminou o armário de cima a baixo e respirou fundo. Balançando o cassetete de leve, certificando-se de que estava seguro em sua mão, ele examinou o espaço diante de si com cautela. Movendo-se muito lentamente, deu um passo para o lado e usou o bastão para abrir a porta. Não foi difícil, e tudo ali continuava imóvel. Aliviado, examinou o interior do móvel. O armário estava vazio, exceto por uma fantasia.

Era Bonnie, ou melhor, não era. O rosto era o mesmo, mas o pelo do coelho era amarelo. Estava caído, sem vida, contra a parede dos fundos, os olhos escuros e vazios. *O coelho levou o Carlton*. Então não era mentira. Carlton devia ter convencido alguém a se fantasiar para ajudá-lo com a pegadinha. Ainda assim, Dunn continuou se sentindo inquieto. Não queria tocar naquela coisa. Abaixou a lanterna e prendeu o cassetete de volta no cinto, pensando em ir embora dali.

Antes que pudesse se virar de vez, a fantasia se jogou para a frente, aterrissando em cima dele com o peso morto de um cadáver. A coisa ficou imóvel por um momento, até que, sem aviso, começou a se debater violentamente, segurando o policial com mãos fortes, mãos não humanas. Dunn deu um gritou alto e desesperado, lutando contra o coelho que agarrava sua camisa e seu braço. Sentiu uma dor súbita e intensa, e, em uma pequena parte da mente alheia ao que acontecia, pensou: *Quebrou. Ele quebrou meu braço*. Mas o terror anestesiou a dor quando o coelho girou seu corpo e o imprensou com facilidade na porta do armário, como se Dunn não passasse de uma criança. O policial estava ofegante, com o braço do coelho apertando seu pescoço com tanta força que todo e qualquer movimento o sufocava. No instante em que pensou que estava prestes a desmaiar, o aperto cessou. Dunn respirou, aliviado, segurando o pescoço. Foi quando viu a faca.

O coelho segurava uma lâmina prateada fina. As grandes patas peludas deviam ser difíceis de manipular, mas só de olhar o policial percebeu que a criatura já havia feito aquilo e que não teria problemas em fazer de novo. Dunn soltou um berro gutural. Não tinha esperanças de ser ouvido, era apenas um ato de desespero. Respirou fundo e repetiu o grito, o mesmo som bestial, o corpo inteiro vibrando junto, como se com aquilo pudesse se defender do que aconteceria logo depois.

A faca entrou. Dunn sentiu o metal perfurar pele e músculo, romper partes que ele não saberia nomear e acabar enterrada fundo em seu peito. Enquanto se debatia de dor e terror, o coelho o puxou, quase em um abraço. Dunn sentiu a cabeça leve, estava desmaiando. Ao olhar para cima, viu duas fileiras de dentes horripilantes e amarelados arreganhados em um sorriso, a velha fantasia já se desfazendo nos cantos da boca. As duas cavidades dos olhos o encararam. Eram escuras e vazias, mas a criatura tinha chegado perto o suficiente para que Dunn visse os globos oculares menores espiando de dentro da máscara, mantendo contato visual com ele até o fim, pacientemente. Sentiu as pernas perderem sensibilidade, a visão se anuviando. Queria gritar outra vez, expressar sua indignação final, mas não conseguia mover o rosto, não tinha fôlego. O coelho o manteve de pé, suportando seu peso, e seus olhos foram a última coisa que Dunn viu.

Charlie destrancou a porta da frente da antiga casa e olhou para a escadinha da entrada.

—Você vem?

John ainda estava parado no primeiro degrau, fitando a construção. Ele estremeceu de leve antes de se adiantar atrás dela.

— Foi mal — pediu, de um jeito meio tímido. — É só que, por um segundo, tive uma sensação estranha.

Charlie riu, mas sem achar muita graça.

— Só por um segundo?

Os dois entraram, e John parou outra vez, examinando aquela antessala como se tivesse acabado de colocar os pés em um lugar sagrado, um ambiente que merecia uma reverência. Charlie mordeu a língua, tentando não ser impaciente. Também se sentira daquele jeito — talvez até tivesse sentido o mesmo naquele momento, se não estivesse tomada por uma sensação de urgência, uma sensação de que a resposta para tudo, inclusive para recuperarem Carlton, estava escondida em algum canto daquela casa. Onde mais poderia estar?

— John — chamou —, está tudo bem. Anda.

O garoto assentiu e a seguiu escada acima até o segundo andar. Ele hesitou no meio do caminho, e Charlie viu seus olhos vidrados na mancha escura que maculava o piso de madeira da sala de estar.

— O... — começou ele, então engoliu em seco e recomeçou: — O Stanley continua aqui?

Charlie fingiu não ter reparado no que tinha acontecido.

—Você lembrou o nome! — exclamou, em vez disso, abrindo um sorriso.

John deu de ombros.

— Quem não amaria um unicórnio mecânico?

— Continua, sim. Todos os brinquedos ainda funcionam. Vem.

Eles foram depressa até o quarto de Charlie.

John se ajoelhou ao lado do unicórnio e apertou o botão que iniciava a rotina de movimentos, então ficou assistindo à criatura atentamente enquanto ela avançava pelo quarto, fazendo barulhos mecânicos. Charlie escondeu um sorriso com a mão. John observava o brinquedo atentamente, parecendo sério, como se algo muito importante estivesse acontecendo. Por um instante, parecia igualzinho ao John de tantos anos antes, os cabelos caindo no rosto, a atenção voltada para Stanley como se nada mais no mundo importasse senão aquela criatura robótica.

De repente, ele se voltou para algum ponto no teto e abriu um sorriso ao apontar.

— Seu armário de mocinha! Está aberto! — exclamou, se levantando para se aproximar do maior dos três armários no cômodo, com a porta entreaberta. Ele a abriu de vez e se inclinou para a frente, constatando que estava vazio. — E então, o que tinha aí dentro esses anos todos?

— Não tenho certeza — respondeu Charlie, dando de ombros. — Acho que me lembro da tia Jen me trazendo de volta, em algum momento, mas posso estar errada. Vai ver tinha um monte de roupa que finalmente caberia em mim. A tia Jen sempre foi um pouco pão-dura... Por que gastar dinheiro com roupa nova que você não precisa, não é mesmo?

Charlie sorriu.

John olhou os armários menores, mas não mexeu neles.

—Vou ver se encontro algum álbum de fotos ou documento — anunciou Charlie, balançando a cabeça enquanto Stanley fazia o caminho barulhento de volta ao ponto de partida. Saiu do quarto e ouviu o unicórnio recomeçar o trajeto.

O quarto do pai ficava ao lado do dela. Era nos fundos da casa e tinha janelas demais, então no verão era muito quente, e no inverno o frio se infiltrava feito um vazamento persistente. Mas, mesmo sem que lhe explicassem o motivo, Charlie sabia por que o pai escolhera aquele quarto: tinha vista para a garagem e, consequentemente, para sua oficina. A escolha pelo quarto sempre fizera muito sentido: aquele era o canto dele, como se parte de seu pai fosse permanecer ali sempre — e ele não gostava de ficar longe do laboratório. Charlie foi tomada por uma onda de lembranças do sonho — mas a memória não havia cristalizado nenhuma imagem, só um gesto estranho, chamando-a. Ela franziu a testa, olhando pela janela para a porta fechada da garagem silenciosa.

Ou talvez ele só quisesse ter certeza de que nada conseguiria sair de lá, pensou. Ela se afastou da janela, dando de ombros e sacudindo as mãos, tentando se livrar daquela sensação. Examinou o quarto. Assim como o dela, permanecia intocado. Não abriu as gavetas da cômoda, mas, se conhecia aquela casa, podiam muito bem ainda estar recheadas de camisas e meias limpas, dobradas e prontas para serem usadas. A cama estava impecavelmente feita com o cobertor xadrez que ele usava desde que a mãe de Charlie fora embora, quando já não havia mais ninguém para insistir que usassem roupa de cama branca. Uma grande estante, repleta de livros, estava encostada à parede. Charlie foi até lá e examinou as prateleiras. Muitos eram manuais, livros didáticos, tomos de engenharia cujos títulos ela não entendia. O restante era não ficção — uma coleção que teria parecido eclética para qualquer um que não tivesse conhecido o dono.

Ela encontrou livros de biologia e anatomia, alguns voltados para seres humanos, outros sobre animais; e também livros sobre a história dos circos e dos parques de diversão itinerantes. Livros sobre desenvolvimento infantil, mitologia e até manuais de costura. Havia títulos que falavam sobre deuses da trapaça, sobre antigos grupos de confecção de colchas e sobre equipes de animadoras de torcida e mascotes de times de futebol.

Havia pilhas de pastas na prateleira mais alta; já na mais baixa havia apenas um único volume: um álbum de fotos de capa de couro intocado — exceto pelo tempo e pela poeira. Charlie o puxou: era tão grande que estava emperrado entre as prateleiras. Depois de um tempo, conseguiu tirar o álbum dali e voltou para o próprio quarto. Deixou a porta aberta depois de ter a súbita sensação de que, se a fechasse, talvez nunca mais conseguisse voltar.

John estava sentado na cama, a cabeça meio inclinada, encarando Stanley.

— O que foi? — indagou Charlie.

John olhou para cima, ainda pensativo.

— Só fiquei me perguntando se ele se sentiu sozinho — respondeu, depois deu de ombros.

— Ele tem o Theodore como companhia — explicou Charlie, apontando para o coelho com um sorriso. — É a Ella que fica sozinha, lá no armário. Olha só.

Charlie deixou o álbum ao lado de John e foi até o pé da cama para girar a roda que fazia Ella se mexer. Então se sentou ao lado dele, e os dois, tão encantados quanto na infância, ficaram olhando a bonequinha sair do armário com seu vestidinho liso e limpo para lhes oferecer chá com o rosto inexpressivo. Não falaram até a porta do armário menor se fechar outra vez atrás dela. Então John pigarreou.

— Bem, e o que tem aí nesse livro?

— Fotos. Mas ainda não olhei.

Charlie pegou o álbum e o abriu em uma página aleatória. A foto no topo da página era de sua mãe segurando um bebê que talvez tivesse um ano. A mãe segurava o bebê no alto, fingindo fazê-lo voar como um avião, e estava com a cabeça jogada para trás, no meio de uma gargalhada, os longos cabelos castanhos balançando atrás dela. Os olhos do bebê estavam arregalados em puro deleite. John sorriu para Charlie.

— Você parece tão feliz nessa foto — comentou ele, e ela assentiu.

— É. Acho que eu devia estar bem feliz. — *Se é que é mesmo uma foto minha*, pensou, mas não disse nada.

Abriu em outra página, com uma única fotografia grande de família tirada em estúdio, todos os integrantes com poses muito rígidas e trajes formais. O pai estava de terno, e a mãe usava um vestido rosa-shocking com ombreiras que quase chegavam até as orelhas e os cabelos alisados, sem um único fio fora do lugar. Cada adulto segurava um bebê: um com vestido branco de babados, o outro de uniforme de marinheiro. Charlie sentiu o coração pular, e ouviu John inspirar de repente, surpreso. Olhou para o garoto com a sensação de que o mundo tinha virado de cabeça para baixo.

— Era verdade. Eu não imaginei esse outro bebê.

John não respondeu, apenas assentiu. Tocou o ombro dela por um instante, depois olhou outra vez para o álbum.

— Todos pareciam tão felizes — murmurou Charlie.

— Acho que eram mesmo felizes — respondeu John. — Olha só esse seu sorriso bobo. — Apontou, e Charlie riu.

O álbum todo era parecido, as primeiras lembranças de uma família feliz que esperava viver muitos outros bons momentos. As fotos não estavam em ordem cronológica; Charlie e Sammy apareciam primeiro como crianças pequenas, depois recém-nascidos, depois em momentos variados da vida. Com exceção das ocasiões formais, quando colocavam Charlie de vestidinhos — que pareciam ser sempre os mesmos —, era impossível distinguir um bebê do outro. Não havia nenhum vestígio da Lanchonete Fredbear's.

Já nas últimas páginas, Charlie encontrou uma Polaroid dela e de Sammy, os dois bebês com a pele vermelhinha deitados de costas, aos berros, só de fraldas e pulseirinhas do hospital. No espaço em branco abaixo da foto, estava escrito "Filhinho da mamãe e filhinha do papai".

As outras páginas estavam em branco. Charlie viu tudo outra vez, abrindo em páginas aleatórias e encontrando uma tira de fotos de uma cabine fotográfica automática, quatro retratos dos pais sozinhos. Eles sorriam um para o outro, depois faziam caretas para a câmera, depois caíam na gargalhada, perdendo a hora de posar e saindo com os rostos borrados. Na última imagem, sorriam para a câmera. A mãe estava radiante, o rosto corado e alegre, mas o pai fitava algo ao longe, com um sorriso que parecia ter sido esquecido involuntariamente no rosto. Os olhos escuros estavam intensos, distantes, e Charlie teve que resistir a um desejo súbito de olhar para trás, como se procurando o que quer que o pai estivesse vendo. Descolou o plástico protetor da folha do álbum, pegou a tirinha e a dobrou ao meio, prestando atenção para que a dobra ficasse no espaço entre as fotografias, deixando a parte que interessava intacta. Guardou a tira no bolso e olhou para John, que a observava como se ela fosse alguma criatura estranha e imprevisível com a qual ele precisava tomar muito cuidado.

— O que foi? — perguntou a menina.

— Charlie, eu não acho que foi ele, você sabe disso, não sabe?

—Você já disse.

— Estou falando sério. Não é só pelo que o Clay disse. Eu conhecia o seu pai. Pelo menos tão bem quanto uma criança pode conhecer o pai da amiguinha... Ele nunca faria isso. Não consigo nem cogitar a possibilidade. — John falava com a certeza de quem acreditava que o mundo era feito de fatos e coisas tangíveis, de quem acreditava no conceito de "verdade". Charlie assentiu.

— Eu sei — garantiu. E se obrigou a inspirar devagar e profundamente, escolhendo as palavras que diria. — Mas pode ser que eu consiga.

Aturdido, John arregalou os olhos, e Charlie fitou o teto, tentando lembrar se todas aquelas rachaduras já estavam lá quando ela era criança.

— Não é que eu ache que foi ele. Não é isso. Eu só não acho nada, nunca penso sobre isso. Não posso pensar. No dia em que saí de Hurricane, tranquei e escondi em algum lugar da mente tudo o que aconteceu. Não penso na Freddy's. Não penso no que aconteceu e não penso nele.

John a encarava como se Charlie fosse um monstro, como se aquilo que ela estava dizendo fosse a pior coisa que ele já ouvira.

— Eu não entendo como você consegue dizer uma coisa dessas — admitiu, baixinho. — Você amava o seu pai. Como pode sequer considerar a possibilidade de ele ter feito algo tão horrível?

— Até as pessoas que fazem coisas horríveis são amadas por alguém. — Charlie buscou as palavras certas. — Eu não acho que tenha sido ele, não é isso que estou dizendo — explicou de novo, e, mais uma vez, as palavras lançadas ao ar eram frágeis como papel. — Mas lembro dele usando aquela fantasia do Freddy amarelo, cantando e dublando as músicas. Aquilo fazia parte do meu pai. Ele *era* aquele restaurante, não tinha mais ninguém tão envolvido. E ele era sempre muito distante, como na foto, sempre com alguma coisa na mente. Era como se ele tivesse uma vida real e uma vida secreta, sabe?

John assentiu. Parecia prestes a dizer alguma coisa, mas Charlie continuou falando, depressa, antes que ele tivesse chance de se pronunciar.

— E *nós* éramos a vida secreta. A vida real era o trabalho dele, o que realmente importava. Nós éramos só um prazer secreto e cheio de culpa, aquilo que meu pai aprendeu a amar, o refúgio para onde ele ia escondido, que mantinha longe dos riscos do que fazia em sua vida *real*. E, quando estava com a gente, tinha sempre uma parte ainda presa à realidade, seja lá o que a realidade fosse para ele.

John fez menção de falar outra vez, mas Charlie fechou o álbum com força, se levantou e saiu do quarto. John deixou que ela fosse sozinha. Enquanto atravessava o pequeno corredor até o quarto do pai, ela quase podia ouvi-lo tentando decidir o que fazer. Sem hesitar, Charlie foi até a estante, querendo se livrar logo do álbum em suas mãos. Como se, depois que aquilo estivesse fechado e guardado, sua mente também pudesse retornar à ordem natural. Mas o álbum não entrava na prateleira, e ela se ajoelhou para tentar enfiá-lo lá em um ângulo melhor, desejando acabar de vez com aquilo. A prateleira parecia ter encolhido no meio-tempo que ela passou no quarto para que o álbum nunca mais pudesse ser guardado como antes.

Com um grito de frustração, Charlie o empurrou com toda a força. A estante balançou, cuspindo papéis e pastas lá de cima. A garota começou a chorar enquanto folhas se espalhavam ao seu redor, cobrindo o chão feito neve. Lágrimas escorriam sem parar. John foi depressa para seu lado.

Ele se ajoelhou ali, com ela, em meio àquele caos frágil, juntando papéis tão rápido quanto podia sem rasgá-los. Tocou delicadamente o ombro de Charlie, que não se afastou. Depois a puxou para perto e a abraçou, e ela o abraçou também com tanta força que sabia que devia estar machucando, mas não conseguia soltar. Soluçou mais alto, como se a segurança de um abraço fosse o que ela precisava para se soltar. Longos minutos se passaram. John acariciava seus cabelos, e Charlie continuava chorando, o corpo balançando de tanta emoção, como se estivesse possuída. Não estava pensando no que tinha acontecido, não revisitava as lembranças de tudo o que tinha vivido. Não. Sua mente estava em branco. Não tinha nada, não *era* nada, apenas soluços violentos. Sentia o rosto dolorido por causa da tensão, o peito apertado como se toda a dor estivesse saindo à força. Parecia que ia continuar chorando por toda a eternidade.

Mas a eternidade era uma ilusão. Aos poucos, sua respiração foi se acalmando, e Charlie voltou a si e se afastou de John, exausta. Mais uma vez, ele ficou com os braços suspensos, pego de surpresa pelo vazio repentino que eles envolviam. Tentou sair da pose constrangedora sem chamar atenção. Charlie se sentou, encostada na lateral da cama do pai, escorando a cabeça. Sentia-se drenada, exaurida, frágil, mas estava um pouco melhor. Abriu um sorrisinho para John e viu o alívio em seu rosto ao primeiro sinal de que estava tudo bem.

— Estou legal — garantiu. — É culpa deste lugar, disto tudo.

Sentia-se meio boba tentando explicar, mas John se arrastou pelo chão até parar a seu lado.

— Charlie, você não precisa me explicar nada. Eu sei o que aconteceu.

— Sabe? — Ela o encarou, intrigada, sem ter certeza de como formular a pergunta. Dizer aquilo sem rodeios parecia indelicado demais. — John, você sabe como o meu pai morreu?

Ele pareceu nervoso, hesitante.

— Eu sei que ele se matou.

— Não é isso... Você sabe *como*?

— Ah. — John olhou para baixo, como se não conseguisse encará-la. — Achei que ele tivesse se esfaqueado — murmurou. — Eu me lembro de ouvir minha mãe e meu pai conversando... Ela mencionou uma faca e que tinha muito sangue.

— Teve mesmo uma faca — respondeu Charlie. — E sangue.

Ela fechou os olhos e permaneceu assim enquanto falava. Sentia o olhar de John em seu rosto, observando cada movimento, mas sabia que se tentasse encará-lo não conseguiria terminar de contar.

— Eu não vi. Digo, não vi o corpo. Não sei se você lembra, mas minha tia foi me buscar na escola. — Ela parou, aguardando uma confirmação, os olhos bem fechados.

— Lembro — disse a voz de John, no escuro. — Foi a última vez que nos vimos.

— É. Ela foi me buscar, e eu sabia que tinha alguma coisa errada... Ninguém sai no meio da aula porque está tudo bem. Minha tia me levou até o carro dela, mas ficamos um tempo do lado de fora. Ela me pegou no colo e me colocou sentada no capô, depois disse que me amava.

"Eu te amo, Charlie, e vai ficar tudo bem", garantiu tia Jen. Então, com as palavras seguintes, destruiu seu mundo inteiro.

— Ela disse que meu pai tinha morrido e perguntou se eu entendia o que aquilo significava.

E Charlie assentiu, não só porque entendia mas também porque, como se por um pressentimento terrível, não estava surpresa.

— Depois disse que eu ia passar uns dias com ela e que tínhamos que pegar algumas roupas em casa. Quando chegamos, ela me segurou no colo como se eu fosse uma criancinha. E, quando passamos pela sala, cobriu meus olhos para que eu não visse o que tinha lá. Mas eu vi.

Era uma das criaturas do pai, uma criatura que Charlie nunca tinha visto, e estava virada para a escada com a cabeça meio abaixada, então dava para ver que a parte de trás do crânio estava aberta, os circuitos, expostos. Ela viu os membros e as articulações, um esqueleto de metal trespassado por fios retorcidos que serviam para a circulação de uma coisa que não era sangue, os braços estendidos em uma reprodução solitária de um abraço. Estava parada no meio de uma poça escura de um líquido que parecia se espalhar cada vez mais — embora fosse imperceptível. Charlie viu o rosto da criatura, se é que aquilo podia ser chamado de rosto: as feições mal tinham forma, eram grosseiras e indistintas. Mas mesmo assim ela percebeu que estavam contorcidas em um nível quase grotesco. A criatura estaria chorando, se fosse capaz de chorar. Charlie passou eras encarando aquela coisa, embora devessem ter sido apenas segundos ou menos, pouco mais que um vislumbre enquanto tia Jen a carregava depressa escada acima. Mas já tinha visto aquela imagem tantas vezes, ao dormir, ao acordar, ao fechar os olhos quando estava distraída. Aquele rosto surgia diante dela, invadindo sua mente como invadira o mundo. Os olhos cegos que não passavam de duas esferas, feito os olhos de uma estátua, enxergando apenas o próprio sofrimento. A faca, conforme ela só percebeu depois, estava na mão da criatura. Quando Charlie viu a lâmina, a cena inteira ficou mais nítida. Sabia o que era aquela coisa. E sabia para que tinha sido construída.

John a encarava, tentando conter a expressão horrorizada.

— Foi *assim* que ele...? — A pergunta ficou no ar. Charlie assentiu. — Que pergunta boba...

John fez menção de tentar confortá-la outra vez, mas foi a decisão errada.

Sem nem pensar, Charlie se afastou sutilmente, e ele pareceu desapontado.

— Desculpa — disse a garota. — É só que... Desculpa.

John balançou a cabeça e olhou para a confusão de papéis no chão.

— A gente devia dar uma olhada nisso, ver se tem alguma coisa aí — sugeriu.

— Claro — concordou Charlie, meio sem jeito, descartando as tentativas de John de tranquilizá-la.

Começaram a olhar os papéis aleatoriamente. Estava uma bagunça tão grande que não havia outra opção. Eram, em grande parte, projetos de engenharia e páginas de equações incompreensíveis para eles dois. Havia documentos fiscais, que John foi pegando, animado na esperança de encontrar mais alguma informação sobre a Lanchonete Fredbear's. Com um suspiro, ele desistiu cerca de quinze minutos depois, deixando as folhas de lado.

— Charlie, não entendo nada disto. Vamos olhar as outras coisas, mas acho que ficar tentando entender esses papéis não vai nos transformar num passe de mágica em matemáticos ou em contadores.

Charlie, por teimosia, continuou folheando as páginas, torcendo para encontrar algo compreensível. Pegou um maço de papel e, enquanto alinhava as folhas, uma foto caiu ali do meio. John a pegou.

— Charlie, olha! — comentou, animado.

A garota pegou a foto da mão dele.

Era o pai, na oficina, usando a fantasia amarela de Freddy Fazbear e segurando a cabeça de urso debaixo do braço. Os olhos do bicho, incapazes de ver, encaravam a câmera, enquanto o pai de Charlie sorria, o rosto vermelho e suado como se tivesse passado bastante tempo dentro daquela roupa. Ao lado dele estava um Bonnie amarelo.

— O coelho amarelo — apontou Charlie. — O Jason disse que tinha um coelho amarelo lá na pizzaria.

— Mas o seu pai está usando a fantasia de urso.

— O coelho deve ser um robô — concluiu a menina. — Repara só nos olhos, são vermelhos. — Ela examinou mais de perto. Os globos oculares do coelho tinham um lampejo vermelho, mas não chegava a emitir uma luz. De repente, Charlie entendeu por quê. — Ah, os olhos do coelho não são vermelhos! É só efeito do flash! Tem uma pessoa lá dentro!

— Mas quem...?

— Quem estava usando essa fantasia? — indagou Charlie, concluindo a pergunta de John.

— Precisamos ir para a biblioteca — declarou o garoto, dando um pulo. Charlie ficou ali, parada, olhando a foto. — Charlie?

— É, vamos.

John ofereceu a mão para ajudá-la a se levantar.

Quando estavam descendo, ele deixou a amiga ir na frente, e ela não se virou para perguntar por quê. Sabia o que John devia estar imaginando, pois ela também estava visualizando a cena: a mancha no chão se espalhando lentamente.

Charlie dirigiu depressa até a biblioteca; sentia uma urgência sombria pairando no ar. O temporal já estava armado, o cheiro de chuva aumentava cada vez mais, como uma advertência. Estranhamente, a virada no tempo em parte a deixava satisfeita. Tempestades por dentro, tempestades por fora.

— Nunca fiquei tão ansioso para entrar numa biblioteca — brincou John, e Charlie deu um sorriso tenso.

A biblioteca de Hurricane ficava ao lado do colégio onde tinha sido realizada a homenagem a Michael. Quando saiu do carro, Charlie olhou de relance para o parquinho, imaginando crianças gritando, rindo e correndo em círculos, entretidas em alguma brincadeira. *A gente era tão novinho...*

Juntos, subiram depressa os poucos degraus da entrada da biblioteca, um prédio moderno de tijolos que parecia ter sido construído junto com a escola vizinha. Ainda se lembrava do lugar, mas era uma lembrança vaga da infância. Ela e o pai não iam com frequência, e quando estava lá Charlie passava o tempo sentada no chão da seção de livros infantis. Era meio desconcertante notar que naquele momento podia ver por cima do balcão de informações.

A bibliotecária era jovem, tinha porte atlético e estava usando calça social e suéter roxo. Abriu um sorriso enorme para eles.

— Em que posso ajudá-los?

Charlie hesitou. A mulher devia ter quase trinta anos e, ao reparar nisso, Charlie também reparou em como, desde que voltara a Hurricane, passara a prestar mais atenção à idade das pessoas que encontrava, examinando cada rosto e calculando quantos anos deviam ter quando *aquilo* aconteceu. A bibliotecária devia ser adolescente, na época. *Não importa*, pensou. *Você tem que perguntar mesmo assim.* A intenção era pedir informações a respeito do antigo restaurante, mas o que acabou saindo foi:

— Você é daqui de Hurricane?

A bibliotecária balançou a cabeça.

— Não, sou de Indiana.

Charlie sentiu o corpo relaxar. *Ela não estava aqui.*

— Você tem alguma informação disponível sobre um lugar chamado Lanchonete Fredbear's? — indagou Charlie, e a bibliotecária franziu a testa.

— Você quer dizer Pizzaria Freddy Fazbear's? Acho que tinha uma dessas aqui na cidade — respondeu ela, sem muita certeza.

— Não, não era essa — retrucou Charlie, muito paciente com a mulher, que, por sorte, devia ser a única pessoa na cidade que não sabia da história.

— Bom, os registros oficiais da cidade, as coisas como constituição de empresa e alvarás, ficam lá na prefeitura, mas já são... — ela conferiu o relógio. — É, já passam das cinco, então só amanhã. Aqui tem jornais que datam de 1880 em diante, se você quiser dar uma olhada no microfilme — sugeriu, empenhada em ajudar.

— É, pode ser — respondeu Charlie.

— Meu nome é Harriet — apresentou-se, conduzindo os dois até os fundos do prédio.

Charlie e John se apresentaram educadamente, e Harriet continuou tagarelando feito uma criança prestes a mostrar seu brinquedo favorito.

— Então, vocês sabem o que é um microfilme? É que não dá para armazenar pilhas de papel aqui dentro. Não tem espaço, e os jornais acabariam apodrecendo, então o microfilme é um jeito de preservá-los. É só tirar foto dos documentos e guardar o filme. É quase igual a um rolo de filme de cinema, sabe? Mas bem pequenininho. Então temos que usar uma máquina para ver a foto.

— Sabemos o que é — interrompeu John, no instante em que a mulher fez uma pausa para respirar. — Só não sabemos usar.

— Ué, mas é para isso que estou aqui! — declarou Harriet, abrindo a porta para uma sala com uma mesa e um monitor.

A tela ficava empoleirada em uma caixinha com uma roda de cada lado. Duas manivelas se projetavam para a frente. Charlie e John encararam a engenhoca, assombrados, e a bibliotecária sorriu.

— Vocês querem ver os jornais locais, não é? De que data?

— Hum... — Charlie fez as contas, então sugeriu: — De 1979 a 1982?

Harriet abriu um sorriso ainda maior e saiu do quartinho. John se inclinou para a frente para examinar a máquina, mexendo de leve nas alavancas.

— Cuidado — advertiu Charlie, brincando. — Acho que se isso quebrar ela não vai saber o que fazer da vida.

John ergueu as mãos e se afastou.

Harriet voltou carregando o que pareciam quatro pequeninos rolos de filme e os ergueu para que os adolescentes pudessem vê-los.

— Querem começar por 1979 mesmo?

— Acho que pode ser.

A bibliotecária assentiu, foi até a máquina e inseriu o filme, manipulando tudo com muita prática. Apertou um botão, e a tela se acendeu, exibindo uma folha de jornal.

— Primeiro de janeiro de 1979 — anunciou John, se inclinando para ler a manchete. — Política, alguém que ganhou alguma partida de alguma coisa e um pouco sobre o clima. E uma padaria distribuiu biscoitos de graça para celebrar o ano-novo. Até parece hoje em dia, só que sem os biscoitos.

— É só mexer aqui para continuar lendo — explicou Harriet, manipulando os controles. — E me chamem se precisarem de ajuda para trocar os rolos. É isso, divirtam-se! — Ela deu uma piscadela conspiratória e fechou a porta ao sair.

Charlie foi se sentar diante da tela, e John ficou atrás dela com a mão apoiada no encosto da cadeira. Era bom tê-lo ali perto, como se ele pudesse impedir qualquer coisa que tentasse atacá-la pelas costas.

— Até que isso é maneiro — comentou ele, e Charlie assentiu, passando os olhos pelo jornal em busca de respostas. — Bem, vamos diminuir as possibilidades de busca — sugeriu ele, sombrio. — Que notícias têm mais chance de aparecer no jornal?

— Eu estava procurando pela inauguração de algum restaurante — comentou Charlie.

— É, mas o que tem mais chance de aparecer nas manchetes? Desculpa... Eu não queria tocar no assunto, mas é o que temos que procurar.

— Sammy — concluiu Charlie. — É melhor começar por ele. A gente se mudou para a casa nova quando eu tinha três anos, o que deve ter sido em 1982.

Com todo o cuidado, eles trocaram o rolo. Charlie se levantou e ficou vigiando a porta, como se estivesse com medo de Harriet surpreendê-los fazendo alguma coisa errada.

— Quando é o seu aniversário? — perguntou John, se sentando na cadeira.

—Você não sabe? — provocou ela.

John franziu a testa, exagerando uma expressão pensativa.

— Treze de maio — respondeu ele, depois de um tempo.

Charlie riu, admirada.

— Como pode?

Ele abriu um sorriso.

— Eu sei das coisas.

— Mas para que isso?

—Você lembra que já tinha três anos quando se mudou, mas só faz aniversário em maio, então dá para eliminar cinco meses do ano. E você se lembra de mais alguma coisa sobre o restaurante, na noite em que o Sammy desapareceu?

Charlie sentiu que se retraía tanto que quase doeu.

— Foi mal — falou. O rosto estava quente. — Foi mal, você me pegou de surpresa. Deixa eu pensar. — Ela fechou os olhos.

O restaurante. O depósito, cheio de fantasias penduradas. Ela e Sammy, escondidos em segurança, no escuro, até a porta se abrir e o coelho aparecer, se inclinando por cima deles com aquele focinho horripilante, os olhos humanos. Charlie sentia o coração acelerado. Tentou acalmar a respiração e estendeu a mão, que John segurou. Ela apertou firme, como se o garoto fosse uma âncora. *O coelho tão perto deles, os dentes amarelos por baixo da máscara. E, atrás... O que tinha atrás dele? O restaurante estava aberto, em pleno funcionamento.* Charlie ouvia vozes, ouvia pessoas. *Tinha mais gente fantasiada... Outros animadores? Robôs? Não...* Estava quase lembrando. Contendo a respiração, Charlie tentou fazer a memória aflorar, com medo de se afobar e perdê-la de vez. Vai com calma, fala baixinho. Conseguiu agarrar a lembrança, arrancá-la das profundezas da mente, e a segurava firme enquanto ela se debatia entre seus dedos. Abriu os olhos.

— John, já sei quando foi.

Mais cedo naquela mesma noite, quando os dois ainda estavam bem acordados, alguém abriu o depósito: era a mãe espiando lá dentro. A luz atrás dela criava um halo em seu corpo, e ela sorria para os gêmeos, parecia radiante no vestido longo, os cabelos cheios e ondulados, a tiara reluzente. Mamãe é uma princesa, murmurou Charlie, sonolenta, e a mãe se inclinou para beijá-la na bochecha. Só por hoje, sussurrou a mãe, e os deixou ali, no escuro, para dormirem.

— Ela era uma princesa — disse Charlie, animada.

— O quê? Quem?

— Minha mãe. Estava fantasiada de princesa. Era uma festa de Halloween. John, vai para o dia primeiro de novembro.

John se atrapalhou um pouco com os controles, mas em pouco tempo chegou à página certa. A manchete era pequena, mas estava na primeira página do jornal de segunda-feira, primeiro de novembro: CRIANÇA RAPTADA. Charlie desviou o olhar. John começou a ler em voz alta, e ela o interrompeu.

— Não. Só me conta se achar algo de útil.

Ele se calou, e Charlie ficou olhando a porta, ansiosa, esperando, examinando os nós da madeira falsa.

— Tem uma foto — disse ele, por fim. — Você precisa ver.

Charlie espiou por cima do ombro dele. A matéria continuava, ocupando uma página inteira com imagens do restaurante, da família reunida, dela e de Sammy — embora os nomes dos gêmeos não tivessem sido revelados. No canto esquerdo inferior havia uma fotografia do pai de Charlie e de outro homem. Estavam de braços dados, exibindo um sorriso alegre.

— John — chamou Charlie.

— Aí diz que eles eram sócios — explicou o menino.

— Não — retrucou Charlie, incapaz de tirar os olhos da foto, daquele rosto que os dois conheciam.

Sem aviso, deram um pulo quando ouviram batidas na porta.

— CHARLIE! JOHN! SÃO VOCÊS AÍ DENTRO?

— Marla! — exclamaram, ao mesmo tempo, e Charlie foi correndo abrir a porta.

— Marla! O que houve?

Ela estava vermelha e sem fôlego, e Harriet vinha atrás, nervosa. Marla estava com os cabelos molhados e água escorrendo pelo rosto, mas não tentou secar — nem parecia notar. *Então já começou a chover*, pensou Charlie, a reflexão mundana invadindo sua mente apesar do susto.

— Ele sumiu! O Jason sumiu! — gritou a garota.

— Como assim? — indagou John.

— Ele foi lá para a Freddy's. Tenho certeza. Não parava de dizer que a gente tinha que voltar, que não podia passar o dia inteiro de bobeira. Achei que ele tivesse se enfiado em outro quarto, mas já olhei em tudo que é canto. Sei muito bem onde ele está! — explicou, sem parar para respirar.

O relato acabou com ela engasgada, ofegante, com um chiado fraco e lamurioso ecoando sob sua respiração, um gemido que ela parecia incapaz de evitar.

— Ah, não! — exclamou Charlie.

— Vamos — apressou Marla, tremendo de aflição, vibrando. John levou a mão ao ombro dela para lhe oferecer algum conforto, mas a menina balançou a cabeça. — Não tenta me acalmar, só vem logo — insistiu, mas não havia raiva em sua voz, apenas desespero.

Marla deu meia-volta e foi quase correndo até a porta. John e Charlie a seguiram, lançando um olhar de desculpas ao deixarem para trás a bibliotecária, que parecia achar graça da situação.

CAPÍTULO NOVE

Carlton abriu os olhos, desorientado, a cabeça latejando com uma dor monstruosa. Estava sentado todo torto, o corpo rijo encostado na parede, e descobriu que não conseguia mover os braços. Sentia pontadas e dormência em algumas partes do corpo. Tentou mudar de posição para aliviar o desconforto, mas estava preso de alguma forma, e os pequenos movimentos que era capaz de fazer só machucavam mais. Olhou ao redor do cômodo tentando se situar. Parecia uma espécie de depósito: havia pilhas de caixas encostadas nas paredes e latas vazias de tinta e de produtos de limpeza espalhadas no chão, mas não acabava por aí. Viu montes de tecido felpudo nos cantos. Olhou para eles, sonolento. Sua mente estava anuviada, como se bastasse fechar os olhos para pegar no sono outra vez, tão fácil... *Não.* Balançou a cabeça com violência, tentando clareá-la, e deu um grito. Em seguida, grunhiu enquanto a dor latejante minava suas forças, e seu estômago se revirava:

— Droga!

Trincou o maxilar e fechou os olhos, esperando que a dor e a náusea diminuíssem.

Por fim, aquela sensação horrível foi passando até se tornar algo quase suportável, e ele reabriu os olhos. Dessa vez, sua mente estava um pouco mais clara, e Carlton olhou para baixo, para ver o que o prendia. *Droga.*

Estava dentro do torso cilíndrico e pesado de uma fantasia de mascote, mas sem a parte da cabeça; portanto, não dava para identificar qual era o animal. Seus braços estavam enrolados no tronco da roupa, imobilizados em uma posição desconfortável pela estrutura do corpo do mascote. Os braços da fantasia pendiam, flácidos e vazios. As pernas dele, esticadas e destoantes, pareciam pequenas e finas em contraste com o resto. Dentro da fantasia havia pedaços de metal espetando suas costas. Sentia algumas feridas e não sabia se o líquido que escorria era suor ou sangue. Algo pressionava os dois lados do pescoço, perfurando ainda mais a pele quando ele virava a cabeça. A pelagem desbotada da fantasia estava suja e grudenta. O que poderia um dia ter sido azul-claro naquele momento era quase bege. Em cima de uma caixa de papelão, a alguns metros dele, havia uma cabeça da mesma cor, e Carlton a examinou com curiosidade, mas não conseguiu identificar qual era o mascote. A impressão era que a fantasia tinha sido feita para representar um animal qualquer, nada específico.

Carlton olhou ao redor do depósito, começando a entender. Ele sabia onde estava. Os montes de tecido tinham rostos, ou melhor, focinhos. Eram fantasias, mascotes do restaurante, murchos, jogados no chão, encarando-o com olhares vazios, como se quisessem algo.

Voltou a sondar o cômodo, tentando fazer uma avaliação calma, embora o coração estivesse vibrando. O espaço era pequeno, uma única lâmpada iluminando-o do teto, fraca e bruxuleante, dando ao lugar uma impressão perturbadora de movimento. Um ventilador de pé, marrom de tão enferrujado, balançava de leve em um canto, soprando um ar pesado, impregnado de suor seco de figurinos que não eram lavados havia uma década. Carlton sentia muito calor; o ar estava denso demais. Tentou se levantar, mas sem a ajuda dos braços era impossível, e no primeiro movimento sentiu uma onda violenta de náusea e uma explosão de dor na cabeça.

— Eu não faria isso se fosse você — murmurou uma voz rouca.

Carlton olhou ao redor, mas não viu ninguém, até que a porta se abriu. A criatura se moveu lentamente, e, em algum lugar sob a camada de terror, Carlton sentiu uma pontada de impaciência.

— Quem está aí? Me tira daqui! — pediu, em pânico.

A porta chiou feito um animal ferido, deslizando quase como se tivesse vontade própria, sem ninguém no batente. Após um instante, um coelho amarelo enfiou a cabeça pela porta, as orelhas alegres. Ficou imóvel por um momento, como se estivesse fazendo pose, depois entrou saltitante, gracioso, sem nenhum vestígio dos movimentos rijos e mecânicos do animatrônico. Fez uma dancinha, girou e se curvou em uma mesura. Então se levantou e tirou a cabeça peluda da fantasia, revelando o rosto de um homem.

— Acho que eu não devia ficar surpreso — constatou Carlton, o nervosismo automaticamente reavivando seu lado sarcástico. — Jamais confie em um coelho, é o que sempre digo.

Não faziam sentido, não eram engraçadas, mas as palavras saíam de sua boca involuntariamente. Ainda sentia náusea e dor de cabeça, mas teve um súbito momento de clareza visceral: *Foi isto que aconteceu com Michael: foi você.*

— Fica quieto — ordenou Dave.

Carlton fez menção de responder, mas a observação espertinha morreu em sua boca quando viu o rosto do segurança. O homem de algum modo parecia um decrépito quando o viram pela primeira vez, esgotado e inútil. Mas, naquele momento, parado diante de Carlton com aquela fantasia surreal de coelho, estava diferente. Tecnicamente, o rosto continuava o mesmo: as feições macilentas e os olhos fundos, a pele que parecia ter sido esticada até ficar fina demais, prestes a se rasgar. Só que dessa vez havia uma força cruel e inegável nele, uma vitalidade típica dos sujeitos sem caráter que Carlton reconheceu.

Anos antes ocorrera ao menino que existem dois tipos de pessoas sórdidas: aquelas óbvias, feito sua professora de inglês do sexto ano, que berrava e atirava borrachas nos alunos, ou o garoto do quinto ano que batia nas crianças mais novas depois da aula. Esse tipo era fácil, com demonstrações públicas, ofensas brutais e incontestáveis. Mas também havia outro tipo de pequenos tiranos, aqueles que se tornam vingativos e maldosos quando sentem um mero gostinho de poder. Esses costumam se sentir mais agredidos e maltratados a cada ano: pela família que não demonstra afeto, por vizinhos que desdenham das formas mais imperceptíveis, por um mundo que lhe vira as costas. De algum modo, são carentes de algo essencial.

Diante de Carlton estava alguém que passara tanto tempo da vida lutando feito um animal encurralado que acabara adotando aquela manta de sadismo amargo como parte integral de si mesmo. Atacaria os outros e se deliciaria com sua dor, sentindo, como se estivesse cheio de razão, que o universo lhe devia prazeres cruéis. O rosto do guarda, expressando um deleite maligno com a dor e o medo de Carlton, era uma das coisas mais aterrorizantes que o garoto já vira. Balbuciou, antes de conseguir dizer bravamente:

— Dave é um péssimo nome para um serial killer...

Sua voz estava rouca e falhando; até a piadinha perdeu o efeito. Dave nem sequer pareceu ter escutado.

— Eu falei para não se mexer, Carlton — disse Dave, com calma. Deixou a cabeça do coelho em um caixote de plástico e começou a apertar os fechos atrás do pescoço. — Não é uma ordem, é um conselho de amigo. Sabe o que é isso que você está vestindo?

— A sua namorada? — provocou Carlton, e uma curva fina na boca de Dave insinuou um sorriso.

— Você é engraçado — disse o homem, com nojo. — Mas não. Não é uma fantasia, Carlton, não exatamente. Sabe, essas roupas foram criadas com dois objetivos: para serem usadas por homens feito eu — apontou para si mesmo com movimentos fluidos e algo semelhante a orgulho — e para serem usadas por animatrônicos, feito aqueles do palco. Está entendendo?

Carlton assentiu, ou tentou, mas Dave ergueu as sobrancelhas, indicando que o garoto parasse.

— Já disse para não se mexer — avisou. O pescoço da fantasia se abriu, e ele começou a mexer em outro fecho nas costas enquanto falava. — Sabe, todas as partes eletrônicas da roupa continuam aí. A única coisa que as mantém no lugar é um mecanismo de travas de mola, como esse.

Dave foi até o monte de fantasias e selecionou uma, levando o torso felpudo verde sem cabeça até Carlton. Mostrou o traje vazio, balançando dois pedaços de metal retorcidos grudados nas laterais do pescoço.

— *Estas* são as travas de mola — explicou, aproximando tanto as partes metálicas do rosto de Carlton que ele quase não conseguiu focar a visão. — Veja só.

O homem tocou alguma parte do mecanismo de modo tão imperceptível que Carlton não entendeu o que tinha acontecido, mas a trava foi acionada e se fechou com um som semelhante a uma explosão de escapamento de carro. Carlton ficou tenso, começando a encarar a ordem para não se mexer como uma ameaça de morte.

— Essa é uma fantasia muito antiga, uma das primeiras que Henry fez. É muito, muito fácil acionar uma trava dessa se não souber mexer nela direito — prosseguiu Dave. — Basta um simples toque.

— Henry? — repetiu Carlton, tentando prestar atenção no que o homem estava contando. O estalo ainda ecoava em seu ouvido e grudou na cabeça feito uma canção. *Vou morrer*, pensou pela primeira vez desde que acordou. *Esse homem vai me matar, vou morrer, e depois o que vai acontecer? Alguém vai ao menos ficar sabendo?* Trincou o maxilar e fez contato visual com Dave. — Quem é Henry?

— O Henry — repetiu Dave. — Pai da sua amiga Charlie. — Ele parecia surpreso. — Você não sabia que era ele o dono deste lugar?

— Ah, verdade, é mesmo — respondeu Carlton, confuso. — É que sempre pensei nele como "o pai da Charlie".

— Ah, entendi — assentiu Dave, o tipo de resposta educada que se dá a um comentário irrelevante. — Enfim, essa aí é uma das primeiras fantasias que ele criou — continuou o homem, gesticulando para Carlton. — E se você ativar o mecanismo de molas, duas coisas vão acontecer. Primeiro, as travas vão ser acionadas, cobrindo você de cortes, e uma fração de segundo depois, todas aquelas partes animatrônicas que elas estavam segurando, todas as pecinhas de aço e plástico afiado, vão atravessar seu corpo no mesmo instante. Você vai morrer, mas vai ser uma morte lenta. Vai sentir seus órgãos sendo perfurados, seu sangue vai encharcar a fantasia, e vai passar vários longos minutos ciente de que está morrendo. Pode até tentar gritar, mas não vai conseguir. Suas cordas vocais vão se romper, e seus pulmões vão ficar cheios de sangue até você sufocar. — O olhar de Dave era distante, e Carlton soube com uma certeza gélida que ele não estava fazendo suposições. Estava se recordando.

— Como é que... — A voz do garoto falhou, e ele tentou outra vez: — Como você sabe disso? — indagou, conseguindo entoar a pergunta com um sussurro rouco.

Dave fez contato visual e sorriu.

— Adivinha? — Largou a fantasia que vinha segurando e abriu o último fecho da que estava vestindo.

Levou um tempo até terminar, então Carlton observou por vários minutos enquanto Dave manuseava quaisquer que fossem os mecanismos sob a gola. Despiu-se do torso felpudo com um floreio, e Carlton deixou escapar um som involuntário, um gemido impotente e temeroso.

Dave estava sem camisa sob a fantasia, e seu peito nu era visível com clareza mesmo na luz fraca e bruxuleante. A pele era repleta de cicatrizes horríveis, linhas brancas em alto-relevo que seguiam um padrão simétrico: um lado do corpo espelhava o outro. Dave notou o garoto olhando e riu, um som tão repentino e alegre que fez Carlton sentir um calafrio. O segurança levantou os braços e girou o corpo, dando a Carlton tempo suficiente para ver que tinha cicatrizes por toda parte: cobriam as costas como uma renda e se estendiam por dentro da calça. Na nuca, maiores e mais visíveis, duas cicatrizes paralelas iam até o couro cabeludo, desaparecendo sob os cabelos. Carlton tentou engolir. A boca estava tão seca que não poderia ter falado, mesmo se houvesse algo a ser dito.

Dave abriu um sorriso desagradável.

— Não se mexa — repetiu.

— Ele está lá dentro! Só pode estar lá dentro! — berrou Marla, desesperada, em frente à entrada da pizzaria.

Abria e fechava as mãos, os nós dos dedos já brancos de tanta força que fazia. Charlie olhava para ela, impotente. Não havia nada a dizer. A porta não estava mais coberta por correntes: simplesmente não havia mais porta. Tinha sido soldada, o metal derretido, criando uma superfície única, sem dobradiças, cobertas por um trabalho de soldagem malfeito e irregular. Todos ficaram olhando a parede, incapazes de compreender aquilo.

Charlie andava de um lado para outro. Pisara em uma poça ao sair correndo do carro, então seus sapatos e meias estavam ensopados e gelados. Concentrar-se no próprio desconforto parecia um ato imperdoável em um momento como aquele, mas não conseguia evitar.

— Isto é loucura — disse Marla, a boca entreaberta. — Quem faz uma coisa dessas? — Levantou as mãos, frustrada. — Quem faz uma coisa assim? — Estava quase berrando. — Alguém fez isso! Alguém soldou a entrada. E se o Jason estiver lá dentro?

Marla escondeu o rosto nas mãos. Jessica e Lamar deram um passo à frente para confortá-la, mas ela não quis.

— Estou bem — garantiu, tensa, mas não se moveu, ainda olhando para o ponto na parede onde antes havia uma porta.

Parecia menor; a energia do pânico que vinha motivando-a até então tinha desaparecido, deixando-a vazia e sem propósito. Ignorou os demais e olhou para Charlie, que a encarou pouco à vontade.

— O que a gente faz? — perguntou Marla.

Charlie balançou a cabeça.

— Não sei, Marla — disse, incapaz de ajudar. — Se ele está mesmo no restaurante, temos que arrumar um jeito de tirá-lo de lá. Deve ter uma maneira.

— Deve ter alguma outra entrada por aí — concordou John, embora parecesse mais convencido do que Charlie. — A pizzaria tinha janelas, uma entrada de serviço, não tinha? Deve ter saídas de emergência. Qualquer coisa!

— Esperem! — gritou Marla, e todos ficaram paralisados.

Ela estava apontando para o chão.

— O que foi? — perguntou Charlie, indo para o lado dela.

— É a pegada do Jason! — exclamou a garota. — Olha, dá para ver. É daqueles sapatos idiotas que custaram um ano inteiro de mesada.

Charlie viu que Marla tinha razão. Havia uma pegada enlameada e ainda fresca ali, o tamanho compatível com o do pé de Jason. A expressão de Marla se iluminou novamente, com determinação.

— Não deve fazer muito tempo que ele passou por aqui — afirmou Marla. — Olha, dá para ver as pegadas indo e voltando. A porta já devia ter sido soldada quando ele chegou. Jason ainda deve estar em algum canto deste shopping. Andem!

As pegadas de Jason seguiam pelo beco, escuridão adentro, e o grupo agachou-se, seguindo aquela trilha. Charlie ficou para trás, sem ajudar muito, mas de olho no facho de luz oscilante à frente. Havia algo que estava esquecendo, algo que deveria saber. A respeito da pizzaria. Notando que tinha se afastado, John deixou que os outros continuassem sem ele.

— Tudo bem? — perguntou ele, baixinho, e Charlie balançou a cabeça.

— Tudo. Pode ir na frente. — Ele esperou que ela dissesse algo mais, mas ela fitava a escuridão.

Outra entrada.

— Achei! — A voz de Jessica atravessou a escuridão, e Charlie acordou do devaneio e correu até o restante do grupo.

Lamar estava com a lanterna outra vez e apontava para uma grade de ventilação perto do chão.

Era antiga e enferrujada, e a grelha estava no chão em meio a pegadas e lama.

— Jason, o que você está fazendo? — perguntou Marla com um arquejo, se ajoelhando ao lado da abertura. — O que tem dentro dessa sua cabecinha? — Havia um tom diferente na voz, algo oscilando entre o pânico e o alívio. — A gente tem que ir atrás dele.

Charlie observava a cena, sem acreditar, mas não disse nada.

— É muito pequena — argumentou John. — Acho que ninguém aqui cabe nesse espacinho.

Marla olhou para si mesma, depois para os outros, um por um, calculando.

— Jessica — disse ela, categórica —, vem cá.

— O quê? — A outra garota olhou para o lado, como se houvesse mais de uma Jessica. — Acho que não vou caber, Marla.

— Você é a mais magra — ponderou Marla, sem rodeios. — Só tenta, ok?

Jessica assentiu e foi até a passagem, se ajoelhando no chão enlameado do beco. Avaliou a abertura na parede por um momento e tentou entrar, se espremendo, mas os ombros quase não passaram, e alguns segundos depois ela recuou, sem fôlego.

— Marla, não dá, desculpa.

— Dá, sim! — exclamou a outra. — Por favor, Jessica.

Jessica olhou para os outros, e quando Charlie notou seu rosto, estava quase branco, rigidamente inexpressivo. *Ela é claustrofóbica*, pensou Charlie, mas antes que pudesse falar, Jessica já tinha voltado a se ajoelhar diante da passagem, retorcendo o corpo, tentando entrar.

— Por favor — repetiu Marla, e Jessica se levantou depressa como se algo a tivesse mordido.

— Não dá, Marla — disse ela, a respiração curta e rápida, como se estivesse em uma corrida. — Não caibo!

— Deve ter outra entrada — interrompeu Charlie, colocando o braço entre Marla e Jessica como se estivesse separando uma briga.

Fechou os olhos, tentando relembrar. Visualizou o restaurante, tentando não imaginar sua aparência naqueles últimos dias, mas sim anos antes. As luzes eram fortes; estava cheio.

— Costumava ficar quente, abafado — comentou ela. — No verão, tinha cheiro de pizza, gordura velha de batata frita e crianças suadas, e meu pai sempre dizia... — *É isso.* — Ele dizia: "Quem é que teve a ideia brilhante de colocar uma claraboia dentro de um depósito?" — concluiu, triunfante e aliviada.

Podia ver o quartinho com o teto aberto. Ela e Sammy costumavam se esconder lá dentro por alguns minutos, curtindo a pequena corrente de ar fresco que entrava.

— Então é isso. Vamos subir no telhado — declarou John, interrompendo as lembranças de Charlie.

— Que telhado? — indagou Marla, estudando o teto do corredor fechado.

Já não estava mais em pânico total, tranquilizada por ter encontrado uma prova de que Jason estava vivo, mas a ansiedade continuava a mesma. Olhava para todos os lados, como se o irmãozinho pudesse surgir das sombras a qualquer instante.

— Foi coberto, como todo o resto — respondeu Lamar.

— Talvez não — retrucou Charlie. — O telhado do shopping é bem alto. Aposto que devem ter feito uma espécie de sótão, por onde dê para passar engatinhando.

— Sótão? — disse John, empolgado. — Tipo um espaço entre o telhado da pizzaria e o do shopping? Lá em cima? — Ficou observando a escuridão por uns segundos. — Sótão? — repetiu, a voz um pouco mais branda.

Charlie estava ocupada analisando o teto do corredor, medindo por sua própria altura e comparando com o que vira fora da construção. Era diferente, tinha certeza.

— Este aqui não é o teto do shopping. Não é alto o suficiente — afirmou ela, sentindo uma centelha de otimismo.

Saiu apressada pelo corredor, sem esperar pelos outros. Eles foram atrás, e quando Lamar a alcançou, direcionou o facho de luz da lanterna para cima. Charlie andava de um lado para outro, olhando da parede ao teto, do teto à parede, tentando visualizar o espaço do lado de fora.

— O teto deste corredor deve ter sido nivelado com o da Freddy's — comentou Jessica, sua voz surgindo atrás de Charlie, que se assustou um pouco.

Tinha se concentrado tanto na busca que esquecera que os amigos estavam ali.

— A gente tem que subir lá — disse Charlie, se virando para o grupo com grande expectativa.

Ficaram olhando meio inexpressivos por um segundo. Foi então que o braço de Lamar fez um movimento automático, como se estivesse prestes a levantar a mão. Conseguiu se conter a tempo e pigarreou.

— Detesto ter que dizer o óbvio, mas... — começou, gesticulando.

A uns três metros à frente, havia uma escada encostada na parede de tijolo antigo. Charlie sorriu e correu até ela, acenando para que John a seguisse. Eles a seguraram juntos; era pesada, de metal, e estava coberta de respingos de tinta, mas era possível carregá-la. Segurando firme pela lateral da escada, Charlie virou o rosto para o teto outra vez, procurando.

— Deve ter um buraco, um alçapão, alguma coisa!

— Um buraco, um alçapão, alguma coisa? Sério? — repetiu John com um meio sorriso ao levantar a outra extremidade da escada.

—Você tem alguma ideia melhor? Então vem.

Deu um puxão tão forte que John tropeçou e quase caiu.

Eles avançavam devagar. Com apenas uma lanterna, não podiam ver aonde iam e examinar as paredes ao mesmo tempo, então de poucos em poucos metros paravam para que Lamar iluminasse o ponto onde a parede de tijolo encontrava o teto cheio de infiltrações do corredor improvisado. Embora aquilo tornasse o progresso mais lento, Charlie agradecia as pausas; a escada de metal industrial era pesada. Poderia ter pedido aos outros que trocassem com ela, mas lhe parecia essencial fazer parte do processo. Queria ajudar.

A agitação de Marla crescia à medida que prosseguiam, e após alguns minutos de anda-e-procura, começou a chamar baixinho por Jason.

— Jason! Jason, está me ouvindo?

— Ele já entrou — disse John, curto e grosso. — Não vai conseguir ouvir.

Sua voz saía com certa dificuldade por conta do peso da escada — tinha ficado com a extremidade mais larga —, e por isso o tom parecia quase irritado. Marla olhou para ele, emburrada.

—Você não tem como ter certeza disso.

— Marla, para! — pediu Jessica. — A gente está fazendo tudo o que pode.

Marla não respondeu. Pouco tempo depois, chegaram ao fim da passagem.

— E agora? — indagou John.

— Não sei — admitiu Charlie, aturdida. — Eu tinha certeza absoluta de que a gente ia achar alguma coisa aqui.

— É assim que a vida funciona para você normalmente? — brincou John, erguendo as sobrancelhas para ela.

Um pouco mais longe no corredor, Lamar gritou, triunfante:

— Achei!

Marla correu até ele, e Jessica a seguiu com um pouco mais de cautela, atenta a obstáculos no escuro.

Charlie piscou para John e voltou a segurar a escada. Ele levantou depressa seu lado, e os dois a arrastaram pelo caminho pelo qual tinham vindo.

Quando Charlie e John alcançaram o restante do grupo, todos os três olhavam para o teto. Charlie imitou o gesto; dito e feito: lá estava um alçapão quadrado, grande o bastante para que um adulto passasse, as bordas quase invisíveis na escuridão. Sem falar nada, colocaram a escada no lugar; tinha em torno de três metros e era do tamanho certo para dar acesso fácil à porta. Marla foi primeiro, confiando em Lamar e Jessica para estabilizarem a escada, cada um de um lado.

John e Charlie observaram a amiga subir.

— Então, esse alçapão... — John apontou. — Esse alçapão do corredor fica bem ao lado da pizzaria. Por ele, vamos chegar ao teto da Freddy's, que fica embaixo do teto do shopping, em uma espécie de sótão. E no teto da pizzaria há uma claraboia, que vamos achar enquanto estivermos engatinhando por lá.

Com o dedo, desenhou um diagrama no ar enquanto falava, e seu tom tinha um toque de ceticismo.

Charlie não respondeu. Os passos de Marla na escada ressoavam pelo corredor, pesados baques metálicos que produziam um eco regular ao redor deles.

— Quando encontrarmos a tal claraboia no sótão — continuou John, sem saber ao certo se Charlie sequer estava prestando atenção —, vamos descer por ela e entrar no restaurante, possivelmente sem nenhuma chance de ir embora depois.

No topo da escada, Marla murmurava com frustração e mexia em algo no teto que os amigos não estavam vendo.

— Está trancado? — perguntou Charlie.

— Ok, claro — disse John, ciente de que estivera falando sozinho aquele tempo inteiro. — Faz todo o sentido.

— A tranca está emperrada — respondeu Marla. — Preciso... Ha! — Ouviram um estalo. — Consegui!

Colocou as mãos para cima, fazendo pressão, e a porta foi se abrindo devagar até pender para o outro lado e cair com um baque.

— Discrição para quê... — alfinetou John.

— Não importa — disparou Charlie. — Temos que ir de qualquer jeito. Além do mais, você acha mesmo que quem quer que esteja lá dentro já não sabe que estamos aqui?

Acima deles, Marla entrava pela portinhola. Firmou um braço de cada lado da abertura e deu impulso para cima. A escada oscilou perigosamente, e Lamar e Jessica a agarraram, tentando estabilizá-la, mas não foi necessário. Marla já tinha subido e entrado, estava segura no teto. Aguardaram que dissesse algo.

— Marla — chamou Jessica, enfim.

— Oi, tudo bem — respondeu ela.

— O que você está vendo aí em cima? — gritou Charlie.

— Joga a lanterna para mim. — Marla enfiou o braço na passagem do teto, balançando-o com impaciência.

Lamar se aproximou e, com cuidado, atirou a lanterna para cima. Marla a pegou no ar, e o facho de luz se extinguiu de imediato: a luz se apagara.

No sótão baixo, Marla se sentou no escuro, tentando fazer a lanterna voltar a funcionar. Ela a balançou, chacoalhando as pilhas e apertou o botão de ligar e desligar inúmeras vezes, em vão. Ao desenroscar o topo e soprar no espaço das pilhas, sentiu o pânico tentar dominá-la. Desde o instante em que se dera conta de que Jason havia desaparecido, focou todas as suas energias no irmão. Foi apenas naquele momento, sozinha na escuridão, que começou a pensar no perigo em que ela própria devia ter se metido. Colocou o topo da lanterna no lugar, e a luz voltou no mesmo segundo, atingindo seus olhos em cheio e ofuscando sua visão. Ela a apontou para longe, depois fez um movimento circular cuidadoso ao redor de si mesma, revelando um vazio que se estendia por todas as direções. Era o teto da Pizzaria Freddy Fazbear's.

— O que você está vendo? — perguntou Charlie outra vez.

— Você estava certa: tem espaço, mas não muito. É escuro e fede pra caramba aqui em cima. — Sua voz soava trêmula até mesmo aos próprios ouvidos, e subitamente se sentiu desesperada para ter uma companhia lá em cima. —Vem logo, gente, não me deixa aqui sozinha!

— Estamos indo — disse Jessica.

—Vou primeiro — sugeriu Charlie, dando um passo à frente.

A escada estava enferrujada e rangeu quando a garota subiu, protestando contra o peso enquanto ela avançava pelos degraus. Mas parecia resistente, e em pouco tempo Charlie já tinha chegado ao alçapão e fez o mesmo que Marla. Ficou de pé no último degrau, com a cabeça e os ombros dentro da abertura, segurou-se e deu impulso para cima, quase pulando, então aterrissou no telhado da pizzaria. Não havia espaço para ficar de pé, mal dava para sentar — o vão entre o teto do restaurante e o do shopping tinha menos de um metro. Algo fazia barulho acima delas, como se houvesse pedras caindo do céu, e Charlie levou alguns segundos para perceber que era a chuva batendo na superfície de latão sem isolamento. Água gotejou em sua cabeça, e ali em cima ela viu um espaço aberto entre duas lâminas de metal recurvadas, que tinham sido alinhadas uma do lado da outra, por acaso. As telhas estavam molhadas e deixou suas mãos sujas de pedrinhas, poeira e algo pegajoso e mais desagradável. Ela então as limpou na calça jeans.

Olhou para Marla, que estava a alguns centímetros de distância.

—Vem, anda. Sai do caminho — chamou Marla, gesticulando para que se aproximasse, e Charlie ficou de quatro depressa.

A cabeça de Jessica surgiu pelo alçapão, e, com cuidado, a garota subiu também. Já segura no telhado, olhou ao redor como se avaliasse o espaço. Preocupada, Charlie se lembrou do medo da amiga diante da grade de ventilação, mas Jessica respirou fundo lentamente.

— Eu consigo — disse ela, embora não parecesse crer nas próprias palavras.

Segundos depois, Lamar estava junto com elas. Não perdeu tempo em recuperar a posse da lanterna e a direcionou para o alçapão. Dentro de mais alguns segundos, foi a vez de John entrar, desajeitado — e algo fez um estrondo lá embaixo, o som ecoando. Todos, a não ser John, se assustaram.

— Desculpa — disse ele. — Foi a escada.

— Charlie, para onde agora? — indagou Marla.

— Ah. — Charlie voltou a fechar os olhos, retraçou seus passos como fizera antes enquanto procuravam uma entrada. — Para a frente até o fim, se não me engano. É só a gente ficar no lado mais afastado que vai acabar encontrando.

Sem esperar respostas, começou a engatinhar na direção que acreditava ser a correta. Um segundo depois, uma luz surgiu diante dela.

—Valeu — disse baixinho para Lamar, que estabilizava a lanterna, tentando adivinhar para onde Charlie iria.

— Não tenho mais nada para fazer — sussurrou ele em resposta.

O sótão era amplo. Devia dar a impressão de ser espaçoso, mas havia vigas de suporte e canos jogados no caminho, criando interseções ou só amontoando o lugar; o grupo parecia estar desbravando uma floresta muito densa, desviando de cipós e pulando troncos caídos. O telhado da pizzaria formava um declive não muito íngreme. Teriam que descer outra vez ao chegarem à metade do caminho. As telhas embaixo deles estavam tão úmidas e inchadas que pareciam não ter secado de verdade em anos, e cheiravam a mofo. De vez em quando Charlie limpava as mãos na calça, consciente de que em segundos se sujariam de novo. De tempos em tempos, achava que tinha ouvido algo rastejar ali por perto, ruídos um tantinho distantes demais para terem sido produzidos pelo grupo, mas ela os ignorava. *Eles têm mais direito de estar aqui do que nós*, pensou, embora nem soubesse ao certo qual era a espécie em questão.

O teto acima deles seguia um padrão bizarro, subindo e descendo sem qualquer preocupação de acompanhar o telhado abaixo: em certos pontos, tinha mais de um metro de espaço, depois dava um mergulho tão profundo que quase chegava a roçar as costas dos garotos, forçando-os a abaixar a cabeça e se arrastar desajeitadamente. Jessica estava logo atrás de Charlie, que, de vez em quando, ouvia a amiga fazer ruídos assustados baixinho, mas sempre que olhava para trás, Jessica apenas assentia, o rosto duro feito pedra. Continuaram até chegarem à parede que demarcava o fim do telhado.

— Ok — disse Charlie, meio que se virando para trás. — Deve estar por aqui. Vamos nos separar e procurar.

— Espera aí. O que é que é aquilo? — perguntou Marla, apontando.

Charlie não estava enxergando o que Marla avistara, mas seguiu naquela direção até topar em alguma coisa.

A claraboia era uma vidraça plana no telhado, emoldurada como uma janela pequena, uma única lâmina de vidro sem puxador, dobradiças ou trincos visíveis. Debruçaram-se nela, tentando enxergar o cômodo lá embaixo, mas não era possível, pois a superfície estava recoberta por uma camada grossa de mais de sujeira. John tentou limpá-la com a manga. O braço da camiseta voltou negro, e não adiantou nada: pelo menos metade da poeira estava do outro lado, e a claraboia continuava opaca de imundície.

— É só um depósito, não vai ter problema — garantiu Charlie.

— Mas e se tiver alguém lá dentro? — retrucou Lamar.

— Não importa — interrompeu Marla. — A gente não tem escolha.

Todos olharam para Charlie, que estudava a claraboia, contemplativa.

— Abre para dentro. Você empurra para baixo deste lado — disse ela, apontando —, e ela abre. Tem um trinco no lado de dentro, bem aqui. — Tocou a lateral, pensando. — Quem sabe se a gente... — Empurrou, e o vidro cedeu quase que instantaneamente, assustando-a com uma súbita e desesperadora sensação de queda, embora ela continuasse segura no telhado.

— É um pouco estreito — observou John.

A vidraça não abria completamente, apenas se inclinava um pouco para dentro, mal dando espaço para uma pessoa passar.

— Não fui eu quem construiu — disse Charlie, com leve irritação. — É o que temos, então se quer entrar, vem.

Sem esperar resposta, jogou as pernas para dentro da abertura e foi se abaixando, ficando pendurada no escuro por um instante. Fechando os olhos e torcendo para que o chão não ficasse tão afastado quanto ela se lembrava da infância, soltou e caiu.

Aterrissou. O choque do impacto percorreu suas pernas, mas passou depressa.

— Dobrem os joelhos quando chegarem ao chão! — aconselhou ela e saiu do caminho.

Marla pousou, e Charlie foi até a porta, procurando um interruptor. Os dedos toparam com ele, e ela o ligou. As velhas lâmpadas fluorescentes estalaram e zumbiram, e logo depois, devagar, um brilho fraco e pouco confiável tomou o espaço.

— Certo — sussurrou Charlie, com uma pontada de empolgação.

Virou-se, e quando algo tocou seu rosto, teve um vislumbre de grandes olhos de plástico e dentes amarelos quebrados. Gritou e deu um pulo para trás, se agarrando a estantes que balançavam enquanto ela tentava se equilibrar. A cabeça que tocara, uma estrutura de arames nua, apenas com olhos e dentes de decoração, balançou precariamente na prateleira ao lado de Charlie antes de cair no chão. Com o coração ainda disparado, a garota se sacudiu alucinadamente, como se estivesse coberta por teias de aranha, as pernas bambas e agitadas. A cabeça rolou pelo chão e foi parar aos pés dela, olhando-a com seu sorriso alegre e sinistro.

Charlie se afastou bruscamente do sorriso macabro, e algo a segurou por trás. Tentou se desvencilhar, mas estava presa, envolvida por braços de metal. Os membros sem corpo estavam agarrados à camiseta dela, as articulações furando o tecido, e ao se debater para se soltar, seus cabelos também ficaram presos, emaranhando-a ainda mais em meio ao arame até fazê-la se sentir consumida. Charlie voltou a gritar, e os braços a apertaram mais, parecendo crescer quanto mais ela lutava. Batalhou com toda a força que tinha, movida pelo terror e por uma fúria genuína pelo instinto assassino daquela coisa.

— Charlie, para! — berrou Marla. — Charlie!

Marla agarrou o braço da amiga, tentando parar seus movimentos desesperados, usando uma das mãos para desembaraçar os cabelos de Charlie do esqueleto de metal.

— Charlie, não é de verdade, são só... Partes robóticas — disse Marla, mas Charlie se afastou dela, ainda em pânico, e bateu com a cabeça em uma caixa de papelão.

Deu um grito, assustada, quando a caixa caiu. Olhos do tamanho de punhos rolaram pelo piso, fazendo uma barulheira e cobrindo o chão. Charlie tropeçou e pisou em um dos globos de plástico, perdendo o equilíbrio. Tentou se segurar em uma das prateleiras e errou os cálculos, caindo de costas com um baque que lhe tirou o fôlego.

Atordoada e arquejando, Charlie olhou para cima. Havia olhos por todos os cantos, não apenas no chão, mas nas paredes. Eles a encaravam da escuridão, olhos fundos e sombrios observando das estantes que a cercavam. Ela os fitou, incapaz de desviar o olhar.

— Charlie, sai dessa! — Marla estava junto dela, ajoelhada a seu lado, angustiada.

Puxou o braço da amiga mais uma vez para que ela ficasse de pé. Charlie ainda não conseguira recuperar o fôlego e, em meio a suas inspirações curtas, começou a chorar. Marla a abraçou com firmeza, e Charlie deixou.

— Tudo bem, vai ficar tudo bem — sussurrou enquanto a amiga tentava se acalmar, olhando ao redor do depósito para se distrair.

Não é real, disse a si mesma. Estavam em uma salinha do tamanho de um closet, e aquelas eram apenas peças avulsas. O ar era espesso de poeira, que vinha das estantes e se espalhava pelo cômodo, irritando seu nariz e sua garganta. O restante do grupo pulou pela claraboia, um por um; John foi o último, aterrissando no meio do quartinho com um baque. Jessica espirrou.

— Tudo bem aí? — perguntou assim que avistou Charlie.

— Tudo, tudo bem. — A garota se soltou do abraço de Marla e cruzou os braços, ainda se recompondo.

— Você sabe que vai ser impossível voltar por ali, não sabe? — observou John, olhando para a claraboia.

— A gente só precisa achar alguma coisa em que dê para subir — retrucou Charlie. — Ou então podemos escalar uma dessas estantes.

Jessica balançou a cabeça.

— Não, olha bem para a maneira como o vidro está aberto.

Charlie olhou. A claraboia se abria para baixo, e a vidraça se inclinava em um ângulo sutil, uma abertura que permitia apenas que descessem. Para voltarem por lá, teriam que...

— Ah — disse ela.

Não tinham como voltar. Não importava quão perto chegassem da claraboia, o vidro estaria sempre no caminho, obstruindo o espaço de que precisavam para passar. Se alguém tentasse se segurar no telhado para dar impulso, teria que se inclinar muito por cima da vidraça, o que faria com que acabasse perdendo o equilíbrio e caindo.

— A gente pode quebrar o vidro — ponderou John. — Mas vai ser perigoso tentar escalar a esquadria, ainda mais se tiver pedaços de vidro quebrado junto. — Parou de falar e refletiu por um momento, o rosto sério.

— Não importa — disse Charlie. — A gente encontra outra saída mais tarde. Vamos começar a procurar.

Espiaram, cautelosos, pela porta. Lamar tinha desligado a lanterna, mas era fácil ver os arredores com a luz do depósito invadindo o corredor. *Pelo menos não tem nada pingando do teto*, pensou Charlie, limpando as mãos na calça mais uma vez. O piso era de ladrilho preto e branco, brilhando como se tivesse acabado de ser polido. Havia desenhos feitos por crianças colados nas paredes, agitando-se com a corrente de ar que entrava pela claraboia aberta. Charlie permaneceu imóvel, dolorosamente ciente do escândalo que tinha feito. *Ela sabe que estamos aqui?*, perguntou-se, e se deu conta de que com "ela" se referia à própria construção. Era como se a pizzaria tivesse consciência da presença deles, como se reagisse aos invasores tal qual um ser vivo. Charlie roçou os dedos pela parede, tocando a superfície de leve, quase acariciando-a. O gesso era inerte e frio, inanimado, e Charlie retirou a mão. Perguntou-se o que a Freddy's faria.

Viraram uma vez no corredor, depois outra, e pararam diante da entrada da Baía do Pirata, um pouco afastados da porta. *Baía do Pirata. Já consegui me encontrar outra vez.* Charlie olhou o palco pequeno, não mais aceso, e a cortina que escondia seu artista solitário.

Algumas lâmpadas pequenas nas laterais do palco tremeluziram e se acenderam, iluminando o espaço com um brilho cinza-claro. Charlie olhou ao redor e avistou Lamar perto da porta com a mão no interruptor.

— A gente não tem escolha — disse ele, na defensiva, gesticulando para a lanterna; a luz estava falhando.

Charlie assentiu, resignada, e Lamar desligou a lanterna moribunda.

— Quero dar uma olhada na sala de controle — avisou Marla, apontando para a pequena porta próxima de onde estavam. — Lamar, você vem comigo. Vocês três podem ir para a outra sala. Se cada grupo ficar de olho em um conjunto de câmeras, podemos ver o restaurante inteiro. Se Jason estiver aqui, vamos encontrá-lo.

— Não acho uma boa ideia a gente se separar — retrucou Charlie.

— Espera — disse Lamar.

Ele passou a lanterna inútil para John, liberando as mãos. Tirou dos bolsos dois walkie-talkies; eram objetos grandes, pretos e retangulares, que Charlie só vira presos a cintos de policiais.

— Onde você conseguiu isso? — indagou ela.

O garoto sorriu, misterioso.

— Receio que seja segredo.

— Ele roubou da casa do Carlton — respondeu Jessica, séria, tirando um dos aparelhos da mão dele e o examinando.

— Não, eles estavam na garagem. Foi o Sr. Burke mesmo quem me disse onde pegar. Funcionam, já testei.

O Sr. Burke sabia que estávamos planejando vir aqui?, pensou Charlie. Marla apenas assentiu; talvez já estivesse sabendo, ou talvez nada mais fosse capaz de surpreendê-la.

— Anda — chamou ela, e começou a caminhar por entre as mesas da Baía do Pirata, cuidando para não tirar nada do lugar.

Lamar se aproximou de Jessica para mostrar a ela como usar o walkie-talkie.

— É este botão aqui — disse ele, indicando-o, e depois foi depressa atrás de Marla.

Depois de alguns segundos em choque, o restante do grupo foi também. Algo fez o estômago de Charlie embrulhar; a noção de que tanto Jason quando Carlton podiam estar mesmo em perigo real a consumia. Não que tivesse se esquecido, mas enquanto estavam do lado de fora, tentando resolver quebra-cabeças, ainda era possível criar um distanciamento do que acontecia. Viu enquanto Marla ia até a sala de controle com autoridade sombria. A garota se agachou diante da porta pequenina antes de se voltar para Charlie.

—Vai logo — disse ela, indicando com a cabeça o corredor que levava ao salão principal.

Os três obedeceram, Charlie na frente ao caminharem pelo corredor em direção ao palco maior.

Marla olhou para Lamar, que assentiu. Ela segurou a maçaneta, trincou os dentes e abriu a porta com força.

— Marla!

A garota deu um salto, mal sufocando um grito. Jason tinha se enfiado no espaço sob os monitores, os olhos arregalados e aterrorizados, olhando para a porta feito um camundongo assustado.

— Jason! — Marla entrou depressa na saleta e o abraçou com força.

Jason retribuiu, grato e até mesmo desesperado, por todo o amor da irmã. Ela não o soltou, esmagando-o contra seu corpo até começar a se preocupar que podia, de fato, acabar machucando o menino.

Longe do abraço avassalador de Marla, Jason ouviu um breve ruído de estática. Olhou por cima do ombro da irmã e avistou Lamar encarando o walkie-talkie, se preparando para falar.

— Jessica, a gente achou o Jason. Está tudo bem com ele — avisou.

Mais estática e palavras que Jason não conseguiu entender. A primeira onda de alívio já tinha passado, e suas costelas estavam começando a doer.

— Marla. — Deu-lhe tapinhas no ombro, primeiro de leve, depois mais forte. — Marla!

Ela o segurou pelos ombros por um instante, olhando no fundo de seus olhos como se quisesse ter certeza de que era mesmo o irmão, que não tinha sido ferido ou substituído por outro.

— Marla, relaxa — disse ele com tanta naturalidade quanto era capaz, conseguindo evitar um tremor na voz.

Marla o soltou, dando um empurrãozinho de brincadeira antes, e começou a repreendê-lo enquanto o puxava para fora do esconderijo sob o painel de controle.

— Jason, como foi que você pôde... — Marla foi interrompida por Lamar, que descia os degraus para a saleta.

— Você entrou por aquele duto de ventilação? Sério mesmo? — Ele riu.

— Você podia ter morrido entrando naquele lugar sozinho! — acrescentou Marla, voltando a segurar os ombros do menino.

Jason se debateu, agitando os braços até a irmã o soltar.

— Ok! — exclamou ele. — Todo mundo sentiu a minha falta, que bom, legal saber que vocês se importam.

— É *claro* que a gente se importa — respondeu Marla, ríspida, e Jason revirou os olhos dramaticamente.

A saleta se iluminou quando Lamar ligou o interruptor, acendendo os monitores. Marla olhou para Jason, contemplativa, depois voltou a atenção para as câmeras de segurança.

— Está certo, vamos ver o que a gente descobre por aqui.

Lamar olhou de tela em tela. A de cima, no meio, mostrava o salão e palco principais, e eles viram Charlie, Jessica e John aparecerem na imagem, Charlie à frente e os outros dois atrás, formando um triângulo.

— Olha! — disse Marla, de repente, apontando para o monitor no canto inferior direito. — Olha!

O segurança noturno estava lá; embora não conseguissem ver seu rosto, o uniforme folgado e os ombros caídos indicavam que era o mesmo homem. Estava no corredor perto da entrada do restaurante, passando pelos salões de festa e pelo fliperama com passos lentos e objetivos.

— Lamar, avisa para eles — ordenou Marla com urgência na voz.

Lamar falou pelo walkie-talkie:

— Jessica, o segurança está, em algum lugar aí perto. Se escondam!

Não houve resposta, mas na tela, o grupo parou. Em seguida, sincronizados, seguiram para a sala de controle sob o palco, espremendo-se e se ocultando no exato instante em que o homem surgia à porta.

Vozes. Movimento.

Carlton não se permitiu um suspiro de alívio — resgate não lhe adiantaria de nada se seus órgãos fossem perfurados por uma centena de pecinhas robóticas. Em vez disso, continuou o que vinha fazendo, se arrastando centímetro por centímetro a fim de entrar no campo de visão da câmera de segurança perto do teto, acima da porta. Cada movimento era tão sutil que não parecia nada, mas ele estivera naquele processo já fazia uma hora e estava *quase* lá. Manteve a respiração estável, usando as mãos confinadas para levantar o corpo um tantinho de nada, se mover para o lado e se deitar outra vez, um pouco mais para a direita. Os dedos já estavam dormentes, e a cabeça continuava latejando, mas Carlton continuou, irredutível.

Embora ainda estivesse com medo, dolorosamente consciente de como seria fácil causar a própria morte, em algum momento o pavor recuara, ou talvez tivesse apenas se acostumado com ele. O pânico não podia durar para sempre; alguma hora, o estoque de adrenalina teria que chegar ao fim. Naquele momento, pelo menos, a necessidade de se deslocar, com movimentos lentos e precisos, tinha se tornado prioridade à frente de todo o resto. Era tudo o que importava ali. Carlton fez um último movimento e parou, fechando os olhos por um instante. Tinha conseguido.

Não posso desistir agora.

Os outros estavam lá. Tinha que ser eles, e se estivessem procurando por Carlton, iam checar as câmeras. Olhou para a lente, desejando desesperadamente ser visto. Não podia começar a pular. Tentou balançar um pouco para a frente e para trás, mas por mais rígido que mantivesse o corpo, podia sentir a pressão das travas, prestes a ceder. Mordeu o lábio com frustração.

— Olhem para mim de uma vez! — sussurrou para ninguém, mas foi como se tivesse sido ouvido.

Carlton sentiu a presença de mais alguém no cômodo, por mais inexplicável que fosse a sensação.

O coração disparou, a adrenalina que tinha se esgotado encontrando novo gás.

Cuidadosa e vagarosamente, ele olhou ao redor, até que algo chamou sua atenção.

Era apenas uma das fantasias, caída, vazia, oculta nas sombras, meio escondida em um canto do cômodo. Embora imóvel, o rosto estava voltado para ele, encarando-o. Ao encará-lo também, Carlton se deu conta de que, bem no fundo das cavidades oculares da cabeça felpuda, havia dois pontinhos mínimos de luz. Ele sentiu uma fisgada nos músculos, um calafrio contido percorrendo o corpo, mas não o suficiente para causar sua morte. Não desviou o olhar.

Enquanto mantinha contato visual, Carlton começou a se acalmar. O martelar do coração diminuiu, a respiração se regularizou. Era como se estivesse seguro, embora soubesse que aquele esqueleto que vestia estava a apenas uma contração, um movimento brusco, de matá-lo. Carlton continuou encarando aqueles dois pontinhos de luz e, ao fazê-lo, ouviu uma voz. Em um instante tenso, todo o ar foi removido de seus pulmões. Enquanto a voz falava, a voz que teria reconhecido em qualquer lugar, a mesma que teria dado tudo para ouvir outra vez, Carlton começou a chorar, se concentrando para não tremer. Os olhos no escuro perscrutavam seu rosto enquanto a voz continuava, contando segredos a Carlton no silêncio ecoante, narrando coisas que o garoto temia, coisas que alguém tinha que escutar.

CAPÍTULO DEZ

Todos os monitores se apagaram, exibindo apenas estática.

— Ei! — gritou Marla.

Ela bateu na lateral de uma das telas, que por alguns segundos exibiu uma imagem distorcida, depois tremeluziu e se apagou de vez. Marla bateu nela de novo e, com outro espasmo de estática, a imagem se estabilizou, mostrando o palco.

— Tem alguma coisa errada — observou Lamar, e os três se inclinaram para a frente, tentando ver melhor.

— O Bonnie — declarou Jason, muito sério.

— O Bonnie — repetiu Marla, se virando para Lamar, assustada. — Onde está o Bonnie?

Lamar apertou o botão do walkie-talkie.

— Charlie — chamou, com um tom urgente. — Charlie, não sai da sala de controle.

• • •

Na sala de controle embaixo do palco principal, Charlie e Jessica examinavam os monitores em busca de alguma movimentação.

— Está muito escuro, não consigo ver nada — reclamou Jessica.

— Ali! — exclamou Charlie, apontando.

Jessica piscou.

— Não estou vendo nada — insistiu.

— É o Carlton, bem ali. Vou lá chamar ele.

Sem esperar resposta, Charlie foi engatinhando para a saída.

— Charlie, espera — pediu John, mas a amiga já tinha saído. A porta se fechou atrás dela, e os três ouviram o estalido metálico e oco do trinco se encaixando no chão. — Charlie! — gritou John, mas ela já estava longe. — Está trancada — grunhiu o garoto, tentando abrir a porta.

O walkie-talkie soltou um chiado, e a voz de Lamar, picotada, saiu do aparelho.

— Ch-lie, nã-sai ala d-c-ole.

Jessica e John se entreolharam, e o garoto pegou o rádio.

— Tarde demais — transmitiu, e olhou para Jessica ao abaixar o braço outra vez.

Charlie avançou aos trancos em meio às cadeiras, mas depois de um tempo percebeu que tinha feito a volta completa. A iluminação estava diferente, uma única lâmpada azul ofuscante piscava, acendendo e apagando, acima do palco, banhando o salão com um clarão lampejante para logo em seguida mergulhar na escuridão. Charlie cobriu os olhos, tentando se lembrar daquilo em que havia esbarrado. A cada estouro de luz, cadeiras de metal e chapéus de festa feitos de alumínio pulsavam como faróis no escuro, e ela sentiu a cabeça latejar.

Charlie estreitou os olhos para tentar se orientar, mas atrás das mesas ao redor só conseguia ver as mil sombras já gravadas em suas retinas. Não fazia ideia de em qual direção seguir para encontrar Carlton. Ela se apoiou em uma cadeira próxima e apertou a testa, bem forte.

Ouviu-se um barulho de uma mesa sendo arrastada, e Charlie sabia que não tinha sido ela. Deu meia-volta para ver, mas a luz havia se apagado. Quando o refletor se acendeu de novo, ela notou que estava virada para o palco. Onde deveria haver três pares de olhos, encontrou apenas dois. Freddy e Chica a encaravam, os olhos de plástico refletindo a luz, reluzindo com o efeito estroboscópico. A cabeça dos dois parecia acompanhar Charlie pelo salão.

Bonnie havia sumido.

Charlie de repente se sentiu exposta, pensando em todos os possíveis esconderijos daquele salão enorme, em como ela estava visível e vulnerável para qualquer pessoa — ou qualquer coisa — que estivesse observando. Pensou na pequena sala de controle de onde acabara de sair e sentiu uma pontada de arrependimento. *Talvez sair de lá tenha sido uma decisão bem idiota...*

Ouviu outra vez o som agudo de algo arranhando o chão e se virou a tempo de ver a mesa de trás se movendo bem devagar. Deu meia-volta, planejando sair correndo, mas esbarrou em alguma coisa. Sem enxergar nada, ergueu as mãos assustada, tentando se proteger, e sentiu que tocava em algo peludo. As luzes, com seu efeito estroboscópico, piscaram outra vez, iluminando o cômodo, e a boca escancarada diante dela soltou um grunhido. *Bonnie*. O coelho estava a apenas centímetros dela, abrindo e fechando a boca bem depressa, revirando os olhos enlouquecidamente. Charlie se retraiu e recuou devagar. O coelho não tentou segui-la, só continuou a proferir aquele encantamento bizarro e sem palavras, os olhos rodopiando sem focar em nada. Charlie enganchou o pé em uma cadeira de metal dobrável e caiu de bunda no chão. Saiu engatinhando, bem abaixada, desesperada para se afastar de Bonnie. Um dos holofotes se acendeu e iluminou o salão, claramente voltado para ela. Charlie ergueu uma das mãos, protegendo os olhos para tentar ver quem estava lá, mas a luz ofuscou sua visão. Ela só conseguia distinguir dois pares de olhos se movendo atrás de si.

A garota gritou e ficou de pé aos trancos. Saiu correndo sem olhar para trás. Conseguiu atravessar o salão, chegando ao corredor que levava à Baía do Pirata. Enfiou-se no banheiro, fechando a porta com um baque que ecoou pelo salão. O lugar estava vazio, com suas três pias e três cabines. Só uma das lâmpadas fluorescentes estava acesa e emitia uma luz bem fraca, apenas o suficiente para banhar o lugar com um cinza-escuro, quebrando a escuridão total. As paredes de metal das cabines pareciam muito frágeis, e Charlie logo imaginou Bonnie, aquele coelho imenso, agarrando a estrutura de metal com as patas peludas e levantando-a de uma vez, os parafusos arrancados à força do chão. Expulsou o pensamento da cabeça e entrou correndo na cabine mais distante da porta, se trancando lá dentro. O trinco parecia muito delicado de tão pequenino. Sentou-se no vaso, mantendo os pés em cima da tampa, junto ao corpo, se encolhendo contra a parede de azulejos azuis. Ouvia a própria respiração ecoando no banheiro vazio. Charlie se forçou a se acalmar e fechou os olhos, dizendo a si mesma para ficar escondida sem fazer barulho.

— Charlie! — John continuava esmurrando a porta da sala de controle. — Charlie! O que está acontecendo?

Jessica estava sentada em silêncio, ainda abalada com todos os gritos e barulhos de coisas caindo que vinham de fora.

— Ela consegue se cuidar — declarou John, batendo com menos força na porta.

— É — concordou Jessica.

O garoto não se virou para ela ao dizer:

— A gente precisa sair daqui.

John continuou tentando abrir a porta, e a parte de cima cedeu um pouco, mas a de baixo continuava emperrada. Ele se abaixou ainda mais. Um trinco cravado no chão impedia a abertura. A lingueta que era usada para puxá-lo tinha quebrado havia muito, restando apenas uma lasca pontiaguda, tão pequena que ele não conseguia nem segurar. Quando John tentou puxá-la, o metal cortou seus dedos, deixando finas linhas vermelhas. O trinco continuava firme.

— Jessica, tenta você — pediu ele, se virando para a amiga. A garota não tirava os olhos dos monitores, todos exibindo apenas estática, mas de tempos em tempos havia um lampejo de imagem. — Deixa pra lá — murmurou. — Continua de olho aí.

John abaixou a cabeça e voltou a se dedicar à tranca.

• • •

No banheiro, Charlie estava bem quietinha, atenta a cada respiração, inspirando e expirando calma e lentamente. Já havia tentado aprender a meditar, mas detestou. Naquele momento, porém, se manter concentrada na respiração era a única coisa que a acalmava. *Acho que eu só precisava de um pouco de motivação*, pensou. *Sobreviver, por exemplo*. As cabines se sacudiram de repente, bem rápido, e ela ouviu um barulho alto e distante que durou vários segundos. *Está caindo uma chuva daquelas.*

Manteve os olhos vidrados no chão. A luz ali no banheiro era tão fraca que quase não iluminava o interior da cabine. Ela prendeu a respiração. A lâmpada tremeluziu e zumbiu de leve, depois parou. O vaso estava bambo, e para se equilibrar ela botou os pés no chão sem fazer barulho. No instante em que a ponta do sapato tocou o ladrilho, as portas do banheiro se abriram de uma vez, com um estrondo.

Sem pensar, Charlie ergueu os pés de novo, e na pressa suas costas bateram na caixa de descarga, fazendo um estampido tão alto quanto o choque de duas tampas de panelas. Ela parou, perfeitamente imóvel, os pés suspensos. Então, com todo o cuidado, pisou outra vez na tampa. *Foi alto demais*, pensou, se inclinando para a frente com todo o cuidado e, apoiando a mão na parede que separava as cabines, se levantou bem devagar, a tampa bamboleando sob seus pés.

Espiou por cima das duas cabines ao lado. Estava escuro demais para ver algo além das paredes de metal, e a fileira inteira balançou um pouco com seu peso.

Ouviu algo se movendo, alguma coisa larga e pesada que parecia deslizar pelo chão, sem se preocupar nem um pouco em não fazer barulho. Charlie olhou da porta da cabine ao lado para as portas do banheiro. O barulho continuou, preenchendo todo o recinto, mas ela não conseguia identificar de onde vinha.

De repente, aquele barulho estranho mudou, ficou mais nítido e mais próximo. A parede divisória de metal em que Charlie estava agarrada deu uma leve sacudida. Ela examinou o banheiro, tentando ver melhor. Conseguia divisar o contorno das pias e uma lixeira perto da entrada. Apreensiva, olhou outra vez para a porta da cabine onde estava, examinando as beiradas até bater os olhos no pequeno vão entre a porta e a parede de metal. Um grande olho de plástico a encarava, seco, vidrado, sem piscar nem uma vez. Dava para ver duas orelhas de coelho grandes e artificiais acima da porta.

Charlie tampou a boca e pulou depressa no chão. Deitada de bruços, se esgueirou para a segunda cabine. Ouviu Bonnie sacudir a porta da cabine onde estava antes, mas seus pés peludos não se moveram. Charlie continuou rastejando até chegar à cabine mais próxima da entrada do banheiro. Bateu o pé no vaso atrás de si, e a tampa caiu com um baque.

Ela congelou. Não ouviu pés se arrastando outra vez. Prendeu o fôlego pelo que pareceu um século. *Ele ouviu, ele com certeza ouviu!* Mas Bonnie não fez barulho. Charlie ficou imóvel, atenta, aguardando mais algum barulho para mascarar os ruídos que fazia ao se mover. Sua respiração parecia mais alta do que antes. Ela abaixou a cabeça, tentando ver alguma coisa no chão.

O som recomeçou. Dessa vez, sem aviso, a coisa já parecia estar diante dela. Charlie prendeu o fôlego, desesperada, tentando ver algum contorno na escuridão. *Ali.* Um pé grande e peludo parado bem ao lado da porta, suspenso como se tivesse interrompido o movimento. *Ele está indo embora? Por favor, vai embora,* suplicou Charlie. Ouviu um barulho diferente, um tecido bem grosso se dobrando. *O que é isso?* O pé ao lado da porta não tinha se movido. O barulho aumentou, tecido e pelagem se enroscando e esticando, rasgando, arrebentando. *O que é isso?* Charlie fincou as unhas no chão, sufocando um berro. *Ele está se abaixando.* Uma pata enorme tocou o chão vagarosamente bem diante dela, então apareceu outra forma: uma cabeça. Era imensa, tomava todo o vão sob a porta. Com movimentos muito graciosos, Bonnie se abaixou e virou o rosto para o lado até conseguir encarar Charlie. A boca gigantesca estava bem aberta, em uma empolgação diabólica, como se ele tivesse acabado de encontrar alguém com quem estivesse brincando de esconde-esconde.

Uma lufada de ar quente entrou por baixo da porta de metal. *Ele está respirando?* O fedor era insuportável, e Charlie tampou a boca e o nariz. Outra baforada a atingiu, mais quente e mais pútrida. Ela fechou os olhos, prestes a abandonar qualquer esperança de fuga. Talvez, se mantivesse os olhos bem fechados por tempo o bastante, conseguiria acordar daquele pesadelo. Outra baforada a atingiu, e ela recuou involuntariamente, batendo com a cabeça no vaso. Encolhendo o corpo com a dor, tampou o rosto com o braço, tentando se proteger de possíveis ataques. Mas não houve nenhum. Ela abriu um dos olhos. *Onde ele está?*

Sem aviso, as paredes de metal se balançaram com um estrondo. Charlie levou um susto e cobriu a cabeça bem no instante em que Bonnie golpeava a parede outra vez. A fileira de cabines sacudiu, os parafusos rangeram e chiaram ao serem arrancados do piso, a estrutura inteira prestes a desmoronar. Charlie se arrastou por baixo da divisória e saiu da cabine, agarrando a maçaneta da porta do banheiro assim que se levantou, para fechá-la quando saísse correndo.

Voltou para o salão principal, disparando em direção à sala de controle. Seus olhos não conseguiram se adaptar à iluminação estroboscópica, e ela corria com as mãos na frente do corpo, incapaz de ver nada que não estivesse imediatamente à frente.

— John! — chamou, sacudindo a porta da sala de controle, tentando abri-la.

Nada aconteceu.

— Charlie, a porta está emperrada! — gritou John, lá de dentro.

Charlie olhou de relance para o palco enquanto tentava abrir a porta. Chica havia sumido.

— John! — berrou Charlie, em pânico.

Sem esperar resposta, ela disparou até o corredor à esquerda, querendo ficar o mais longe possível do banheiro.

O corredor estava todo escuro, e as portas abertas pareciam enormes bocas pretas bocejando. Charlie não se deteve para olhar as salas, só rezou para que nada saísse delas e a atacasse. Alcançou a última porta e parou, torcendo para que estivesse destrancada, apesar de ser pouco provável. Levou a mão à maçaneta e virou. Por sorte, a porta se abriu.

Ela se esgueirou para dentro do cômodo e fechou a porta depressa, tentando não fazer barulho. Ficou parada vigiando a entrada por um tempo, meio que esperando a porta se abrir de vez, então se virou. Foi só nesse momento que viu Carlton ali. Os olhos dele se arregalaram de surpresa, mas o garoto não se moveu — só depois que a visão de Charlie se ajustou à iluminação fraca ela entendeu por quê: ele estava preso na parte superior da estrutura de um dos animatrônicos; a cabeça era a única parte para fora da fantasia. Carlton estava pálido e parecia exausto, e Charlie sabia o motivo. *As travas de mola.* Ouviu a voz do pai na cabeça: *Eu podia arrancar fora o nariz de vocês!*

— Carlton — chamou Charlie, hesitante, como se sua voz pudesse ativar os mecanismos.

— Presente — respondeu ele, com a mesma hesitação.

— Se você se mexer muito dentro dessa fantasia, vai acabar morrendo.

—Valeu pela dica — retrucou ele, baixinho, tentando fazer graça.

Charlie forçou um sorriso.

— Bom, hoje é o seu dia de sorte. Devo ser a única pessoa no mundo que sabe como tirar você daí com vida.

Carlton soltou um suspiro longo e trêmulo.

— Que sorte a minha.

Charlie se ajoelhou ao lado do amigo, examinando a fantasia por um tempo sem tocá-la.

— Essas duas travas no pescoço não estão segurando nada — declarou, por fim. — Ele só deixou elas aí para se soltarem e furarem sua garganta se você tentar se mexer. Primeiro tenho que desarmar as duas, daí a gente pode abrir a parte de trás para tirar você daí de dentro. Mas não se mexe, Carlton, é sério.

— Pode deixar, o serial killer já explicou a parte do "não se mexe" — retrucou o menino.

Charlie assentiu e voltou a examinar a estrutura da fantasia, tentando decidir por onde começar.

— Você sabe de que estou fantasiado? — indagou Carlton, com um tom quase casual.

— O quê?

— A fantasia, que personagem é?

Charlie examinou o tecido, depois olhou em volta até encontrar a cabeça do conjunto.

— Não sei. Nem tudo o que ele construía era usado no restaurante. — Seus dedos pararam de repente. — Carlton. — Ela examinou a pilha de fantasias perto da parede, todas em estágios variados de finalização. — Carlton — repetiu. — Ele está aqui?

Com um terror renovado, o garoto se esforçou para olhar para trás sem se mexer muito.

— Não sei — sussurrou. — Acho que não, mas eu não consegui prestar muita atenção.

— Ok, fica quieto. Vou tentar ser rápida — declarou Charlie. Já tinha se familiarizado com o mecanismo e entendido como ele funcionava — ou pelo menos assim achava.

— Mas não tão rápido — lembrou Carlton.

Com cuidado, bem devagar, Charlie enfiou as mãos no pescoço da fantasia e segurou a primeira trava, manuseando-a até os dedos ocuparem o espaço entre as molas e o pescoço de Carlton.

— Cuidado com essa artéria aí. É minha amiga desde que eu nasci — brincou o garoto.

— Shhh — cochichou Charlie.

Quando Carlton falava, ela sentia os movimentos em seu pescoço. Não dava para acionar o mecanismo só com aquilo, mas a sensação dos tendões se deslocando sob suas mãos era perturbadora.

— Ok — sussurrou ele. — Foi mal. Eu não paro de falar quando estou nervoso.

Carlton trincou o maxilar e comprimiu os lábios para mantê-los fechados. Charlie afundou ainda mais as mãos pela abertura e encontrou o gatilho. Com um estalido, a trava foi ativada contra a palma de sua mão com tanta força que ela perdeu a sensibilidade nos dedos. *Uma já foi*, pensou, puxando a mola inofensiva para fora da fantasia. Flexionou os dedos até recuperar o tato, então engatinhou até o outro lado de Carlton e recomeçou o processo. De vez em quando olhava para trás, por cima do ombro, querendo se certificar de que as outras fantasias continuavam no lugar.

A pele de Carlton estava quente, e, mesmo sem ele falar, Charlie ainda sentia os músculos se mexendo, sentia vida dentro dele. Sentia sua pulsação e piscou para conter lágrimas inesperadas. Engoliu em seco e se concentrou na tarefa, tentando ignorar o fato de que estava com as mãos em uma pessoa que morreria se ela falhasse.

Desarmou a segunda trava, absorvendo o impacto com a palma da mão e tirando o mecanismo desativado da fantasia. Carlton inspirou fundo, e ela levou um susto.

— Carlton, não relaxa ainda!

Ele se enrijeceu todo e expirou bem devagar, os olhos arregalados e cheios de medo.

— Certo. Isso continua sendo uma armadilha mortal.

— Para de falar — pediu Charlie, mais uma vez. Sabia muito bem qual era o risco e não conseguiria suportar ouvir o amigo falar naquele momento, prestes a morrer. — Muito bem. Estamos quase lá.

Engatinhou até as costas de Carlton. Dez fechos de couro e metal mantinham a fantasia bem presa. Ela examinou o desafio de frente. Precisava manter a roupa imóvel, exatamente como estava, até o último segundo. Sentou-se atrás de Carlton e usou os joelhos para manter a fantasia no lugar enquanto a abria.

— Não sabia que você se importava tanto comigo — murmurou Carlton.

Ele parecia ter tentado elaborar alguma piada, mas notou que estava exausto e com medo demais para concluí-la. Charlie não respondeu.

Abriu os fechos um a um. O couro era bem duro, e o metal não dava espaço para manobra. Cada um reagia a seu esforço, se recusando a ceder. Quando estava na metade, sentiu o peso da roupa se deslocando. Imprimiu mais força aos joelhos, segurando-a no lugar. Finalmente, desfez o último fecho, bem na altura da nuca. Inspirou fundo. Tinha conseguido.

— Muito bem, Carlton. Estamos quase lá. Vou abrir aqui atrás e jogar a fantasia para a frente. Quando eu fizer isso, você sai daí de dentro o mais rápido que der, combinado? Um... Dois... Três!

Charlie abriu bem a fantasia e a lançou para longe com toda a força. Carlton se jogou para trás, se chocando contra ela. Charlie sentiu uma dor aguda nas costas da mão quando se desvencilhou do amigo, mas o esqueleto felpudo tinha caído no chão, longe deles. Ouviram muitos estalos, que lembravam fogos de artifício, berraram e pularam para trás, batendo em uma pesada estante de metal. Juntos, ficaram olhando a fantasia se debater e se retorcer no chão, as partes robóticas acionadas com estalidos violentos. Quando tudo parou, Charlie continuou encarando a fantasia, hipnotizada. A coisa era só um torso, um mero objeto.

Ao lado dela, Carlton deixou escapar um gemido baixo, cheio de dor, depois se virou para o lado e vomitou, arfando e tossindo como se fosse virar do avesso. Charlie ficou olhando, sem saber o que fazer. Segurou os ombros do amigo até que ele se sentisse melhor. Quando terminou de vomitar, Carlton limpou a boca com as costas da mão e se sentou outra vez, tentando recuperar o fôlego.

— Tudo bem? — indagou Charlie, as palavras soando mesquinhas e ridículas.

Carlton assentiu, depois fez uma careta de dor.

— Tudo, tudo bem. Foi mal pela bagunça. Acho que esse lugar ainda pertence a você, afinal de contas.

—Você deve ter sofrido uma concussão — comentou Charlie, aflita, mas Carlton balançou a cabeça, tentando não fazer movimentos bruscos.

— Não, acho que não. Minha cabeça está doendo como se alguém tivesse batido forte nela, e o enjoo é por ter ficado preso aqui neste quartinho pensando na morte durante horas, mas acho que está tudo bem. Minha mente saiu ilesa.

— Ok — respondeu Charlie, cética. Foi então que se lembrou de uma coisa. — Carlton, como assim "o serial killer" disse pra você não se mexer? Você viu quem fez isso?

Carlton se ajoelhou, hesitante, então se levantou, se apoiando em uma caixa ali perto. Depois olhou para Charlie.

— Fiquei horas preso dentro daquilo. Meu corpo todo está formigando. — Ele sacudiu o pé, como se ilustrando o argumento.

—Você viu quem foi? — repetiu Charlie.

— Foi Dave, o segurança. — Carlton parecia quase surpreso por ela ainda não saber.

Charlie assentiu. Já sabia.

— O que foi que ele disse?

— Nada de mais. Mas... — Ele arregalou os olhos de repente, como se tivesse acabado de lembrar algo muito importante.

Lentamente caiu de joelhos, sem conseguir encarar Charlie.

— O que foi? — sussurrou ela.

— Quer mesmo saber? — Ele repentinamente parecia calmo demais para alguém que tinha acabado de escapar por um triz da morte.

— O que foi? — insistiu ela.

Carlton a olhou, nervoso, depois respirou fundo, quase branco de tão pálido.

— Charlie, aquelas crianças, de tanto tempo atrás...

Ela ficou tensa.

— O que tem elas?

— Todas, o Michael e os outros, foram tiradas do salão quando não tinha ninguém olhando e trazidas para cá. — Carlton se encolheu e foi para a porta, vigiando as paredes como se estivessem infestadas de criaturas invisíveis. — Ele... Dave, o segurança... Ele as trouxe pra cá... — Esfregou os braços, como se de repente estivesse com frio, e fechou os olhos.

— Enfiou todas nas fantasias, Charlie — disse ele, o rosto

contorcido com uma tristeza profunda ou nojo. — Charlie... — Ele hesitou, com um olhar distante. — Todas ainda estão aqui.

— Como você sabe? — indagou ela, com um sussurro quase inaudível.

Carlton apontou para o canto mais distante do cômodo. Charlie olhou. Havia uma fantasia amarela de Freddy escorada na parede, toda montada, como se estivesse prestes a subir ao palco.

— É ele. É o urso que eu me lembro de ter visto no outro restaurante — falou Charlie, sem pensar, então tampou a própria boca.

— Outro restaurante? — Carlton parecia confuso.

— Não consigo entender... — Os olhos de Charlie ainda estavam vidrados na fantasia amarela. Então ela repetiu: — Carlton, não consigo entender.

— Michael.

Charlie o encarou. *Michael?*

— Do que você está falando? — perguntou ela, inexpressiva.

— Sei que parece loucura. — Carlton passou a sussurrar. — Charlie, acho que é o Michael dentro daquela roupa.

— Não consigo abrir essa coisa! — John soltou um suspiro frustrado e massageou a mão.

O trinco tinha deixado marcas vermelhas em seus dedos.

Jessica murmurou em solidariedade, mas não tirou os olhos dos monitores.

— Não dá para ver nada! — reclamou, depois de um tempo.

O rádio soltou um guincho e em seguida veio a voz de Marla, da sala de controle na Baía do Pirata.

—Vocês dois, fiquem quietos e não se mexam.

Os adolescentes congelaram no lugar, curvados. Jessica olhou para John, em dúvida, mas ele deu de ombros: sabia tanto quanto ela.

Ouviram uma pancada na porta. John tomou um susto e deu um pulo para trás, quase caindo.

— Marla? — chamou Jessica, muito pálida. — Marla, é você aí fora, não é?

Outra pancada, mais forte, e a porta chacoalhou.

— O que é isso, uma marreta? — sussurrou John, rouco.

Mais pancadas, várias e várias vezes, e o metal, que antes parecera tão sólido, começou a amassar. Os dois se encolheram contra o painel de controle, incapazes de fazer qualquer coisa além de ficar olhando. Jessica agarrou as costas da camiseta de John, prendendo o tecido entre os dedos, e ele não se afastou. A porta de metal estremeceu, e, dessa vez, a dobradiça se envergou de leve, expondo uma rachadura fina entre a porta e o batente. Ainda estava de pé, mas não resistiria por muito mais tempo. John sentiu os dedos de Jessica se enrijecerem contra a malha da blusa. Queria se virar e oferecer algum tipo de conforto, mas estava hipnotizado, incapaz de desviar o olhar. Quase dava para ver o outro lado pelo pequeno vão, e ele inclinou a cabeça. Outra pancada. A fenda se alargou, e, através dela, John viu um par de olhos calmos e inexpressivos espiando dentro da sala.

• • •

— Sai, gente, sai daí! — gritou Marla, sacudindo as mãos diante do monitor, como se John e Jessica pudessem ver, e como se fosse fazer diferença se pudessem.

Lamar tinha tapado a boca, os olhos arregalados, e Jason estava sentado no chão, nervoso, parecendo esperar um ataque iminente à própria sala. As telas mostravam uma imagem escura, mas dava para ver uma coisa enorme à espreita diante do palco principal, uma forma negra e estável se balançando para a frente e para trás, bloqueando toda a tela em alguns momentos.

— Marla — sussurrou Lamar, tentando fazê-la ficar quieta.

— Marla, olha...

Ele apontou para o monitor que mostrava a Baía do Pirata, logo do lado de fora da salinha onde estavam. Marla olhou por cima do ombro dele. A cortina estava aberta, e o palco estava vazio. A plaquinha que dizia FORA DE SERVIÇO continuava pendurada no mesmo lugar, a corda, intocada, atravessando a plataforma de um canto a outro.

— A tranca, nós não... — começou ela, sem forças, finalmente entendendo a magnitude do erro que cometera.

Marla se virou para Jason e deixou escapar um gemido de pânico: a porta atrás dele estava se abrindo bem devagar.

— Shhh. — Lamar mais do que depressa acionou um pequeno interruptor, apagando a luz na salinha de controle, e recuou até a parede ao lado da porta.

Marla e Jason fizeram o mesmo, se espremendo contra a parede oposta. Os monitores ainda tremeluziam com estática, iluminando o espaço cinza oscilante com um ocasional brilho branco.

A portinha rangeu ao se abrir com uma lentidão excruciante, o abismo negro se expandindo até ela ficar escancarada.

— Marla! — Uma voz distorcida por estática chamou de algum lugar no chão.

Lamar tateou com o pé pelo carpete estreito, tentando recuperar o walkie-talkie.

— Shhh, shhh... — Marla fechou os olhos, suplicando mentalmente para que Jessica parasse de falar.

— Marla, onde você está? — veio a voz da amiga.

Lamar conseguiu virar o aparelho de lado, e, com um clique, ficou tudo quieto. Não sabia se havia tirado a bateria do lugar ou apertado o botão que desligava por pura sorte, mas não importava.

Não havia onde se esconderem naquela salinha pequena. O teto era baixo demais para que eles ficassem de pé, e, mesmo encostados na parede, tinham que estender as pernas por baixo do batente. O degrau abaixo da porta era alto o bastante para esconder suas pernas do que quer que estivesse do lado de fora, mas não do que talvez conseguisse entrar.

De uma só vez, os três prenderam a respiração. Não eram mais os únicos lá: alguma coisa estava entrando. Quando a coisa entrou, eles vislumbraram um focinho e o brilho de dois olhos arranhados que não piscavam, ambos fitando o vazio à frente. A cabeça monstruosa ameaçava ocupar a sala toda.

— Foxy — murmurou Jason, sem fazer barulho.

Os olhos de plástico iam de um lado para outro com cliques e movimentos inorgânicos, procurando, mas não vendo. O maxilar tremelicou como se estivesse querendo abrir, mas permaneceu fechado.

A iluminação fraca dos monitores dava um brilho avermelhado ao rosto do animatrônico, deixando o resto do corpo envolvido pelas sombras. A cabeça foi se movendo para trás bem devagar, as orelhas subindo e descendo aleatoriamente — seu movimento havia sido programado uma década antes, sem muita atenção. À medida que Foxy recuava, seus olhos se agitavam de um lado para outro, um deles meio escondido sob um tapa-olho podre, já caindo aos pedaços. Marla prendeu o fôlego, temendo o momento em que aqueles olhos se voltariam para ela. A cabeça estava quase para fora da porta quando os olhos viraram para a direita e a encontraram. Foxy parou, o maxilar rígido, meio aberto. Depois de um tempo, a cabeça desapareceu pela porta, deixando um espaço escuro e vazio no lugar.

Jason se jogou para a frente, querendo fechar a porta, e Marla tentou segurá-lo sem muito esforço. Ele passou pela irmã e parou, ajoelhando-se diante da entrada. Espiou a escuridão, só então temendo o que deveria estar lá. Engatinhou bem devagar, o torso desaparecendo por um instante enquanto procurava a maçaneta, depois voltou para dentro e fechou a porta delicadamente. Marla e Lamar fecharam os olhos e, ao mesmo tempo, soltaram a respiração em um longo suspiro.

Jason se virou para eles. Estava quase sorrindo quando, de repente, a porta se abriu com violência e um feio gancho de metal afundou em sua perna. O menino soltou um berro de dor. Marla deu um salto para a frente, tentando segurá-lo, mas foi lenta demais. Ficou olhando, impotente, enquanto o irmão era arrastado porta afora.

— Marla! — gritou Jason, tentando se agarrar ao carpete.

Marla urrou, desesperada, enquanto o irmão era arrancado para longe dela outra vez, sem ver nada da criatura além do brilho aterrador do gancho.

Ela se jogou na direção da porta atrás do irmão, caindo de joelhos e tentando engatinhar até a coisa, mas Lamar agarrou seu ombro e a puxou para trás, segurando a porta. Antes que ele conseguisse fechá-la, a porta foi arrancada de suas mãos com uma força sobrenatural. Foxy apareceu de repente diante deles.

Estava cheio de vida, parecia uma criatura diferente, e se virou para Marla com os olhos prateados parecendo compreender. Seu rosto era todo um focinho canino, a pelagem laranja escassa não cobria o crânio por completo. Ele olhou de um adolescente para outro, exibindo seu sorriso monstruoso primeiro para Lamar, depois para Marla. Os olhos reluziam e se apagavam, e a criatura abria e fechava a boca com um som que lembrava algo se quebrando. Os dois o encaravam, encolhidos contra o painel de controle, e foi então que Lamar entendeu o que estava acontecendo.

— Ele não consegue passar — sussurrou.

Marla olhou com mais atenção. Era verdade: os ombros de Foxy estavam emperrados no vão da porta, só parte da cabeça dentro do cômodo.

Lamar saltou para a frente, se apoiando na parede e dando três chutes no animatrônico, até Foxy soltar um gemido baixo, uma lamúria mais maquinal do que animal, e se encolher de volta para o escuro. Lamar bateu a porta com força e fechou a tranca. Os dois se encararam por um longo tempo, ofegantes.

— O Jason! — berrou Marla.

Lamar a abraçou. Marla o deixou abraçá-la, mas não chorou, só fechou os olhos.

. . .

— Como assim você acha que é o Michael dentro daquela roupa? — indagou Charlie, baixinho, como se pudesse estar falando com um doido, mas ao mesmo tempo desesperada para escutar a resposta.

Carlton fitou o urso amarelo por um tempo, e, quando se virou para Charlie outra vez, seu rosto estava calmo. Quando ele ia falar, ela levou um dos dedos aos lábios. Tinha alguma coisa vindo, ela ouvia os passos ecoando pelo corredor, seguindo em sua direção. Passos pesados e calculados, de alguém que não se importava em ser ouvido. Charlie olhou em volta, desesperada, viu um cano escondido em um canto e o pegou. Correu para se posicionar atrás da porta, onde não seria vista por quem a abrisse. Carlton agarrou o torso mecânico, para usá-lo como arma. Parecia confuso, como se não estivesse pensando com clareza.

— Não faz isso — alertou Charlie, baixinho, mas era tarde demais.

Algo estalou dentro da fantasia. Carlton a deixou cair e recuou um passo. Havia sangue em sua mão.

— Tudo bem? — sussurrou Charlie.

Carlton assentiu. No segundo seguinte, a maçaneta girou.

Dave surgiu à porta, a cabeça erguida, uma expressão sombria. Sua intenção era passar uma imagem imponente, mas ele parecia apenas um homem normal entrando por uma porta.

— Ah, você conseguiu — anunciou, olhando para Carlton, já livre, e fez uma cara feia.

Antes que ele pudesse se mover, Charlie ergueu o cano, deu um passo à frente e golpeou sua cabeça com um baque horripilante.

Dave se virou para ela, chocado. Charlie ergueu o cano, pronta para atacar de novo, mas o homem recuou, trôpego, colidindo com a parede e caindo sentado.

— Carlton! Anda! — chamou Charlie, desesperada, mas ele não tirava os olhos da mão machucada. — Carlton? Você se machucou?

— Não — respondeu ele, se recompondo e limpando a mão na camiseta preta.

—Anda — repetiu Charlie, com firmeza, agarrando o braço dele. —Vamos, precisamos dar o fora daqui. Não sei por quanto tempo ele vai ficar apagado. — *Você está bem calma para alguém que acabou de nocautear um cara*, pensou, irônica.

Os dois se esgueiraram pelo corredor deserto, iluminado apenas pela luz fraca que vinha das outras salas. Charlie os guiou depressa pelas portas vaivém da cozinha, onde o breu era total. A escuridão era quase palpável, parecia que tinham sido engolidos. Virou-se para Carlton. Só o ruído fraco de respiração lhe garantia que ele estava a seu lado. Alguma coisa tocou seu braço, e Charlie conteve um grito.

— Fui eu — sibilou Carlton, e na mesma hora ela suspirou de alívio.

—Vamos nos certificar de que não estamos sendo seguidos, então podemos buscar os outros e dar o fora daqui — sussurrou Charlie.

Ela olhou para a porta e para os últimos vestígios de luz que passava pelas frestas. Arrastou-se um pouco mais para perto e se levantou, querendo olhar pela janelinha redonda, tomando o cuidado de não encostar.

— O que você está vendo? — sussurrou Carlton.

— Nada. Acho que estamos seguros.

Assim que ela terminou de falar, viu uma silhueta passando diante da porta pela sombra na janela. Charlie deu um pulo para trás, quase caindo em cima de Carlton. Eles cambalearam para a frente, desesperados para se afastar da entrada.

De repente, dois fachos de luz irromperam, iluminando o cômodo com uma forte luz amarela. Chica estava parada na frente da porta, quase em cima deles. Ela se empertigou, ficando ainda maior. *Devia estar escondida aqui o tempo todo*, pensou Charlie. Os recônditos da cozinha podiam ocultar qualquer coisa. Chica olhou de um para outro, os fachos de luz balançando à medida que os olhos se deslocavam mecanicamente. Então ela parou, e Charlie agarrou o braço de Carlton.

— *Corre!* — berrou, e os dois dispararam, contornando a mesa, sacudindo o metal e fazendo barulho.

Chica ia atrás deles a passos longos e lentos. Finalmente, alcançaram a saída e irromperam corredor adentro, disparando para o salão principal.

John e Jessica estavam muito quietos, atentos ao alvoroço lá fora. John apoiava uma das mãos na porta da sala de controle. A coisa que estivera tentado abri-la do outro lado tinha ido embora — ou pelo menos fingira ir. O ferrolho havia sido arrancado do chão. John tentou girar a maçaneta, mas a porta deformada continuava emperrada.

— Você está doido? — indagou Jessica, aflita.

— O que mais a gente pode fazer? — retrucou John, calmo.

Jessica não respondeu.

Ele recuou até o painel de controle e deu um chute na porta, aumentando a fresta em alguns centímetros.

— Aqui, me deixa tentar — pediu Jessica.

Antes que John pudesse reagir, ela também chutou, abrindo mais um pouco da fresta.

Os dois alternaram os chutes, sem falar, até que finalmente John quebrou a dobradiça de cima. Sem perder tempo, ele sacudiu o restante da porta, abrindo-a, para que pudessem passar para o outro cômodo.

Eles saíram correndo e pararam de repente, expostos no salão principal do restaurante. Jessica olhou para o palco, infeliz. Estava vazio.

— Não sei como aqui pode ser mais seguro do que lá dentro — comentou, mas John não estava ouvindo.

— Charlie! — gritou ele, depois tapou a boca.

Era tarde demais.

Charlie e Carlton saíam a toda do corredor.

— Corram! — berrou a menina, sem desacelerar ao passar pelos dois, e John e Jessica saíram correndo atrás deles para fora do salão, para o corredor do outro lado, em direção ao depósito por onde haviam entrado.

Charlie seguiu pela passagem, correndo, determinada, então parou diante de uma porta fechada e tentou abri-la. Atrás dos quatro ficava a porta aberta de um salão de festas negro, um espaço amplo e deserto que poderia ocultar qualquer coisa. John deu as costas para o grupo e ficou vigiando a passagem.

— Está trancada? — indagou Carlton, com pânico crescente na voz.

— Não, só emperrada — esclareceu Charlie.

Ela fez força, e a porta se abriu. Os quatro correram para dentro, John esperando até o último segundo, os olhos ainda vidrados na escuridão atrás deles.

Quando a porta se fechou, Charlie começou a procurar o interruptor, mas John tocou seu braço.

— Não acende a luz — aconselhou, olhando para trás. — Já está bem claro, só precisamos acostumar os olhos.

No topo da porta havia uma janela de vidro grosso, fosco e áspero que deixava entrar um fiapo de luz do corredor.

— Certo — concordou Charlie.

Acender uma lâmpada teria entregado sua posição. Na penumbra, ela examinou o cômodo. O lugar já fora um escritório, mas ela não se lembrava de ir lá com frequência, então não sabia muito bem quem trabalhava ali. Caixotes de papelão estavam espalhados pelo chão, cheios de papéis até quase transbordar, as tampas mal equilibradas por cima. Em um canto havia uma mesa antiga de metal azul-acinzentado, com amassados no tampo. Jessica se sentou em cima dela.

— Tranque a porta — pediu, meio impaciente, e Charlie obedeceu.

No centro da maçaneta, encontrou um botão que sabia que seria inútil, além de um ferrolho precário preso à parede, do mesmo tipo que tem nas cabines de banheiros públicos e em cercas de madeira.

— Bem, melhor que nada.

CAPÍTULO ONZE

Ficaram sentados em silêncio durante alguns minutos no pequeno escritório, todos olhando a porta, esperando. *É só mais um lugar para ficarmos encurralados*, pensou Charlie.

— A gente tem que sair daqui — declarou Jessica, baixinho, ecoando os pensamentos de Charlie.

De repente, Carlton deixou escapar um ruído de agonia. Espasmodicamente, agarrou uma das caixas de papelão, virando-a para jogar fora parte do conteúdo, e vomitou lá dentro. Não havia mais nada em seu estômago; tinha ânsia de vômito, mas era inútil, suas entranhas se contraindo em vão. Enfim, se sentou, arfando. O rosto estava vermelho, e havia lágrimas em seus olhos.

— Carlton, está tudo bem? — perguntou John, preocupado com o amigo.

— Tudo, nunca estive melhor — respondeu o garoto enquanto a respiração ia se estabilizando, devagar.

— Você teve uma concussão — afirmou Charlie. — Olha para mim.

Ela se ajoelhou na frente dele e fitou seus olhos, tentando lembrar como deviam ficar as pupilas de alguém que sofreu uma concussão. Carlton ergueu as sobrancelhas.

— Ah, ah, *ai!* — Trincou o maxilar e abaixou a cabeça, segurando-a como se alguém tentasse arrancá-la do pescoço. — Foi mal — disse, um instante depois, ainda recurvado de dor. — Acho que foi toda aquela correria. Vou ficar bem.

— Mas... — Charlie ia protestar, mas ele a interrompeu, se empertigando com esforço visível.

— Charlie, está tudo bem. Não tenho culpa de estar meio fora do ar. E com você, tudo bem? — Apontou para o braço dela, que olhou para baixo, confusa.

O curativo de Charlie estava manchado de vermelho vivo; a ferida devia ter reaberto enquanto fugiam.

— Ah — exclamou ela, sentindo-se também subitamente um pouco enjoada. John foi até ela para ajudar, mas Charlie gesticulou para sinalizar que não era necessário. — Estou bem. Tentou mover o braço; a mesma dorzinha chata que a incomodara nos últimos dias, mas não parecia ter piorado nem sangrado mais.

Ouviram outro ribombo de trovoada do lado de fora, e as paredes tremeram.

— A gente tem que sair daqui. E não é da sala que estou falando, é deste prédio! — exclamou Jessica.

— Carlton precisa de um médico — acrescentou John.

A voz de Jessica ficou aguda, soando desesperada.

— Vai *todo mundo* acabar precisando de um médico se a gente não for embora logo!

— Eu sei — respondeu Charlie. Sentiu a irritação crescer dentro de si ao ser confrontada com uma constatação óbvia feito aquela e tentou sufocá-la. Estavam todos assustados e encurralados; não adiantaria nada explodir uns com os outros. — Ok. Você está certa. A gente precisa sair daqui. Que tal tentarmos sair pela claraboia de novo?

—Acho que não dá para sair por lá — ponderou John.

— Deve ter uma escada em algum lugar por aqui — respondeu Charlie, se acalmando enquanto considerava as opções.

Sentou-se mais empertigada, se recompondo.

— Não vai dar em nada — retrucou Jessica.

— As passagens para ventilação — sugeriu John, depressa. — As que Jason usou para entrar eram pequenas demais, mas deve ter outras. Janelas... A pizzaria tem janelas, não tem? Devem dar em algum lugar.

— Acho que o mais provável é que tenham sido todas fechadas com tijolos. — Charlie balançou a cabeça e encarou o chão por um momento, depois ergueu os olhos e encontrou os de John. — Este lugar inteiro foi selado.

O walkie-talkie crepitou, e todos pularam de susto. Ouviram a voz de Lamar pelo rádio.

— John.

O menino pegou o aparelhinho depressa.

— Oi. Oi, estou aqui. Estou com Charlie, Jessica e Carlton. Estamos em um escritório.

— Que bom — respondeu Lamar. — Escuta... — Ouviram um barulhinho irreconhecível e em seguida a voz de Marla.

— Que bom — repetiu ela. — Escuta, estou vendo pelos monitores que todos os bonecos voltaram para o palco principal.

— E a Baía do Pirata? — perguntou Charlie, se debruçando por cima de John para falar. — O Foxy também está lá?

Houve uma breve pausa.

— A cortina está fechada — respondeu Marla.

— Marla, está tudo bem? — perguntou Charlie.

— Tudo — respondeu, sem entrar em detalhes, e a estática de fundo cessou de maneira abrupta: tinha desligado o walkie-talkie.

Charlie e John se entreolharam.

— Tem alguma coisa errada — comentou Carlton. — Fora o óbvio, quer dizer.

Ele gesticulou em um movimento circular vago, indicando tudo ao redor.

— Do que é que você está falando? — Jessica estava perdendo a paciência.

— Da Marla. Quer dizer... Tem alguma coisa errada com ela. Fala de novo com eles.

John apertou o botão de comunicação outra vez.

— Marla, o que é que está acontecendo?

Não houve resposta por um longo minuto, e em seguida Lamar respondeu:

— A gente não sabe onde o Jason está. — Sua voz começou a falhar. — Ele está em perigo.

Charlie sentiu o estômago revirar. *Não.* Ouviu John inspirar fundo.

Escutaram um som entrecortado do outro lado da linha: Marla estava chorando. Começou a falar, parou e voltou a tentar:

— O Foxy — explicou, a voz mais alta do que o necessário em meio ao choro. — Foi o Foxy que levou Jason.

— O Foxy? — repetiu Charlie, com cautela.

A figura parada no saguão, embaixo da chuva, os olhos prateados, ardendo no escuro. Pegou o walkie-talkie da mão de John; ele não reclamou.

— Marla, me escuta, a gente vai achar o seu irmão. Está me ouvindo?

Sua fala ecoou, vazia, até mesmo em seus próprios ouvidos. O rádio não emitiu nenhum ruído. Agitada, precisando se mover, fazer *algo*, Charlie se virou para os outros.

—Vou dar mais uma olhada lá na claraboia — declarou ela. — Jessica, vem comigo? Você é quem tem mais chance de conseguir passar.

— Certo — respondeu a garota com relutância, mas ficou de pé.

—Vocês não deviam ir sozinhas — retrucou John, se levantando para acompanhá-las.

Charlie balançou a cabeça.

— Alguém tem que ficar aqui com ele — argumentou, gesticulando para Carlton.

— Ei, já sou bem grandinho. Posso ficar sozinho — retrucou Carlton, encarando uma das estantes.

— Ninguém vai ficar sozinho — disse Charlie, com firmeza. John assentiu, um movimento rápido e preciso, quase uma continência, e ela respondeu da mesma forma. Olhou para Carlton, cujo rosto estava todo contraído, tenso de dor. — Não deixa o Carlton dormir — pediu a John, baixinho.

— Eu sei — murmurou ele.

— Dá para ouvir vocês dois, sabe? — protestou Carlton, mas a voz dele soava exausta.

—Vamos — chamou Jessica.

Charlie fechou a porta ao sair e ouviu John trancá-la outra vez.

Ela foi na frente. O depósito com a claraboia não ficava longe, e as duas se esgueiraram pelo corredor e pelas portas sem incidentes.

— A claraboia. Olha, não tem como escalar aquilo, Charlie, nem eu consigo. Para passar para o telhado, teria que colocar todo o peso no vidro, ia acabar quebrando. Mesmo com uma escada, essa não é uma saída possível pra gente — ponderou Jessica.

— Podemos tirar a vidraça da esquadria — sugeriu Charlie, sem muita animação.

— Acho que podíamos tentar quebrar o vidro. Mas isso só nos traz de volta à questão da escada. Precisamos encontrar uma por aí.

Uma batida repentina na porta chamou a atenção de John, e ele deu um pulo e parou para escutar, concentrado. Charlie bateu outra vez, se arrependendo de não terem combinado alguma espécie de código.

— Sou eu — disse, baixinho, e o trinco foi aberto.

John parecia preocupado.

— O que foi? — perguntou a garota, e ele olhou para Carlton.

Estava no chão, os joelhos apertados contra o peito e os braços ao redor da cabeça em uma posição estranha. Charlie se ajoelhou ao lado dele.

— Carlton — chamou ela, e o amigo soltou um gemido leve.

Charlie colocou a mão no ombro do amigo, que se inclinou um pouco mais para perto.

— Charlie, desculpa por tudo — murmurou.

— Shhh. Me diz o que está acontecendo — pediu ela. Charlie estava tomada por uma sensação nauseante de medo. Havia algo de muito errado, e a garota não sabia quanto daquilo era culpa dos ferimentos e quanto era fruto da mistura de exaustão, dor e pânico. — Vai ficar tudo bem — garantiu ela, acariciando as costas de Carlton e torcendo para que fosse verdade.

Após um longo momento, ele afastou a amiga, que recuou, um pouco magoada — até vê-lo se lançar para a frente por cima da caixa de papelão, tossindo em sua ânsia de vômito outra vez. Olhou para John.

— Ele precisa de um médico — disse o outro, baixinho, e ela assentiu.

Carlton voltou a se sentar e limpou o rosto com a manga.

— Não é nada de mais. Só estou cansado.

— Você não pode dormir — avisou Charlie.

— Eu sei, não vou. Mas não dormi noite passada e também não como nada desde ontem... Isso só piora as coisas. Tive um momento ruim, mas está tudo bem agora. — Charlie olhou para ele, duvidando de suas palavras, mas não discutiu.

— E agora? — indagou Jessica.

Charlie não respondeu de imediato, embora soubesse que a pergunta tinha sido para ela. Estava imaginando o segurança, os olhos revirando para trás, o rosto fino perdendo toda a tensão e ficando flácido durante a queda. Precisavam de respostas, e era ele quem poderia oferecê-las a eles.

— Agora é só torcer para eu não ter matado aquele segurança por acidente — disse Charlie.

— Não quero voltar lá para fora — respondeu Jessica.

— A gente tem que voltar ao depósito onde eu encontrei o Carlton.

— Espera — disse John, pegando o walkie-talkie. — Ei, Marla, está me ouvindo?

Ouviram um ruído de estática, depois a voz da garota:

— Estou, estamos aqui.

— A gente precisa chegar ao depósito. Fica perto do salão principal, logo depois do palco. Você consegue ver a área?

Houve um momento de silêncio enquanto Marla sondava os monitores.

— A maior parte. Onde vocês estão? Não dá para ver daqui.

— Em um escritório. É... — John olhou para Charlie, pedindo ajuda, e ela pegou o rádio da mão dele.

— Marla, você consegue ver outro corredor saindo do salão principal? Mais ou menos na mesma direção do depósito com a claraboia, só que do lado?

— O quê? Tem um zilhão de corredores!

— Espera aí. Está vendo isto?

Desconsiderando os protestos dos amigos, Charlie abriu a porta do cômodo e cautelosamente colocou a cabeça para fora. Quando concluiu que o espaço estava deserto — ou ao menos tinha quase certeza disso —, saiu da sala, olhou para cima e acenou. Em um primeiro momento não ouviram nada senão estática baixa e incessante saindo do walkie-talkie, mas depois veio a voz de Marla, empolgada.

— Estou vendo! Charlie, estou vendo você!

A menina voltou para dentro do pequeno escritório, e Jessica agarrou a porta e a fechou, verificando a tranca duas, três vezes para se certificar de que estava no lugar.

— Ok, Marla. Agora siga as câmeras. Você já viu o corredor. Dá para ver o salão principal?

— Dá — respondeu ela no mesmo instante —, a maior parte dele. Consigo ver o palco e a área ao redor dele, e também estou vendo um segundo corredor, que fica paralelo ao de vocês.

— Tem alguma porta no fim dele?

— Tem, mas, Charlie, não tem câmera dentro do depósito.

— A gente vai ter que arriscar — respondeu a garota. — Marla — disse para o aparelho —, o caminho até o salão está livre?

— Está — respondeu após alguns segundos. — Acho que está.

Charlie assumiu a liderança, e os quatro foram caminhando devagar pelo corredor. Jessica ficou um pouco para trás com Carlton, tão perto do amigo que ele quase tropeçou nos pés dela.

— Jessica, estou bem — afirmou.

— Eu sei — respondeu ela, baixinho, mas não se afastou, e ele não voltou a reclamar.

Quando chegaram ao fim do corredor, pararam.

— Marla — chamou Charlie pelo rádio.

— Vão em frente... Não, esperem! — gritou, e o grupo congelou, se espremendo nas paredes, como se aquilo pudesse torná-los invisíveis. Marla sussurrou, o tom murmuroso distorcendo ainda mais sua voz: — Tem alguma coisa... Fiquem quietos.

Charlie esticou o pescoço tentando ver dentro do cômodo e identificar o que poderia estar à espreita no escuro, alguma espécie de forma nebulosa se arrastando pesadamente nas sombras, pronta para dar o bote. Ouviram um estrondo demorado do lado de fora, e as tábuas no teto se sacudiram como se estivessem prestes a cair.

— Marla, não estou vendo nada — disse Charlie pelo aparelho.

Ela olhou para o palco, onde todos os robôs continuavam em suas posições, encarando o vazio ao longe, sem ver nada.

— Nem eu — sussurrou John.

— Foi mal — disse Marla. — Sem querer dizer o óbvio, mas este lugar é macabro. Parece que é sempre meia-noite aqui dentro. Alguém sabe que horas são?

Charlie checou o relógio, semicerrando os olhos para conseguir enxergar o ponteiro das horas.

— Quase quatro.

— Da manhã ou da tarde? — perguntou a outra.

Não parecia estar fazendo piada.

— Da tarde — respondeu a voz de Lamar do outro lado da linha, quase inaudível, como se não estivesse próximo o suficiente do aparelho. — Já falei, Marla, o dia ainda está claro.

— Não parece — retrucou a garota, berrando quando a construção inteira sacudiu com um trovão.

— Eu sei — disse Lamar, baixinho, e o rádio voltou a ficar em silêncio.

Charlie olhou o walkie-talkie por alguns segundos com um vazio no peito. Era como desligar o telefone sabendo que a pessoa do outro lado da linha continuava lá, mas ainda assim tendo uma sensação de perda, como se jamais fosse vê-la outra vez.

— Charlie — chamou John, e ela olhou para o amigo. Assentiu para Carlton, que estava apoiado na parede, os olhos fechados. Jessica estava perto dele, preocupada, sem saber o que fazer. — A gente tem que tirar o Carlton daqui.

— Eu sei — respondeu Charlie. — Anda. Aquele cara é a nossa melhor chance de sair com vida daqui.

Analisando mais uma vez o espaço aberto diante deles, guiou o grupo para dentro do salão.

Cruzando o cômodo na frente do palco, Charlie notou John e Jessica olhando para cima, mas ela própria se recusou a olhar para os animais, como se assim impedisse que eles também olhassem para ela. Não ajudou; sentia seus olhares, estudando-a, aguardando o momento certo. Por fim, não pôde mais suportar — virou o rosto para espiar enquanto faziam a travessia. Viu apenas robôs inanimados, os olhos vidrados em algo que ninguém conseguia enxergar.

Pararam outra vez na entrada para o corredor, esperando as orientações de Marla, e após um momento de ansiedade, a voz dela os alcançou, dessa vez mais calma.

—Vão em frente, o corredor está vazio.

Obedeceram. Estavam quase lá, e Charlie sentiu uma tensão, um nó no estômago, uma serpente tentando sair dali de dentro. Pensou em Carlton fazendo esforço para vomitar no escritório, e por um instante achou que faria o mesmo. Parou a alguns centímetros da porta, a mão estendida.

— Não sei se ele está mesmo lá dentro — disse, baixinho. — E, se estiver, não sei se vai estar...Acordado.

Agora é só torcer para eu não ter matado aquele segurança por acidente, dissera ela. Estava só brincando, mas as palavras voltaram à sua mente, deixando-a inquieta. Até dizer aquilo não tinha lhe ocorrido que ele poderia, sim, muito bem estar morto, e naquele momento, parada no corredor, prestes a descobrir a verdade, a ideia não saía da sua cabeça.

Como se soubesse o que a amiga estava pensando, John a incentivou:

— Charlie, a gente tem que entrar.

Ela assentiu. John se adiantou querendo ir na frente, mas Charlie fez que não. O que quer que estivesse lá dentro, era problema dela. Responsabilidade dela. Fechou os olhos por um segundo, depois girou a maçaneta.

Estava morto. Estirado no chão, de costas, os olhos fechados, o rosto cinzento. Charlie percebeu que estava levando a mão à boca, mas era como se alguém estivesse movendo seu corpo por ela. Sentiu-se entorpecida, os nós no estômago desapareceram. John passou por ela. Ajoelhou-se e deu um tapa no rosto do homem.

— John — chamou ela, ouvindo um tom de pânico em sua voz.

Ele olhou para ela, surpreso.

— Ele não está morto — disse John. — Só apagou. Não pode contar nada assim.

— A gente tem que amarrar esse cara primeiro — sugeriu Jessica. — Não dá para acordá-lo solto desse jeito.

— É, sou obrigado a concordar — acrescentou Carlton.

Seus olhos sondavam o cômodo à procura de aparelhos, ferramentas ou fantasias: qualquer coisa que Dave pudesse usar contra eles, e tinham certeza de que o homem não pensaria duas vezes, se tivesse a oportunidade.

Charlie ficou apenas olhando, com o corpo entorpecido. *Ele não está morto.* Ela se sacudiu feito um cachorro, tentando se livrar dos efeitos do choque, e pigarreou.

— Vamos procurar alguma coisa para prendê-lo. Parece que tem de tudo um pouco aqui.

Jessica seguiu para os fundos do depósito, onde partes de fantasias estavam amontoadas de maneira aleatória, cabeças vazias dos mascotes jogadas em ângulos estranhos, com olhos sinistros.

— Cuidado com os dedos quando tocar nessas roupas — avisou Charlie a Jessica.

— A gente pode sempre enfiar o cara dentro de uma delas, que nem ele fez comigo — sugeriu Carlton.

Havia algo atípico em sua voz, algo ríspido e doloroso. Charlie duvidava que fosse por conta dos ferimentos. Ele se sentou em uma caixa, o rosto tenso e os braços envolvendo o corpo como se quisesse manter tudo no lugar.

De súbito, o rosto de Carlton se iluminou, transparecendo medo.

— Não mexe aí! — gritou, empurrando Charlie para longe.

Foi cambaleando até Jessica, que remexia a pilha de peças, e ele mesmo começou a procurar algo naquela bagunça, levantando caixas e tirando objetos do caminho, desesperado.

— Charlie, onde ele está? — perguntou, seus olhos varrendo o cômodo em vão.

Charlie foi até o amigo, seguindo seu olhar, e compreendeu o que ele estava procurando: a fantasia amarela de urso que estivera caída em um canto.

— O quê? — perguntou John, confuso.

— Charlie, onde está? Onde Michael está?

Carlton se sentou com um baque em uma caixa de papelão, que afundou um pouco sob seu peso, mas conseguiu sustentá-lo. Encarava apenas Charlie, como se eles dois fossem as únicas pessoas no cômodo.

— Michael... — sussurrou John.

Olhou para Charlie, mas ela o encarou de volta em silêncio; não tinha respostas a oferecer.

— O Michael estava bem ali. — Carlton pressionou os lábios, balançando o tronco para a frente e para trás.

— Acredito em você — garantiu Charlie, com uma voz calma e baixa.

John apoiou as mãos nos joelhos e suspirou.

— Vou lá ajudar a Jessica — murmurou e se levantou, resignado. — Deve ter um pedaço de corda por aqui em algum lugar.

— Já encontro vocês. — Charlie sorriu para Carlton, querendo tranquilizá-lo, depois foi se juntar ao restante do grupo, indo até as caixas ao lado da porta.

A primeira só guardava mais papelada, formulários oficiais com letra miúda, mas embaixo havia outra caixa cheia de cabos emaranhados.

— Ei, encontrei uma coisa aqui — avisou Charlie, mas sua fala foi interrompida por um grito estridente.

Charlie se levantou no mesmo segundo, pronta para correr, mas todos os amigos estavam imóveis. Jessica apontava para algo em um canto, quase tremendo. John estava atrás dela, os olhos arregalados.

— O que foi? — perguntou Charlie, e quando não responderam, foi até lá depressa e olhou para a pilha de fantasias vazias para a qual Jessica apontava.

Foi difícil entender o que havia naquele amontoado de mascotes. Encarou a desordem sem expressão, enxergando nada além de pelagem, olhos, bicos e patas em um primeiro momento, mas foi então que sua visão clareou.

Um corpo.

O homem parecia jovem, pouco mais velho do que eles próprios — e era familiar.

— É o policial daquela outra noite — explicou John, recuperando a voz.

— O quê? — indagou Carlton, atento de repente. Aproximou-se para olhar. — É o Dunn. Sei quem ele é.

— O seu pai mandou esse cara aqui atrás de você — murmurou Charlie.

— O que a gente faz? — perguntou Jessica.

A garota vinha recuando devagar, e seu pé topou com Dave, fazendo-a dar um salto e sufocar outro grito. Aquilo desviou a atenção de Charlie do policial e bastou para lembrá-la de sua tarefa.

— A gente não pode fazer nada agora — respondeu, com firmeza. — Anda, não sabemos mais quanto tempo temos até ele acordar.

John e Jessica a seguiram até o outro lado do depósito, Jessica apertando o passo e se mantendo próxima de Charlie, como se temesse se afastar demais da amiga outra vez. Charlie pegou um punhado de cabos e o jogou para John.

Foi um processo longo e tedioso. Forçaram Dave a permanecer sentado e encostado na parede, mas ele sempre acabava caindo para os lados, até John ser obrigado a segurá-lo pelos ombros. John o curvou para a frente enquanto Charlie atava as mãos de Dave às costas. Terminou o trabalho, ergueu os olhos e viu John com um esboço de sorriso nos lábios.

— Está achando os meus nós engraçados? — perguntou, em tom tão brincalhão quanto era capaz de usar.

O toque da pele de Dave, que, embora vivo, estava flácido e mais pesado do que deveria, era perturbador, e mesmo depois de ter se afastado, Charlie ainda podia sentir vestígios do suor dele na palma das mãos.

Ele deu de ombros.

— Parece que todas aquelas brincadeiras de polícia e ladrão vieram a calhar.

—Tinha me esquecido disso. — Ela riu.

Ele assentiu, com ar de sabedoria.

— E ainda tenho todas as cicatrizes das queimaduras que você causou em mim me amarrando com corda. — Sorriu.

— E isso foi antes de eu virar escoteira — comentou Charlie. — Agora para de reclamar e segura os pés dele. Vamos torcer para eu ainda ser boa nisso.

Terminou de amarrar Dave, fingindo uma confiança que na verdade não tinha. Os cabos eram grossos e duros, difíceis de usar, e ela não sabia ao certo quanto tempo ficariam no lugar. Depois de fazer o melhor que podia, se afastou.

John olhou ao redor, como se procurasse algo, e então saiu pela porta sem dizer uma palavra.

Carlton estava ajoelhado no chão e foi andando em direção a Dave sem se levantar, arrastando os joelhos de modo desajeitado e instável: parecia estar prestes a cair a qualquer instante.

— Bom dia, flor do dia — sussurrou.

— Pode deixar com a gente, Carlton, não tem problema. Só senta e descansa. — Charlie olhou para Jessica, depois voltou a atenção para Dave, estapeando seu rosto de leve, mas ele continuou inerte. — Ei, canalha. Acorda. — Ela deu outro tapa.

— Aqui, tenta com isto. — John reapareceu com uma lata cheia d'água. — Bebedouro. — Foi a única explicação que ofereceu. — A lata está meio furada.

— Tudo bem — respondeu Charlie.

Pegou o recipiente e o segurou acima da cabeça do segurança, deixando os filetes de água escorrendo dos buraquinhos caírem no rosto dele. Mirou na boca, e, depois de alguns segundos, Dave engasgou e tossiu, abrindo os olhos.

— Ah, maravilha, você acordou! — exclamou Charlie, e derramou o restante do líquido na cabeça do homem.

Ele não disse nada, mas seus olhos permaneceram abertos em um olhar severo e pouco natural.

— Então, Dave — começou ela —, que tal contar para a gente o que está acontecendo?

A boca do segurança se abriu um pouco, mas ele não disse nada. Após um instante, ele voltou a ficar imóvel — tão imóvel que Charlie, mesmo relutante, pressionou os dedos em seu pescoço para sentir a pulsação.

— Ele está vivo? — indagou John, assustado pelo que parecia um cadáver animado que ora ligava, ora desligava.

Aproximou-se do homem, ajoelhando-se para ficar cara a cara, e o encarou sério, procurando algo.

— A pulsação está normal — disse Charlie.

Tirou a mão, mais assustada com aquilo do que se ele estivesse de fato morto.

— Charlie, ele está diferente — comentou John, desesperado.

Pegou o rosto de Dave, virando sua cabeça de um lado para outro. O homem não ofereceu resistência; apenas continuou fitando o vazio, inexpressivo, como se o mundo ao redor dele não estivesse lá.

— Como assim? — perguntou Charlie, embora também houvesse notado. Era como se o segurança, o homem que tinham conhecido, tivesse ido embora, e o que estava diante deles não passasse de uma casca vazia.

John balançou a cabeça e soltou o queixo do segurança, limpando as mãos nas calças. Levantou-se e recuou, se distanciando do homem.

— Não sei — disse ele. — Mas tem alguma coisa errada com ele.

— Por que você não conta para a gente sobre as crianças? — Carlton estava encostado na parede, encorajado pela situação, mas não completamente estável. — As crianças que você matou e enfiou dentro daquelas fantasias. — Apontou para o palco lá fora.

— Carlton, cala a boca — disse John, com raiva. — Isso que você está dizendo não faz sentido nenhum.

— Não, é verdade... — murmurou Charlie.

John olhou intrigado para ela, depois se virou para os outros, que continuaram em silêncio. Olhou para Dave com uma expressão de nojo renovado. Avistando o rosto do amigo, Charlie sentiu o peso da memória. Michael, que um dia fora um menininho alegre, despreocupado. Michael, que fizera desenhos de todos eles, entregando-os com orgulho solene. Michael, que tinha sido assassinado, cujos últimos momentos deveriam ter sido cheios de dor e terror. Michael, que fora morto pelo homem diante deles. Charlie olhou para os outros, e no rosto de cada um, viu o mesmo pensamento: *este homem matou o Michael.*

Sem aviso, John ergueu o braço e, com a rapidez de um trovão, golpeou o maxilar de Dave. O homem caiu para trás com um estalo alto, e John foi lançado para a frente, quase tombando com o impacto da pancada. O garoto se recompôs e colocou o peso nos calcanhares, alerta, aguardando uma reação, ou abertura para uma nova investida. O corpo de Dave voltou à posição anterior, se empertigando, mas o movimento foi suave demais. Parecia não ter feito qualquer esforço, não acionado músculo algum e gastado zero energia. Devagar, sua postura se corrigiu, voltando a ficar frouxo e meio recurvado, a boca entreaberta.

Carlton cambaleou para a frente.

— Toma essa, cretino.

Ele golpeou o ar com o braço e oscilou. Jessica deu um pulo à frente a tempo de ampará-lo.

Dave continuou com o olhar vidrado, e foi apenas depois de um tempo que Charlie começou a considerar a hipótese de que o homem estava de fato encarando algo. Virou-se, seguindo o olhar dele, e se retraiu de súbito. Na mesa encostada na parede estava a cabeça de um coelho.

— É aquilo? Você quer aquilo ali? — Charlie se levantou e se aproximou da máscara. — É disso que você precisa? — acrescentou, em um murmúrio.

Pegou a peça com cuidado, a luz refletindo nas beiradas das travas de mola dentro da cabeça do mascote. Carregou-a cerimoniosamente até Dave, que inclinou a cabeça para baixo em um movimento quase imperceptível.

Charlie a encaixou no lugar, sem um pingo da preocupação que teve com Carlton. Quando a máscara do mascote encostou nos ombros dele, o grande focinho se levantou até estar quase ereto. Os olhos de Dave se abriram, anuviados e sem emoção, como os dos robôs no palco do salão lá fora. Gotas de suor começaram a escorrer de debaixo da peça felpuda, uma mancha escurecendo a gola da camisa do uniforme.

— O meu pai confiava em você — acusou Charlie. Estava de joelhos, fitando o rosto do coelho, concentrada. — O que foi que você fez com ele? — Sua voz falhou.

— Eu o ajudei a criar... — veio a voz de dentro da máscara, mas não era a de Dave, não era o tom patético e amargo que os adolescentes teriam reconhecido.

A voz do coelho era doce e rica, quase musical. Era confiante, de alguma forma tranquilizadora: uma voz que poderia convencê-lo de quase qualquer coisa. Dave deixou a cabeça pender para o lado, e a fantasia se deslocou de modo que apenas um dos olhos bulbosos pudesse espiar pelo buraco.

— Nós dois queríamos amar — explicou em seu tom melodioso. — O seu pai amou. E agora, eu também.

—Você matou — corrigiu Carlton, depois explodiu em algo que se assemelhava a uma risada.

Parecia mais lúcido, como se a ira estivesse fazendo sua mente entrar em foco. Desvencilhou-se das mãos de Jessica e se ajoelhou no chão.

—Você é um cretino doente — cuspiu. — E o que criou foram monstros. As crianças que você matou continuam aqui. Você deixou todas elas presas!

— Elas estão em casa, comigo. — A voz de Dave era rouca, a cabeça grande do coelho escorregava para a frente e se inclinava ao falar. — O dia mais feliz da vida delas.

— Como a gente sai daqui? — Charlie levou a mão à cabeça da fantasia e a empurrou para trás, encaixando-a nos ombros do homem.

O pelo lhe pareceu úmido e pegajoso, como se a própria máscara estivesse suando.

— Não tem mais saída. Só resta família. — O olho reapareceu por trás de um dos buracos, reluzindo na luz fraca. Encarou Charlie por um segundo, se esforçando para se inclinar para a frente, mais para perto. — Ah... — fez ele, arquejando, surpreso. —Você é mesmo uma gracinha, não é?

Charlie se retraiu como se tivesse sido tocada por ele. *O que ele quer dizer com isso?* Recuou mais um passo, lutando contra uma onda de repulsa.

— Bom, então você também está preso aqui e não vai mais machucar ninguém — disse John, respondendo à ameaça velada.

— Nem preciso — retrucou o segurança. — Quando escurecer, eles vão despertar; os espíritos das crianças vão acordar. Vão matar vocês. Tudo que vou precisar fazer é sair pela manhã, passando por cima dos cadáveres de vocês, um a um. — Olhou para os quatro, um de cada vez, como se estivesse se deleitando com a ideia.

—Vão matar você também — disse Jessica.

— Não, estou bem confiante de que vou sobreviver.

— Ah, é mesmo? — indagou John. — Porque tenho quase certeza de que essas são as almas das crianças que *você* matou —

falou como se estivesse cuspindo no homem. — Por que iam querer machucar a gente? É de você que elas estão atrás.

— Elas não se lembram — explicou Dave. — Esqueceram. Os mortos esquecem. Tudo o que sabem é que vocês estão aqui, tentando tirar delas o dia mais feliz que já tiveram. Vocês são intrusos. — Abaixou a voz para um sussurro. — Vocês são *adultos*.

Eles se entreolharam.

— A gente não é... — começou Jessica.

— São quase. Especialmente aos olhos de crianças vingativas, confusas e assustadas. Nenhum de vocês vai sobreviver a esta noite.

— E o que faz você ter tanta certeza de que não vão matá-lo? — repetiu John, e os olhos de Dave adquiriram uma espécie de brilho quase beatífico.

— Porque eu sou um deles.

CAPÍTULO DOZE

Eles fitaram o homem no chão. Jessica recuou involuntariamente. Charlie estava imóvel, incapaz de tirar os olhos de Dave. *Porque eu sou um deles.* John se aproximou dela, parecia poder ler seus pensamentos.

— Charlie, ele é doido — murmurou, e foi o bastante para tirá-la daquele estado temeroso e inerte.

— A gente precisa sair daqui — falou, olhando para John.

Ele assentiu, se virou para o grupo e indicou o walkie-talkie.

— Vou voltar para a sala de controle. Estas coisas são da polícia, deve ter um jeito de se comunicar com alguém lá fora. Vai ver dá para usar o equipamento na sala para conseguir sinal.

— Eu vou junto com você — avisou Charlie, na mesma hora, mas John balançou a cabeça.

— Você precisa ficar com eles — explicou, em um tom quase inaudível.

Charlie olhou para Jessica e Carlton. John tinha razão. Carlton precisava de alguém a seu lado, e Jessica... Jessica estava conseguindo se controlar, mas não podia ser deixada sozinha encarregada da segurança dos dois. Ela assentiu.

— Toma cuidado — pediu.

John não respondeu, só prendeu o walkie-talkie no cinto, deu uma piscadela e saiu.

Clay Burke estava em seu escritório, repassando os casos da semana. Nada muito grave: multas de trânsito, dois pequenos furtos e uma confissão do assassinato de Abraham Lincoln. Folheou a papelada e soltou um suspiro. Balançando a cabeça, abriu a última gaveta e pegou o arquivo do caso que o perturbara a manhã toda.

Freddy's. Clay fechou os olhos e conseguiu voltar para lá, o alegre restaurante familiar, o chão manchado de sangue. Depois que Michael desapareceu, ele passara a trabalhar catorze horas por dia, por vezes dormindo na delegacia.

Quando voltava para casa, a primeira coisa que fazia era ir atrás de Carlton, que em geral já estava dormindo. Queria abraçar o filho, mantê-lo bem perto e nunca mais soltar. Poderia ter sido qualquer uma das crianças que estavam na pizzaria aquele dia, e era pura sorte que o assassino tivesse poupado o seu menino.

Na época, era o primeiro homicídio com que o departamento tivera que lidar. Havia dezesseis pessoas trabalhando na delegacia, que em geral cuidava de furtos e queixas de baderna. Ter nas mãos um caso de assassinato tão horripilante foi como se de repente armas de brinquedo virassem armas de verdade nas mãos de uma criança.

Clay abriu a pasta, já sabendo o que encontraria. Um relatório incompleto; o restante estava em um depósito no porão. Passou os olhos pelas palavras tão bem conhecidas, a linguagem burocrática que tentava, sem sucesso, obscurecer a verdade: nenhuma justiça fora feita. *Às vezes os culpados acabam se safando mesmo tendo cometido atos terríveis, mas esse é o preço que pagamos*, tinha dito a Charlie. Fez careta, pensando em como aquilo deve ter soado — ainda mais para aquela garota.

Com uma sensação de urgência, tirou o telefone do gancho e ligou para a recepção, em vez de andar seis metros até lá e fazer a pergunta ao vivo.

— O Dunn já voltou da Freddy's? — perguntou, ignorando o cumprimento da pessoa que atendeu.

— Não, senhor — respondeu a policial do outro lado da linha. — Vou...

Clay desligou, sem esperar a mulher terminar. Ficou um tempo olhando para a parede, inquieto, então pegou sua caneca de café e foi para o porão da delegacia.

Não precisou procurar onde estava o arquivo de provas dos desaparecimentos na pizzaria, já sabia de cor. Não havia ninguém por perto, então, em vez de levar tudo para o escritório lá em cima, Clay decidiu se sentar no chão, espalhando à sua volta os papéis e as fotos. Encontrou entrevistas, testemunhos e relatórios de policiais que tinham ido ao local do crime, inclusive ele próprio. Folheou todos, sem saber muito bem aonde queria chegar. Não sabia o que estava procurando, e não tinha nenhuma novidade ali.

A verdade era que não havia nada de novo para encontrar. Já sabiam quem era o culpado. Clay primeiro suspeitara de Henry, como tantos outros na cidade. Uma coisa horrível de se pensar, mas para um crime daquele nível, se esperava uma resolução chocante. Clay não havia sido o responsável pelo interrogatório do pai de Charlie, mas tinha lido a transcrição. O sujeito quase não falava coisa com coisa, estava tão abalado que era incapaz de dar respostas claras. O que dizia soava falso, e, para a maioria, aquilo era prova suficiente. Mas Clay não se convencera e atrasara a prisão, até que chegaram ao sócio de Henry, William Afton. Ele parecia ser a parte mais normal da sociedade, o executivo. Henry era o artista, sempre em outro mundo. Mesmo enquanto conversava com alguém sobre o clima ou as partidas de futebol das crianças, parte de seu cérebro estava sempre pensando naquelas criaturas mecânicas. Henry era meio estranho, sempre um pouco aturdido. Parecia um milagre que tivesse gerado uma criança aparentemente tão normal quanto Charlie.

Clay se lembrava de quando Henry chegou à cidade e começou a construção do novo restaurante. Ouviu de alguém que o filho dele tinha sido sequestrado alguns anos antes, mas não sabia mais detalhes. Parecia um homem decente, embora claramente solitário, seu sofrimento visível para qualquer um. E, quando a Pizzaria Freddy Fazbear's foi inaugurada, a cidade se encheu de vida. Foi na mesma época que Charlie apareceu. Até aquele dia, Clay não sabia que Henry tinha uma filha.

William Afton era responsável pela parte burocrática da pizzaria, assim como fora no restaurante anterior. Afton era tão robusto e vigoroso quanto Henry era discreto e taciturno. Um homem forte, com a mesma face corada e a simpatia de um Papai Noel bom em lidar com finanças. E tinha matado aquelas crianças. Clay sabia, todo o departamento de polícia sabia. O sujeito estivera no restaurante em todos os dias em que ocorreram os sequestros, mas desaparecera misteriosamente, ainda que por pouco tempo, quando as crianças sumiram. Em uma busca em sua casa, encontraram um cômodo entulhado de caixas com peças mecânicas e uma fantasia de coelho amarela mofada, pilhas de diários preenchidos com sua paranoia desenfreada e trechos sobre Henry cheios de uma inveja insana que beirava a idolatria.

Mas não encontraram provas, não encontraram corpos, então não tinham base para acusação. William Afton deixou a cidade, e não houve como impedi-lo. Nem mesmo sabiam aonde tinha ido. Clay pegou uma foto da pilha, tinha sido retirada com moldura e tudo da parede do escritório de Henry no restaurante. Uma foto dos dois, Henry e William, sorrindo para a câmera, na frente da recém-inaugurada Pizzaria Freddy Fazbear's. Ele examinou a imagem — já tinha feito isso muitas vezes. O olhar de Henry não era alegre. Seu sorriso parecia forçado, mas era sempre assim. Não havia nada de estranho ali, só que um daqueles homens se revelara um assassino.

De repente, Clay notou um detalhe tão ínfimo que havia passado despercebido até então. Fechou os olhos, deixando a mente vagar feito um cachorro sem coleira. *Vamos lá, onde está?* Alguma coisa em William, algo familiar, *recente*. Clay abriu os olhos de repente. Enfiou a papelada de volta na caixa às pressas, jogando tudo lá dentro sem cuidado, poupando apenas a foto. Segurando-a bem firme, subiu a escada de dois em dois degraus e estava quase correndo quando chegou ao térreo. Foi direto para um gaveteiro, ignorando os cumprimentos assustados dos policiais. Abriu a gaveta do arquivo e foi passando as mãos pelas pastas até... Lá estava, as verificações de antecedentes para contratação solicitadas por empresas nos últimos seis meses.

Puxou a pilha para fora e a folheou, atrás de fotos. Na terceira pasta, encontrou. Pegou uma das fotos e a segurou ao lado da que trouxera, se virando para seu corpo não bloquear a luz.

É ele.

O formulário estava etiquetado com o nome "Dave Miller", mas era, sem sombra de dúvida, William Afton. O antigo Afton era gordo e amigável, e o homem na imagem era amarelado e magro demais, com a pele flácida e uma expressão desagradável, como se tivesse esquecido como fazia para sorrir. Parecia uma cópia malfeita de si mesmo. Ou, quem sabe, parecia ter se desfeito do disfarce, pensou Clay.

Virou a página para saber por que a verificação tinha sido solicitada e sentiu a cor se esvaindo do rosto, seu coração deu um salto. Clay se levantou, se preparando para sair, mas parou. Devagar, voltou a se sentar, deixando a jaqueta que estava segurando escapulir dos seus dedos. Tirou o arquivo incompleto da gaveta e, com todo o cuidado, pegou uma das fotos de dentro. Fora tirada logo depois do incidente, quando o lugar não passava de uma cena de crime. Parou um pouco e fechou os olhos, então olhou para a foto de novo, se forçando a vê-la como se fosse a primeira vez.

Reparou em um leve reflexo que nunca havia notado. Um dos robôs no palco, o urso, *Freddy*, olhava diretamente para o fotógrafo, com um dos olhos acesos com um borrão de luz.

Clay passou para a foto seguinte. Tinha sido tirada de um ângulo diferente, mas também mostrava a lateral do palco. O corpo de Chica estava virado para outro lado, mas o rosto estava voltado para a câmera, e seu olho esquerdo também parecia iluminado. Clay esfregou o dedo para se certificar de que não era defeito do papel. A terceira imagem mostrava Bonnie no escuro atrás das cadeiras. Um pontinho de luminosidade, semelhante ao brilho de uma estrela, reluzia em um dos olhos e parecia refletir um holofote — mas nenhuma luz estava acesa. *O que é isto?* Clay sentiu o rosto quente e só então percebeu que tinha prendido a respiração. Moveu as mãos pela mesa como se fosse um feiticeiro invocando uma quarta foto. Uma obedeceu. Fora tirada na Baía do Pirata. As mesas haviam sido retiradas do lugar, ele lembrava bem. A cena era caótica: mesas e cadeiras bagunçadas, um monte de coisas espalhadas pelos corredores. Mas, ao contrário de tantas outras ocasiões em que tinha olhado aquela imagem, Clay ignorou a confusão e se concentrou apenas no palco. A cortina estava entreaberta, apenas uma fresta, e havia um vulto escondido no refúgio dos panos: um olho, presumiu, cujo brilho saiu estourado por causa do flash da câmera. Clay examinou as outras fotos, procurando mais reflexos, mas não encontrou. *Não tinham sido tiradas com flash.*

Jason abriu os olhos. Sentia dor na perna, uma dorzinha chata e contínua. Flexionou os músculos e concluiu que conseguia mover a perna sem dificuldade, então o ferimento não devia ser tão grave. Estava deitado em uma superfície desnivelada e desconfortável, seu corpo inteiro parecia rígido e tenso, como se tivesse adormecido sobre uma pilha de... Jason examinou o lugar onde estava deitado. Uma pilha de fios e extensões. Ele se sentou. Estava escuro, mas dava para ver um pouco do que havia ao seu redor. Jason se debruçou para examinar a perna. O golpe de Foxy rasgou a calça dele e fez um corte feio, mas não estava sangrando muito. O metal tinha enganchado mais no tecido do que na carne. Ele se sentiu levemente aliviado e então começou a examinar o lugar. Estava deitado em um canto, e uma cortina preta que ia de uma parede a outra o escondia totalmente do salão lá fora. Jason foi engatinhando para a frente, tomando cuidado ao passar pelos fios e cabos para não fazer barulho. Alcançou a cortina, onde havia uma fresta iluminada entre o pano e a parede. Parou um instante para se acalmar e espiou do outro lado, consciente de cada movimento.

Estava no pequeno palco da Baía do Pirata. Ouvia alguma coisa se movendo lá fora, algo grande, mas dali via apenas o salão vazio. Esticou um pouco mais o pescoço para ver melhor. Não conseguia identificar de onde vinha o barulho, porém a cada minuto ficava mais destemido, até que criou coragem para pular do palco e sair correndo. Uma luz piscava no salão principal, iluminando o corredor de tempos em tempos em um festival de cores vibrantes e vertiginosas. Não ajudava muito, mas ele conseguiu avistar o caminho que poderia seguir. Ficou olhando atentamente para seu destino até só conseguir ver isso na sua frente, então a luz parou de piscar. O cômodo estava mais escuro do que antes, e seus olhos, que já haviam se adaptado à luminosidade, ficaram quase cegos. Continuou ouvindo a coisa se mexendo e deu um puxão na cortina para abri-la ainda mais. Dessa vez, puxou muito rápido, e os aros de metal que a prendiam se chocaram com um tilintar.

A luz acima da Baía do Pirata se acendeu.

Foxy estava lá, bem na frente dele, o rosto tão próximo que os dois quase se tocaram. Jason cambaleou voltando para trás da cortina e a fechou, tentando fugir, mas não havia para onde ir. Engatinhou de costas até a parede e ficou ali, encolhido, rezando para, sabe-se lá como, a cortina protegê-lo de Foxy.

Mas a cortina começou a se abrir de repente — não à força, era mais como se um espetáculo estivesse prestes a começar. Luzes e cores cintilavam em uma coreografia silenciosa, e as cortinas brilhantes se abriram com estilo, revelando o palco. O monstro aguardava pacientemente logo em frente.

Foxy inclinou a cabeça para o lado, como se estivesse pensando, então começou a se aproximar. Subiu a escada para o palco, um degrau por vez, cada passo formado por uma série de movimentos desconjuntados, como se cada peça do corpo de metal se movesse individualmente. Jason ficou vendo tudo, horrorizado. Mas, ainda assim, parte dele estava fascinada: nunca vira nada parecido. Foxy chegou ao palco e deu mais dois passos largos, até estar parado bem na frente de Jason. O menino encarou a criatura, apavorado demais para se mover, paralisado feito um camundongo à mercê de um falcão mergulhando para capturá-lo. Sua respiração estava entrecortada e acelerada, o coração batia tão depressa que seu peito doía. Foxy ergueu o gancho, e Jason se jogou no chão, encolhido, protegendo a cabeça com os braços, esperando o golpe.

Nada aconteceu.

Jason não saiu do lugar. Esperou, com a sensação de que o tempo havia desacelerado, já que estava prestes a morrer, a mente tentando oferecer algum refúgio, prolongando seus últimos instantes... Mas tanto assim? Abriu os olhos e virou só um pouquinho a cabeça, mantendo os braços diante do rosto. Foxy continuava lá, imóvel. Involuntariamente, Jason olhou bem nos olhos da criatura. Era como encarar o sol: o olhar ardente deixou sua visão embaçada de lágrimas. O menino desejou virar o rosto, mas não podia. Foi o animatrônico quem desviou os olhos, no fim das contas. Sob o olhar de Jason, anuviado pela luz piscante de mais cedo, Foxy virou o focinho para encarar a plateia ausente. Deixou o gancho cair lentamente ao lado do corpo, a cabeça inclinada para a frente, e ficou imóvel. Os zumbidos de motor e os cliques mecânicos pararam, e as cortinas se fecharam outra vez.

— Pronta? — indagou Lamar.

Marla assentiu.

— Pronta.

Ela abriu a porta de repente, mantendo os punhos cerrados, e os dois saíram da sala de controles se virando para direções opostas, prontos para o ataque. Marla estava com a respiração pesada, parecendo furiosa. A escuridão do salão era densa, quase palpável, e ela não estava vendo nada além de Lamar, mas bastaria se afastarem um pouco para se perderem um do outro. As lâmpadas acima se acenderam, tremeluzindo, mas só por um instante. A luz repentina arruinou o processo de adaptação da vista deles, e o breu voltou a ficar impenetrável.

— Tem alguma coisa do seu lado? — sussurrou Marla.

Lamar olhou na direção da voz dela, tenso.

— Não, e do seu?

— Acende a luz — murmurou a garota.

Lamar brandiu a lanterna como se estivesse mirando uma arma e a acendeu. Acima de suas cabeças, as lâmpadas tremeluziram de novo.

Jason via a lanterna dos dois indo de um lado a outro, a cortina meio translúcida, deixando a luz passar. *Ah, não.* O facho iluminou o animatrônico só por um instante, e ele ouviu um clique metálico. Jason olhou para cima. Foxy estava imóvel. O facho passou pela criatura de novo, e Jason ouviu mais cliques mecânicos, embora Foxy continuasse parado. O menino se arrastou para a frente, dando a volta nos pés de Foxy, e olhou para cima, para o rosto do robô, quando a luz o iluminou mais uma vez. Outro clique: algo lá dentro estava se preparando, mas os olhos permaneciam apagados. Jason engatinhou para a frente o máximo que conseguia arriscar, tentando não entrar no campo de visão da criatura. Chegou à cortina e enfiou o braço para fora, tentando advertir os outros.

— Jason!

Ouviu a voz da irmã, seguida de um rápido "shhh" que supôs ser de Lamar.

O facho de luz foi mais para cima, apontado para o palco, e os olhos de Foxy se acenderam. A cabeça se virou na direção da luz com precisão predatória, e Jason, em pânico, pegou um dos fios do chão ali perto. Foxy levantou o pé, e o menino envolveu sua perna mecânica com o cabo e puxou com toda a força. O animatrônico caiu para a frente, tentando agarrar a cortina com o gancho, que acabou se prendendo no pano. O corpo de Foxy ficou um instante contido pela cortina, até que o tecido se rasgou com um barulho alto e Foxy caiu no chão, em uma confusão de pano e membros de metal. Jason saiu correndo para longe da criatura que se debatia, indo em direção à luz.

Marla estendeu a mão para ele, mas Jason passou direto.

— Corre — mandou, ofegante, e os três dispararam pelo corredor.

Quando viraram uma curva, pararam ao mesmo tempo, como se fossem uma pessoa só, Jason escorregando atrás de Lamar e se agarrando a ele para manter o equilíbrio. No outro extremo do corredor escuro havia mais um vulto, alto e grande demais para ser uma pessoa. A cartola era inconfundível.

Freddy Fazbear.

Seus olhos brilhavam, o fulgor vermelho intenso iluminando o espaço em volta. Ouviam as notas frágeis de uma melodia mecânica e indistinta, como a de uma caixinha de música. Vinha da direção do urso. Ficaram olhando, hipnotizados, até que Jason se recompôs e puxou o braço da irmã.

— Anda — sibilou, e os outros dois o seguiram, correndo de volta por onde tinham vindo.

Quando chegaram à Baía do Pirata, desaceleraram. Foxy tinha se soltado da cortina e estava começando a se levantar. Os três se entreolharam e passaram correndo por ele. Jason prendeu a respiração enquanto entraram por outra porta, invocando uma velha superstição.

Lamar gesticulou para um dos salões de festa, e os três foram se esconder lá dentro. Ele desligou a lanterna, e ficaram parados por um momento, se acostumando à escuridão. O cômodo tinha três mesas compridas, todas ainda postas para uma festa, com as cadeiras dobráveis em volta e cada lugar com um chapeuzinho, copo e prato descartáveis. Em um acordo silencioso, cada um deles se escondeu debaixo de uma mesa diferente, o que lhes oferecia o máximo de espaço para se movimentar e fugir. Ficaram abaixados, torcendo para que não fossem vistos entre os pés das cadeiras, e esperavam, olhando o corredor vazio e ouvindo atentamente.

— Alô? Tem alguém na escuta? — perguntou John para o rádio, mas só recebeu estática em resposta.

Tinha conseguido conectar o walkie-talkie ao sistema de som, mas captar sinal de fora parecia impossível: a Freddy's estava isolada do mundo. Olhou para os monitores. Em um deles, viu três figuras escondidas debaixo das mesas. *Marla, Lamar e Jason*, deduziu. *Então encontraram Jason*, pensou, profundamente aliviado, e só ao relaxar percebeu que estava tenso. Tudo nas telas estava iluminado em tons artificiais de cinza e branco.

— Devem ser câmeras de visão noturna — comentou consigo mesmo, estreitando os olhos para distinguir as imagens apesar da estática.

Viu as figuras pouco nítidas engatinharem e pararem debaixo das longas mesas de festa, e foi então que uma movimentação em outra tela chamou sua atenção.

Uma silhueta no corredor seguia em passos firmes para o cômodo onde os três estavam escondidos. John não identificou a imagem, mas a forma como se movia não era humana. A coisa parou ao lado da entrada de um dos salões, e, com um choque de compreensão, John olhou outra vez para o salão que abrigava seus amigos. Pegou o walkie-talkie e mudou para o canal de comunicação com as caixas de som, aumentando o volume ao máximo.

— Lamar — anunciou, muito calmo, tentando imprimir um tom de comando à voz. Ouviu a reverberação da própria fala pelas paredes da sala de controle. — Lamar, não se mexe.

A voz de John explodiu nas caixas de som, distorcidas pela estática, mas compreensível.

— Lamar, não se mexe.

Lamar, Marla e Jason se entreolharam, cada um embaixo de sua mesa. O salão se iluminou com um brilho vermelho ardente, e eles ficaram olhando, tão imóveis quanto possível, enquanto Freddy Fazbear entrava. Os movimentos eram mecânicos e rígidos, e ele avançou com passos cautelosos até o centro da sala, parando entre duas mesas, com Marla de um lado e Jason do outro. O menino olhou para a irmã, que levou um dos dedos aos lábios. Só então Jason reparou que estava chorando, com as bochechas molhadas de lágrimas.

Ficou olhando enquanto Freddy examinava o salão. A cabeça do mascote, com os olhos de canhões de luz, virava de um lado para outro com um zumbido maquinal, fazendo um clique ao mudar de direção. Houve um instante de quietude.

Os dois pés peludos estavam plantados no lugar, as pernas pareciam árvores negras em uma floresta. Ouviram o ruído de pelo e tecido se dobrando, e o pé começou a virar. Freddy deu meia-volta e foi para a porta, cada passo fazendo o chão estremecer. Quando o urso passou por Jason, o menino se encolheu instintivamente, chutando uma das cadeiras de metal com um estardalhaço. O coração dele acelerou. Em pânico, olhou para a irmã, que gesticulava, desesperada. Freddy havia parado, mas eles ainda ouviam o barulho do tecido e da pelagem. Freddy começou a se abaixar. Era um processo lento, e, naqueles segundos preciosos, Jason empurrou duas das cadeiras na frente dele, abrindo espaço para escapar por trás de Freddy assim que tivesse oportunidade. A luz dos olhos do urso iluminou o espaço embaixo da mesa, o facho direcionado bem ao lado de Jason, e ele passou engatinhando por entre as cadeiras às pressas, sem fazer barulho, até onde Marla estava escondida. Freddy se levantou de volta, examinando o chão bem no instante em que Jason puxava o pé para escondê-lo.

Freddy começou a dar meia-volta, na direção da mesa onde estavam os dois irmãos. Marla tocou o braço de Jason, tranquilizando-o. Tudo ficou quieto outra vez. Lamar, na mesa em frente, gesticulou para Marla e Jason, chamando-os para lá, para longe de Freddy. Marla balançou a cabeça; não queria correr o risco de fazer mais barulho. *Talvez ele esteja saindo*, disse a si mesma. Jason estava começando a respirar normalmente quando eles repararam: o urso estava se abaixando, mas sem os ruídos mecânicos. Os olhos tinham se apagado, mas assim que os irmãos viram o urso, o olhar se acendeu outra vez, iluminando o cômodo. Marla e Jason deram a volta nas cadeiras de metal o mais rápido possível sem encostar em nenhuma. Foram engatinhando pelo carpete fino, avançando pelas mesas até uma abertura entre as cadeiras da mesa de Lamar e se esconderam com ele. Os dois mais velhos se entreolharam, sem saber o que fazer. Freddy estava se empertigando, começando o trajeto até a terceira mesa.

— A gente precisa correr até a porta — sussurrou a garota.

Lamar assentiu e gesticulou para que os outros o seguissem. Ficou olhando, aguardando o momento em que Freddy começaria a se abaixar outra vez, e indicou a mesa do meio. Os três prenderam a respiração, tentando não fazer barulho, e Lamar olhou para a saída. Conseguiriam chegar a tempo? Marla colocou a mão no ombro de Jason, que tentou se desvencilhar, mas a irmã segurava firme, os dedos afundando na carne. O menino se sacudiu para afastá-la, mas então olhou para ela. Estava aterrorizada, ainda mais do que ele. Jason deixou que ela o segurasse enquanto mantinha os olhos vidrados em Freddy, esperando a próxima oportunidade.

Não veio. Enquanto aguardavam, prontos para fugir, Freddy deu meia-volta e foi até a porta com passos cuidadosos. O salão ficou escuro, e Jason sentiu o coração pular, até entender o que havia acontecido. A luz tinha ido embora junto com Freddy.

— Marla — sussurrou ele, a voz pouco mais que um suspiro. — Ele já foi.

A irmã olhou para ele e assentiu, mas não soltou seu ombro.

— Você está bem? — perguntou ela, no mesmo tom quase inaudível.

Jason assentiu, depois apontou para a perna e deu de ombros, em um movimento exagerado. Ela abriu um sorriso e tirou a mão do ombro do irmão para afagar seus cabelos.

De repente, Lamar cutucou o braço de Marla, chamando sua atenção. Ele apontou para a própria orelha, e a garota pareceu confusa. Jason ficou tenso, entendendo o que Lamar estava querendo dizer, e, depois de um segundo, Marla também compreendeu. Ouviram uma melodia no salão de festa, mais uma vez o som suave e artificial de caixinha de música, as pausas entre as notas um pouco longas demais. O cômodo se iluminou novamente com um vermelho sufocante, e, antes que pudessem se mover, o tampo da mesa saiu voando. Freddy estava em pé, imenso, diante deles. O urso empurrou a mesa para o lado, quase atirando-a para longe. Os três gritaram — não era um grito de socorro, e sim um último ato de desafio inútil. Jason se agarrou à irmã, que o abraçou, aninhando sua cabeça contra o peito e cobrindo seus olhos para que ele não tivesse que ver aquela cena.

De repente, Freddy se balançou, perdendo o equilíbrio e tombando para o lado. Tentou se estabilizar, mas outro golpe por trás o lançou para a frente, e o urso caiu de cara nas mesas. Marla, Lamar e Jason olharam para cima e viram Charlie e John com os rostos corados pelo esforço.

— Anda — chamou Charlie. —Vamos embora.

Dave não teve problema em se livrar das amarras. Os nós estavam firmes, mas as cordas estavam folgadas e cederam depressa. Bastou se contorcer um pouco para conseguir se libertar.

Foi engatinhando até a porta e encostou a orelha na fresta, tomando cuidado para não fazer nenhum movimento brusco que entregasse sua posição.

A caixa de som soltou um ruído estridente, seguido do barulho que ele estivera aguardando: pessoas correndo.

Dave esperou até que o som de passos estivesse longe e se levantou, preparado.

— Aonde a gente vai? — perguntou Marla, ofegante, enquanto corriam na direção do salão principal.

— Para o escritório — respondeu Charlie. — Tem uma porta decente, dá para a gente se trancar lá dentro.

Ela olhou de relance para John, que assentiu com um gesto curto e contido. Não pensariam ainda no que fazer depois de barricar a sala, deixariam para se preocupar com isso quando já estivessem em segurança. O grupo atravessou o salão correndo. Charlie olhou para o palco, que passou em um borrão, mas não viu nada surpreendente: estava vazio.

Chegaram ao corredor estreito que levava ao escritório, e Charlie sentiu o coração mais leve ao avistar a porta, com a luz passando pela janelinha como um farol.

Espera aí, isso é luz?

Ela desacelerou a alguns metros da sala. Levantou a mão, sinalizando para o grupo parar, e todos se aproximaram devagar. Criando coragem, Charlie segurou a maçaneta e a girou. Estava trancada. Olhou para os amigos, desamparada.

— Tem alguém aí dentro — murmurou Jason, chegando mais perto de Marla.

— Não tem mais ninguém aqui — murmurou a garota, mas soou mais como uma indagação.

Charlie estava prestes a tentar abrir a porta outra vez, mas parou. *Não chama atenção.*

— Ele se soltou! — exclamou Jessica, a voz rouca, e Charlie sentiu um calafrio.

Ela está certa, pensou. Mas não disse em voz alta.

— Temos que voltar — anunciou.

Sem esperar resposta, Charlie deu meia-volta e passou entre Lamar e John para assumir a dianteira. Deu dois passos à frente e parou, congelada, ao ouvir os outros ofegarem, surpresos.

Era Chica, os olhos como dois faróis laranja ardentes.

Estava parada na outra extremidade do corredor curto, bloqueando a única saída. O corpo da galinha ocupava todo o espaço, não seria possível passar correndo pelos lados. Charlie olhou para trás, embora já soubesse que não havia outra rota de fuga. Antes que ela pudesse reagir, John disparou em direção ao animatrônico. Não tinha arma para atacar, mas saltou para cima da criatura, tentando agarrar seu pescoço. Conseguiu se segurar por alguns breves segundos, fazendo força enquanto Chica se debatia e sacudia a cabeça. A galinha se debruçou para a frente e se virou para o lado, atirando John na parede, e o garoto caiu no chão. O cupcake na bandeja abria e fechava a boca como se estivesse gargalhando, os olhinhos se revirando nas órbitas diminutas.

— John! — berrou Charlie, e botou a mão com a lanterna para trás, para que alguém a pegasse.

Sentiu o objeto deixar seus dedos, mas não se moveu para ver quem havia pegado. Olhou para cima. Um cabo de eletricidade balançava sobre o grupo. Parte da borracha isolante tinha descascado, expondo filetes de metal. Chica avançava devagar. Charlie deu um pulo, mas não conseguiu alcançar. Olhou para os lados. *Será que é estreito o bastante?* Virou o rosto para Chica, que se movia bem devagar, em passos calculados. Estavam todos encurralados na passagem, e a criatura não precisava ter pressa. Charlie apoiou um pé em cada parede, e começou a escalar. Foi subindo devagar, os músculos tremendo com o esforço. Olhou para cima, mantendo o equilíbrio com dificuldade enquanto erguia a mão para alcançar o fio. Tomando o cuidado de tocar apenas na borracha, segurou o cabo e pulou para o chão. Chica investiu para a frente, os braços esticados diante do corpo, um sorriso mecânico de dentes distorcidos.

Charlie deu um salto, brandindo o fio, e o enfiou no corpo da galinha. O animatrônico deu uma guinada para trás, soltando faíscas, e, por um terrível instante, Charlie parecia incapaz de se mover. Sentiu o braço pulsar com a corrente elétrica e ficou paralisada, sem conseguir abrir a mão e soltar o fio. Olhou para os dedos, suplicando que se abrissem. *É assim que vou morrer?* Lamar a agarrou e a puxou para longe, e Charlie o fitou com olhos arregalados. Os outros já estavam correndo. Chica tinha sido desativada — ao menos era o que parecia —, havia tombado para a frente, os olhos apagados. Lamar deu um puxão em seu braço, e ele e Charlie saíram correndo atrás dos amigos.

Com um sorriso satisfeito, Dave assistiu ao confronto pela janela na porta do escritório. *É só uma questão de tempo*, pensou. A garota era esperta, escalando as paredes, mas quase acabou morrendo também. Não iam durar muito. Ele só precisava esperar.

Sem aviso, o cômodo se iluminou com um azul etéreo. O homem ficou paralisado, congelado, e se virou devagar. *Bonnie*. O robô estava de pé na frente dele, perto o bastante para tocá-lo. Dave caiu, batendo as costas na porta, e gritou.

Ouviram um grito vindo do escritório. O grupo parou e trocou olhares nervosos.

— Não importa — disse Charlie. — Vamos.

Ela olhou para trás, para Chica, ainda caída e inerte. Guiou os outros até o salão principal da pizzaria. Ao entrarem, captaram um movimento brusco. Foxy estava lá.

O animatrônico saltou para cima de uma mesa diante deles, examinando o grupo até seus olhos prateados iluminarem Jason. Então a criatura se agachou, como se estivesse se preparando para pular no menino. Charlie pegou um porta-guardanapos e o atirou com toda a força. A coisa atingiu a cabeça de Foxy e quicou, sem parecer fazer muito efeito, mas foi o bastante para desviar sua atenção. O animatrônico se virou para ela e deu o bote.

Charlie já estava correndo, querendo atraí-lo para longe dos outros. *E depois o quê?*, pensou, disparando para fora do salão, avançando pelo corredor. *A sala dos fliperamas*. Lá dentro estava escuro, e ela poderia se esconder atrás da mobília e dos jogos.

Continuou correndo até alcançar a porta, então se virou tão depressa que quase caiu, torcendo para deixar Foxy momentaneamente desorientado. Olhou ao redor, desesperada. Viu fliperamas enfileirados nos fundos do cômodo, só um pouco afastados da parede. Ouviu passos atrás de si e mergulhou naquele pequeno espaço.

Era tão apertado que ela mal conseguiu se esgueirar lá para dentro. Sentia o corpo espremido entre a máquina e a parede, e viu fios grossos espiralados sob seus pés. Deu um passo para trás, entrando ainda mais na abertura estreita, mas escorregou em um cabo e quase não conseguiu evitar uma queda. Um movimento chamou sua atenção, e Charlie vislumbrou um lampejo de luz prateada.

Ele está me vendo.

Charlie se ajoelhou no chão e foi engatinhando para trás, centímetro por centímetro. Prendeu o pé em outro fio e parou para se soltar, contorcendo o corpo em uma posição impossível de se desembolar sem fazer barulho. Continuou recuando e, quando o pé topou com outra parede, parou. Estava encurralada de três lados, e quase se sentiu segura. Fechou os olhos. *Nada aqui dentro é seguro.*

Ouviu um barulho horrível, um clangor de metal contra metal, e a última máquina da fileira tombou para trás, batendo na parede. Charlie viu Foxy se debruçando sobre o fliperama e esmagando a tela; estilhaços de plástico saíram voando. O gancho ficou preso dentro da máquina, e o robô deu um puxão para soltá-lo, arrancando parte da fiação.

Então o animatrônico seguiu para o fliperama seguinte, quebrando mais um monitor e atirando a máquina na parede com uma brutalidade casual. Charlie sentiu o impacto reverberar pela parede, e a criatura se aproximava.

Tenho que sair daqui de qualquer jeito! Mas não havia saída. Depois de finalmente ter parado um instante, reparou em como o braço doía, e só então pensou em verificar o machucado. O curativo estava encharcado de sangue, a parede atrás manchada com uma trilha vermelha onde seu braço havia encostado. Teve uma vontade súbita de chorar. O corpo inteiro doía. O corte no braço e a tensão constante daquele último dia — não sabia dizer se tinha passado mais que um dia — estavam drenando sua energia, consumindo-a.

O fliperama seguinte se chocou contra a parede, e Charlie se retraiu. Restavam só dois. Foxy estava quase chegando. Ela ouvia as engrenagens trabalhando, zumbindo, rangendo e às vezes até soltando um chiado estridente. Fechou os olhos, mas ainda conseguia ver a criatura: a pelagem suja, os ossos de metal projetados para fora da pele, os olhos prateados brilhando.

A máquina ao seu lado foi arrancada e jogada no chão como se não pesasse nada. Os fios embaixo dela foram puxados, e Charlie escorregou, sem conseguir se segurar. Recuperou o equilíbrio e olhou para cima a tempo de ver o golpe do gancho.

Seu corpo foi mais ágil que o cérebro. Ela se jogou contra o último fliperama com toda a força, e a máquina oscilou, depois caiu, levando Foxy junto, prendendo-o no chão. Charlie correu, mas o gancho acertou sua perna, cortando a carne. Ela caiu, gritando. Usou o outro pé para chutar o animatrônico, mas o gancho estava cravado em sua perna, então a cada chute que dava sentia a ponta afundar mais em sua pele. Investiu contra o focinho da raposa, e o metal entrou ainda mais. Charlie gritou de novo, levando as mãos instintivamente à ferida, e em segundos Foxy estava em cima dela, abrindo e fechando o maxilar, segurando-a bem firme enquanto ela tentava livrar as pernas do peso da máquina. Charlie lutou contra a criatura, tentando se afastar. O gancho a golpeou outra vez, e mais outra. Ela tentava bloquear os ataques e gritava por socorro.

John apareceu na sala de repente. Deu um pisão no pescoço do robô, mantendo o pé firme. Foxy se debatia, mas não conseguia alcançá-lo.

— Charlie, levanta! — gritou o garoto.

Charlie o encarou por alguns segundos, abalada demais para registrar a súplica. Ele ergueu e afundou o pé no pescoço de Foxy sem parar, e, com um movimento rápido, pegou a mão de Charlie, ajudou-a a se levantar e começou a correr, puxando-a junto. Chegaram ao salão principal, onde o restante do grupo se amontoava no centro. Aliviada, Charlie se juntou depressa aos amigos. Estava mancando, mas não sentia dor — o que uma parte distante e enfraquecida de seu cérebro dizia que não era bom sinal. Quando alcançaram os outros, Charlie sentiu o coração afundar no peito. Os rostos que a receberam estavam sombrios. Lamar estendia os braços trêmulos, segurando a lanterna.

Marla apontou para as entradas do salão. Freddy estava parado diante do corredor que levava ao depósito, enquanto Bonnie bloqueava a do escritório. Chica, reanimada, apareceu no palco, ameaçadora. Charlie olhou para o caminho por onde tinham vindo.

Foxy se aproximava, depois de conseguir se libertar. A raposa parou na soleira da porta como se aguardasse um sinal. Não havia por onde escaparem. De repente, muito consciente de tudo ao redor, Charlie reparou na melodia de caixinha de música — era como se a tivesse ouvido aquele tempo todo, mas só então percebera. Inspirou fundo. O momento pareceu se estender por uma eternidade. Estavam encurralados. Eles esperaram. Talvez os animatrônicos tivessem todo o tempo do mundo. Charlie examinou o salão, em uma busca inútil por algo que servisse de arma, mas só encontrou chapéus de festa e pratinhos descartáveis.

Parecendo um único ser, os robôs começaram a avançar. Charlie agarrou as costas de uma cadeira de metal, sem nem saber como usá-la em sua defesa. Os animais se moviam mais depressa, caminhando juntos, como se aquela batalha fosse uma dança coreografada. Marla segurou a mão de Jason e sussurrou algo em seu ouvido. Fosse lá o que ela tivesse dito, o menino balançou a cabeça, trincou o maxilar e cerrou os punhos. Lamar olhou para ele de relance, mas não disse nada. As mãos de Jessica estavam rígidas, e a garota murmurava algo incompreensível. Os animatrônicos estavam quase chegando. O caminhar pesado de Freddy era predatório, e as notas da melodia vinham de sua direção — *de dentro dele*, compreendeu Charlie, por fim. Chica pulou do palco e foi se aproximando com pequenos passos saltitantes, como se estivesse empolgada mas quisesse se conter. Os grandes pés de Bonnie batiam no chão, desafiadores, e Foxy avançava com graça malévola, o olhar vidrado em Charlie, como se ela fosse a única coisa que visse. A garota encarou os olhos prateados. Dominavam sua visão, sufocando tudo, até o mundo inteiro ser de prata, das íris de Foxy, e não restar mais nada dela própria.

John apertou sua mão, o que quebrou o encanto. Charlie olhou para ele, a visão ainda anuviada.

— Charlie... — disse ele, hesitando. — ... Charlotte...

— Shhh — fez ela. — Depois.

John assentiu, aceitando a mentira de que haveria um "depois". Foxy se agachou, e Charlie soltou a mão de John sentindo o coração martelar no peito, se preparando para o ataque. As juntas mecânicas da raposa se deslocaram, se preparando para o salto... então ele parou. Charlie esperou. Não ouviu berros atrás de si, nem ruídos ameaçadores. Até a música havia silenciado. Foxy estava imóvel, embora os olhos permanecessem acesos. Charlie olhou em volta, então finalmente viu.

Era Freddy. Não o Freddy que todos conheciam, não o mesmo que esteve a poucos centímetros de Marla, com a boca aberta pronta para morder. Era o outro, aquele de que ela se lembrava, o Freddy amarelo do primeiro restaurante. A fantasia que o pai usava. O urso estava em um canto, encarando o grupo, e Charlie ouviu. Era um barulho indistinto, só sussurros dentro de sua cabeça, murmúrios delicados em sua mente consciente. Olhou para os amigos e soube que eles também podiam ouvir. Apesar de ser indecifrável, o significado estava claro.

Foi Carlton quem chamou em voz alta:

— Michael.

Os ruídos ficaram mais calorosos, uma confirmação tácita, e, juntos, eles se aproximaram do urso dourado. Marla passou pelo Freddy castanho como se o bicho nem estivesse lá, e Charlie virou as costas para Foxy, sem medo. Havia apenas um pensamento em sua cabeça: *Michael. É você.*

Estavam quase diante dele. Tudo o que Charlie queria era abraçá-lo, segurá-lo com força e voltar a ser a menininha que um dia fora, tantos anos antes. Abraçá-lo novamente, aquela criança amada que tinha sido arrancada de suas vidas em uma tarde tranquila. Apagar e refazer tudo. Conseguir resgatá-lo dessa vez, conseguir salvar sua vida.

— Michael — murmurou.

O urso amarelo continuou parado. Ao contrário dos demais, não parecia haver nada dentro dele, a fantasia estava de pé por conta própria, por vontade própria. Não havia mecanismo encarregado de manter a boca fechada, e os olhos estavam vazios.

Repentinamente ciente de que tinham dado as costas para os outros animatrônicos, Charlie se virou para trás, apreensiva. Freddy, Bonnie, Chica e Foxy pareciam desligados, quase como se estivessem de volta a seus respectivos lugares no palco. Os olhos estavam vidrados em Charlie, mas tinham interrompido o ataque.

— São as crianças — sussurrou Carlton.

— Foxy não estava atacando o Jason! — comentou Marla. — Estava tentando protegê-lo.

John avançou, hesitante, em direção ao centro do salão, depois se aproximou com mais ousadia, olhando para os robôs, um a um.

— São as crianças — repetiu. — Todos eles.

Os rostos haviam perdido toda a natureza animalesca e inanimada, como se agora fossem habitados por espíritos.

Ouviram um estrondo de onde estava a porta de saída lacrada.

Levaram um susto, se virando ao mesmo tempo enquanto a parede ligada à entrada soldada tremia com a força de uma dúzia de golpes.

O que é isso?, se perguntou Charlie.

Os tijolos se partiram e desmoronaram, espalhando pedaços pelo chão, a poeira enchendo o ar em nuvens cor de ferrugem. Uma figura entrou pelo buraco brandindo uma marreta monumental, e, quando todo o pó começou a assentar e o ar clareou, aos poucos, eles conseguiram identificar quem era: Clay Burke, o pai de Carlton.

O homem avistou Carlton e deixou o martelo cair para correr até o filho, puxando-o para um abraço. Clay correu as mãos pelos cabelos do garoto, segurando-o firme, como se jamais fosse soltá-lo outra vez. Charlie assistiu à cena de longe, o alívio atingido por uma pontada de inveja.

— Pai, vou vomitar — murmurou Carlton. Clay riu, mas se afastou quando entendeu que o filho não estava brincando. Carlton se curvou, as mãos nos joelhos, lutando contra a ânsia, e Clay pareceu apreensivo. O garoto se empertigou. — Está tudo bem.

Clay não estava mais escutando. Olhava ao redor, para os animais. Estavam parados no tempo, deslocados.

— Muito bem, crianças — disse o policial, em voz baixa, as palavras cheias de cautela. — Acho que está na hora de ir. — Ele foi em direção à saída que abrira.

Os adolescentes se entreolharam. Os murmúrios haviam cessado. Não importava o que tinha acontecido ali, o Freddy amarelo estava murcho outra vez, uma fantasia vazia, embora ninguém tivesse presenciado o processo ou visto qualquer sinal de movimento. Charlie assentiu para Clay, e o restante do grupo se encaminhou para o buraco na parede. Charlie ficou para trás. John permaneceu a seu lado, mas ela gesticulou para que ele prosseguisse e a deixasse sozinha.

Mal teve tempo de dar um passo quando algo a segurou pela garganta.

Charlie tentou gritar, mas sua traqueia estava sendo esmagada. Foi virada como se não pesasse nada, e se viu cara a cara com o coelho amarelo. Dave olhava no fundo de seus olhos, triunfante. Espremia sua garganta com tanta pressão que ela não conseguia respirar. Ele a segurava tão perto que quase chegava a ser um abraço. Charlie sentia o cheiro da fantasia, da pelagem manchada e dos anos de suor, sangue e crueldade pútridos.

Dave falou, ainda encarando Charlie:

— *Você* fica.

— De jeito nenhum — respondeu Clay, assumindo o controle da situação.

Dave afundou ainda mais os dedos no pescoço de Charlie, que deixou escapar um ruído estrangulado.

— Eu mato esta menina, bem aqui, na frente de todos vocês, se não fizerem o que eu mandar — ameaçou, e sua voz era quase agradável.

Clay o fitou por um tempo, ponderando, então assentiu.

— Está certo — concordou, calmo. — Vamos fazer o que você mandar.

— Ótimo — respondeu Dave.

Ele afrouxou o aperto no pescoço de Charlie, que inspirou, trêmula. Clay foi andando até os dois, e os outros o seguiram. Charlie encarou o homem na fantasia de coelho. *Foi você. Você matou Michael. Matou Sammy. Tirou os dois de mim.* Seus olhos deveriam conter algo feroz e perigoso. Deveriam ter sido janelas para o núcleo podre lá dentro. Mas eram apenas olhos, vazios e inexpressivos.

Charlie afundou as mãos no espaço sob a cabeça da fantasia. Dave recuou, mas ela segurou firme.

— Se quer tanto ser um deles, então *seja logo!* — gritou, e acionou os mecanismos das molas.

Os olhos de Dave se arregalaram, e ele deu um berro. Charlie puxou as mãos, escapando por pouco das travas que se soltaram e se enterraram no pescoço daquele assassino. Ela deu um passo para trás, assistindo a Dave desabar no chão, ainda gritando enquanto as peças no esqueleto mecânico eram liberadas. Uma de cada vez, as entranhas robóticas perfuraram a carne, rompendo órgãos, dilacerando a carne. Em algum momento, Dave parou de gritar, mas ficou se contorcendo no chão pelo que pareceram longos minutos, antes de ficar inerte.

Charlie ficou olhando, respirando com dificuldade, como se tivesse corrido aquele tempo todo. A forma no chão parecia quase irreal. John foi o primeiro a se mover. Ele foi para o lado da amiga, ainda olhando para baixo, Charlie o afastou antes que o garoto pudesse tocá-la. Naquele instante, não suportaria nem encostar nele.

Jessica exclamou, surpresa, e todos olharam para cima. Os robôs estavam se movendo. O grupo recuou, procurando ficar junto, mas nenhum dos mascotes olhava para eles. Um a um, eles seguraram o corpo destroçado no chão e começaram a arrastá-lo em direção ao corredor para a Baía do Pirata. Quando desapareceram lá dentro, Charlie notou que o Freddy amarelo também havia sumido.

—Vamos embora — murmurou.

Clay Burke assentiu, e, pela última vez, eles formaram uma fila e saíram do restaurante.

CAPÍTULO TREZE

O sol estava nascendo quando saíram do prédio.

Clay passou o braço pelo ombro de Carlton, que, pela primeira vez em muito tempo, não afastou o pai com uma piada. Charlie assentiu, distraída, piscando na luz do dia.

— Carlton e eu vamos para a emergência — disse Clay. — Tem alguém mais precisando ir ao hospital?

— Estou bem — respondeu Charlie, em um reflexo.

— Jason, você está bem? — indagou Marla.

— Sim — disse ele.

— Deixa a gente ver a sua perna — insistiu a irmã.

O grupo parou enquanto Jason esticava a perna para deixar Clay examiná-la. Charlie sentiu uma onda estranha de alívio inundá-la. Havia um adulto no comando. Depois de alguns segundos, Clay olhou para Jason com uma expressão séria.

— Acho que não vamos ter que amputar. Por enquanto. — O menino sorriu, e Clay se virou para Marla. — Eu mesmo cuido dele. Pode ficar uma cicatriz, mas isso só vai dar a ele pinta de casca grossa.

Marla fez que sim com a cabeça e deu uma piscadela para o irmão, que riu.

— Preciso trocar de roupa — disse Charlie. Parecia uma preocupação fútil, mas sua camiseta e sua calça estavam úmidas de sangue em alguns pontos, secas e rígidas em outros. Estava começando a incomodar.

—Você está um horror — comentou Carlton redundantemente. — Será que ela vai receber uma multa se for dirigindo desse jeito?

— Charlie, você tem certeza de que não precisa mesmo ir ao hospital? — indagou Marla, focando sua preocupação toda na amiga, depois de constatar que o irmão estava são e salvo.

— Estou bem — repetiu Charlie. — Só preciso trocar de roupa. Vamos para o hotel.

Quando chegaram aos automóveis, fizeram aquela divisão que já se tornara habitual: Marla, Jason e Lamar em um carro; Charlie, John e Jessica em outro. Charlie abriu a porta do motorista e parou, se virando para olhar o prédio. Não era a única; de canto de olho, podia ver que estavam todos olhando também. O shopping deserto era uma sombra escura contra o céu tingido de rosa, comprido e baixo, feito um animal feroz adormecido. Todos se viraram ao mesmo tempo, entrando nos carros sem falar. Charlie não tirou os olhos da construção, vigiando enquanto ligava o motor, esperando até o último segundo possível para lhe dar as costas. Saiu do estacionamento e foi embora.

Na estrada, os automóveis se separaram. Clay e Carlton pegaram uma saída diferente do estacionamento, em direção ao hospital, Charlie seguiu para o hotel, enquanto Marla foi rumo à casa dos Burke.

— Primeira a tomar banho! — declarou Jessica ao saírem do automóvel, mas depois, vendo o rosto de Charlie, acrescentou: — Para você, faço uma exceção especial. Pode ir primeiro.

Charlie assentiu. No quarto, pegou a mala e a levou para o banheiro, deixando John e Jessica esperando. Trancou a porta e se despiu, propositalmente evitando olhar os arranhões no braço e na perna. Não precisava ver o estado deles, apenas limpá-los e fazer curativos. Entrou no chuveiro e deixou escapar um gritinho baixo quando a água atingiu as feridas abertas, mas ela trincou os dentes e se ensaboou, lavando os cabelos várias e várias vezes até que estivesse completamente limpo.

Saiu e se secou com a toalha, depois se sentou à beirada da banheira, escondeu o rosto nas mãos e fechou os olhos.

Ainda não estava pronta para voltar àquele quarto, para encarar quaisquer que fossem as repercussões dos acontecimentos, para falar sobre o ocorrido. Queria sair daquele banheiro e jamais voltar a tocar no assunto. Massageou as têmporas. Não tinha dor de cabeça, mas havia uma pressão lá dentro, algo que ainda estava para emergir.

Você não pode ficar aqui para sempre.

Charlie pegou na mala a gaze e o esparadrapo que usou no primeiro curativo, secou os dois ferimentos com outra toalha e enfaixou o braço e a perna, usando toda a gaze restante. *Acho que preciso de pontos*, pensou, mas foi apenas uma ideia vaga. Não faria nada a respeito. Levantou-se e foi se olhar no espelho. Havia um corte na bochecha; tinha parado de sangrar, mas estava feio. Ela não sabia como poderia cobri-lo, mas também não queria de fato fazer isso, pela mesma razão por que não queria os pontos. *Queria que os ferimentos curassem mal, queria que se tornassem cicatrizes. Queria provas, para exibir no próprio corpo: Isto aconteceu. Foi real. Foi assim que me marcou.*

Vestiu depressa a calça jeans e a última camiseta limpa que tinha, e ao sair do banheiro encontrou Jessica e John levando as malas para o carro.

— Achei que não tinha por que deixar nada aqui — explicou Jessica. — Todo mundo vai embora amanhã de manhã mesmo; a gente pode muito bem aproveitar para já levar tudo para a casa do Carlton. — Charlie assentiu, pegou a mochila de Jason e a levou para o automóvel junto com os próprios pertences.

Carlton e o pai já tinham retornado quando os três chegaram, e voltaram a entrar na sala de estar da família, que àquela altura já lhes era quase familiar. Carlton estava encolhido em uma poltrona perto da lareira, que alguém acendera, e Marla e Lamar estavam juntos no sofá. Jason se sentou diante do fogo, fitando as chamas altas. Charlie se acomodou no chão perto dele, um pouco tensa. John se juntou a ela, fitando-a com apreensão, mas a garota o ignorou, e ele não abriu a boca.

— Está tudo bem com você? — indagou Charlie, estendendo a mão para acariciar o braço de Carlton por um instante.

Ele olhou para ela, sonolento.

— Tudo, foi só uma concussão leve. Vai ficar tudo bem, contanto que ninguém mais tente me matar.

— Então... E agora? — perguntou Jessica, ocupando a cadeira ao lado de Carlton. — Quer dizer... — Hesitou, procurando as palavras. — O que vai acontecer agora? — terminou, enfim.

Entreolharam-se; era a pergunta que estava passando pela cabeça de todos. *O que se faz depois de uma situação como essa?* Charlie encarou Clay, que estava parado à porta.

— Sr... Clay, o que vai acontecer agora? — perguntou ela, baixinho.

Ele fitou o vazio um minuto antes de responder.

— Bem, Charlie, vou voltar à Freddy's. Tenho que buscar o meu policial — respondeu ele, sério. — Não vou sozinho. — Forçou um sorriso, mas ninguém mais sorriu. — O que é que você acha que devia acontecer? — perguntou.

Estava se dirigindo a Charlie, lhe fazendo aquela pergunta impossível como se ela pudesse respondê-la. A garota fez que sim, aceitando a responsabilidade.

— Nada. Está acabado. Quero deixar as coisas assim.

Clay assentiu, o rosto impassível. Charlie não sabia se aquela era a resposta que o homem queria ouvir, mas era a única que ela podia dar. Os outros permaneceram calados. Marla e Lamar concordavam, mas a expressão de Jessica era de quem queria protestar.

— O quê, Jessica? — indagou Charlie com delicadeza, se dando conta com certo desconforto de que a amiga queria sua permissão para discordar.

— Só não parece certo. E... Tudo? Quer dizer, as pessoas deviam ficar sabendo, não deviam? É assim que as coisas funcionam. Aquele segurança, foi ele quem matou todas aquelas crianças, e as pessoas deviam ficar sabendo da história!

— Ninguém vai acreditar na gente — disse John, sem olhar para cima.

— O policial Dunn — lembrou Jessica. — O policial Dunn, ele *morreu* dentro daquela pizzaria! O que é que você vai dizer para a família dele? Vai contar a verdade? — Olhou para Clay.

— Dunn foi morto pelo mesmo homem que matou os seus amigos. Posso provar isso agora. — Um silêncio dominou o cômodo. — Não vai trazê-los de volta — afirmou Clay com delicadeza. — Mas talvez lhes dê um pouco de paz. — Olhou para a lareira, e alguns minutos se passaram antes de ele voltar a falar. — Vocês passaram todos esses anos carregando consigo a Freddy's. Está na hora de deixá-la para trás. — Estava sendo rígido, mas o tom autoritário era reconfortante. — Vou garantir que Dunn receba o enterro que merece. — Ele hesitou, se recompondo, como se o que estava para dizer exigisse esforço. — Os seus amigos também. — Franziu a testa. — Tenho alguns favores para cobrar por aí, e posso fazer tudo isso acontecer sem muito alarde. A última coisa que quero é causar mais tumulto naquele lugar, ou profaná-lo. Aquelas crianças precisam descansar em paz.

Na manhã seguinte, cada um seguiu seu caminho. Marla se ofereceu para levar Lamar e Jessica à rodoviária, e o grupo se despediu com beijos e abraços e promessas de manterem contato. Charlie se questionou se manteriam mesmo. Marla, ao menos, mandaria cartas, com certeza. Deixaram a calçada da casa dos Burke.

— Então, o meu ônibus só sai mais tarde — comentou John quando o carro de Marla desapareceu em uma curva na estrada.

— Eu não me importo de ficar um pouquinho mais em Hurricane — respondeu Charlie.

Para sua surpresa, percebeu que era verdade.

John lhe deu um sorriso rápido, quase nervoso.

— Está certo, então.

—Vamos dar o fora. Para algum outro lugar, qualquer lugar.

Sozinhos no carro, John lançou um olhar de soslaio para a amiga.

— Então — começou —, a gente vai se ver de novo depois disso? — Tentou falar com leveza, mas não conseguiu.

Charlie encarava a estrada à frente.

—Talvez — respondeu ela.

Não conseguia olhar para ele. Aquela não era a resposta que o garoto esperava, ela sabia disso, mas não podia lhe oferecer outra coisa. Que explicação podia dar? *Não é você, é o peso que nós dois carregamos. É demais. Quando você está perto, não posso ignorar tudo o que aconteceu.*

Mas havia uma falha em sua linha de raciocínio, algo errado, como se estivesse falando mecanicamente, palavras tiradas de um roteiro. Era como proteger instintivamente um ferimento esquecendo que ele já estava curado. Enfim, olhou para John, sentado a seu lado. Estava olhando pelo para-brisa, o maxilar trincado.

— Tem um lugar aonde ainda preciso ir — declarou ela de repente, fazendo um retorno, sem pressa.

Jamais visitara o local, mas, naquele momento, sem mais nem menos, sua mente estava sendo consumida pela ideia. Tia Jen nunca sugeriu que fossem lá; Charlie também nunca pediu. Mas sabia onde ficava, e era para lá que estava indo, com determinação focada. *Preciso ver.*

Charlie parou em um pequeno estacionamento de cascalho ao lado de uma cerca branca baixa, correntes pendendo entre as estacas.

— Só preciso de um minutinho — disse ela.

John lhe lançou um olhar preocupado.

—Tem certeza de que você quer mesmo fazer isso agora? — indagou ele com delicadeza.

Ela não respondeu, apenas saiu do carro e fechou a porta.

O cemitério diante deles tinha quase cem anos. Havia ali colinas de grama exuberante e árvores frondosas. Aquele canto ficava nos limites do território; havia uma casinha a apenas alguns metros da cerca. A grama tinha sido aparada com esmero, mas era rala e começava a amarelar em alguns pontos. As árvores tinham sido podadas além do necessário, então os galhos mais baixos estavam nus, expostos demais.

Havia um poste de fios telefônicos bem próximo da cerca, mal fazendo parte do terreno do cemitério, e ao lado dele ficavam duas lápides, simples e pequenas. Charlie as fitou por longos segundos, sem se mover. Tentou evocar os sentimentos adequados: dor e perda para sentir o luto. Mas, na verdade, tudo o que conseguiu foi uma sensação de vazio. Os túmulos estavam ali, mas não a sensibilizaram. Inspirou fundo e começou a se aproximar.

Era uma lembrança tão pequenina, um daqueles momentos que passaram despercebidos na hora, apenas um dia qualquer, igual a todos os outros.

Estavam juntos, apenas os dois, e deve ter sido antes de tudo, antes de o primeiro restaurante dar errado, antes de todas as mortes.

Estavam sentados no quintal nos fundos da lanchonete, apreciando as colinas, e um corvo pousou e começou a bicar o chão sujo, à procura de algo. Havia alguma coisa nos movimentos precisos e ágeis da ave que pareceu a coisa mais engraçada e curiosa que Charlie já vira. Ela começou a rir, e isso chamou a atenção do pai. Ela apontou, e ele virou a cabeça, mas não conseguiu ver o que tanto encantava a filha. Ela não conseguia explicar, não sabia usar as palavras, e no instante em que a empolgação dela estava prestes a se transformar em frustração, ele entendeu. De repente, começou a rir e a apontar para o corvo. Charlie fez que sim com a cabeça, e ele encarou a filha, com uma expressão de puro e ilimitado deleite, como se aquele sentimento pudesse transbordar de dentro dele ou acabar explodindo.

— Ah, Charlotte.

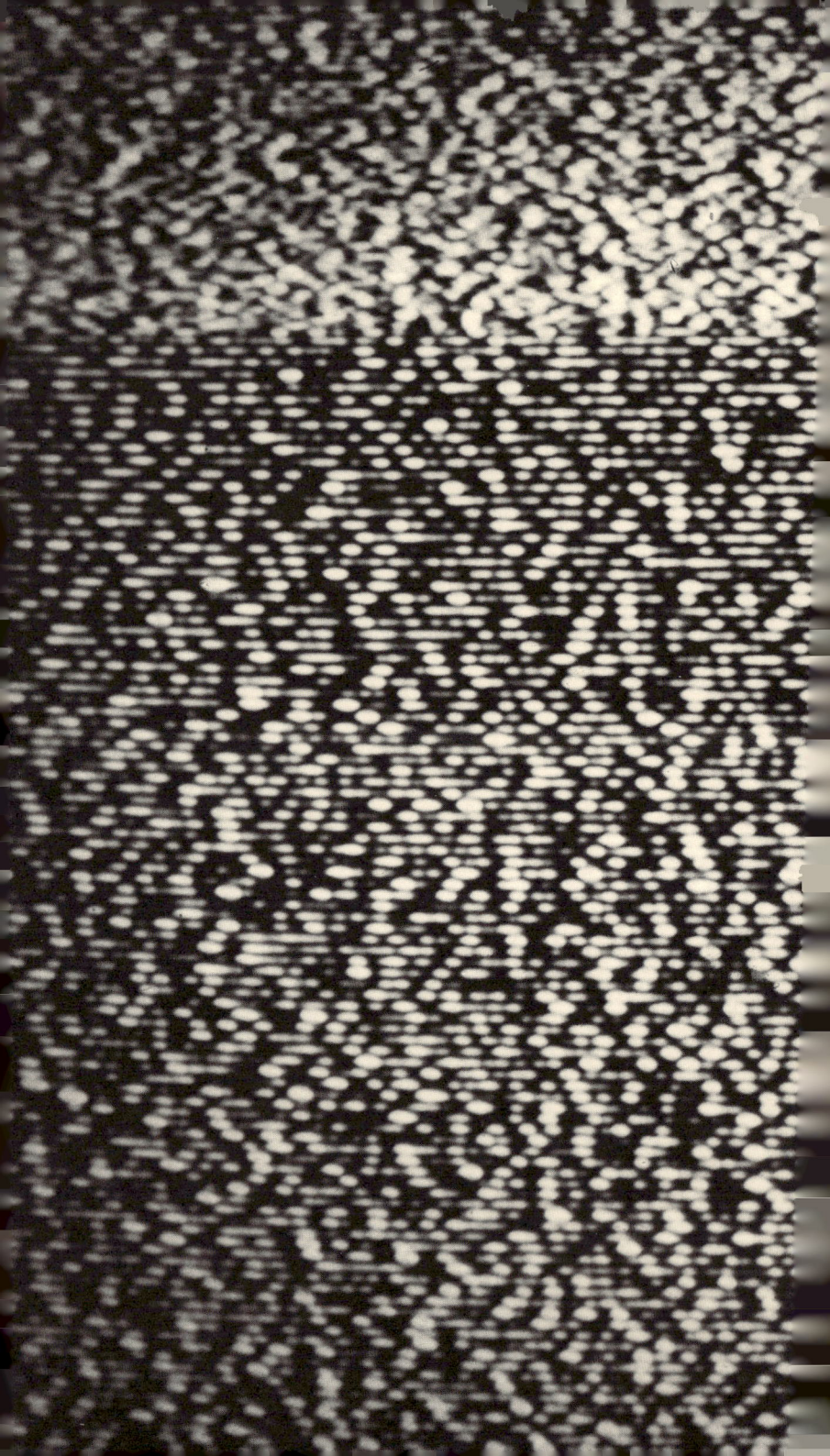